Boris Meyn, Jahrgang 1961, ist promovierter Kunst- und Bauhistoriker. Er hat zahlreiche wissenschaftliche Fachpublikationen zur Hamburger Architektur- und Stadtgeschichte veröffentlicht. Sein erster historischer Roman, «Der Tote im Fleet» (rororo 22707), avancierte in kurzer Zeit zum Bestseller («spannende Krimi- und Hamburglektüre», so die *taz*). Auch «Der eiserne Wal» (rororo 23195) entführt den Leser ins Hamburg des 19. Jahrhunderts. In Boris Meyns drittem Roman, «Die rote Stadt», hat sich Commissarius Hendrik Bischop in den verdienten Ruhestand zurückgezogen. Doch das Verbrechen schläft nicht – wie gut, dass nach einigen Umwegen Sören Bischop in die Fußstapfen seines Vaters tritt.

BORIS MEYN

Die rote Stadt

EIN HISTORISCHER
KRIMINALROMAN

ROWOHLT TASCHENBUCH VERLAG

6. Auflage Oktober 2006

Originalausgabe
Veröffentlicht
im Rowohlt Taschenbuch Verlag,
Reinbek bei Hamburg, Oktober 2003
Copyright © 2003 by
Rowohlt Verlag GmbH,
Reinbek bei Hamburg
Alle Abbildungen S. 2/3 und im Tafelteil:
Staatsarchiv Hamburg
mit freundlicher Unterstützung von Werner Thöle
Umschlaggestaltung any.way, Andreas Pufal
(Foto: Transglobe Agency/Rademaker)
Foto des Autors Umschlagrückseite: Peter Schwenkner
Gesetzt aus der Caslon 540 PageMaker bei
Pinkuin Satz und Datentechnik, Berlin
Druck und Bindung Clausen & Bosse, Leck
Printed in Germany
ISBN 13: 978 3 499 23407 1
ISBN 10: 3 499 23407 6

BORIS MEYN
Die rote Stadt

❧ Vorwort ❧

Hamburg 1886 – Als der 38-jährige Sören Bischop nach mehr als sechs Jahren Abwesenheit in seine Heimat zurückkehrt, hat sich das Gesicht der Hansestadt grundlegend geändert.

Die Veränderungen betreffen zum einen das administrative Gefüge, vorrangig das Gerichtswesen und die Organisation der Polizei. Bereits seit 1868 gibt es in der Stadt kein Bürgermilitär mehr, und im Jahre 1876 hat man auch das Nachtwächterkorps der Polizei aufgelöst. An deren Stelle ist nun ein etwa 650 Mann starkes uniformiertes Konstablerkorps getreten, das von einigen hundert Sergeanten unterstützt wird. Eine Kriminalpolizei gibt es 1886 in Hamburg dagegen noch nicht. Die 1879 erlassenen Reichsjustizgesetze, das Gerichtsverfassungsgesetz, die Zivil- und Strafprozessordnung, haben auch in Hamburg die Zeit des fiskalischen Prozesses beendet und zu einem vom Senat unabhängigen Strafwesen geführt. Auch einige Deputationen – die Vorläufer der Behörden – sind zwischenzeitlich neu strukturiert worden. So hat man bereits in den sechziger Jahren die Schifffahrts- und Hafendeputation aufgelöst und ihre Aufgaben auf die Baudeputation (Sektion für Strom und Hafenbau) sowie die Deputation für Handel und Schifffahrt aufgeteilt. Die Commerzdeputation heißt seit 1867 Handelskammer.

Auch die räumliche Struktur der Stadt hat sich verändert. Besonders deutlich wird dies an der baulichen Verdichtung in den ehemaligen Stadterweiterungsgebieten und Vororten, wo bereits die Straßenzüge einiger Stadtviertel vollständig mit großen Mietzinshäusern bebaut sind. Große Villen stehen nunmehr nicht alleine an der

Elbchaussee und anderen Ausfallstraßen, sondern säumen fast vollständig das Ufer der Außenalster: Aus nur im Sommer bewohnten Landhäusern sind durch das Wachstum der Stadt ganzjährig bewohnte Repräsentationsbauten geworden.

&

Hamburg 1886 – Zwei große Bauprojekte beherrschen die Stadt. Mehr als vierzig Jahre nachdem das alte Hamburger Rathaus während des Großen Brandes 1842 gesprengt worden war, sollen Senat und Bürgerschaft endlich ein neues Domizil erhalten. Nach Entwürfen von Martin Haller als federführendem Mitglied eines Rathausbaumeisterbundes wird mit dem Bau des neuen Rathauses auf dem bereits seit 1843 hoffnungsvoll so benannten Rathausmarkt begonnen – ein Gebäude von riesigen Ausmaßen. Doch weitaus umfangreicher noch gestaltet sich das zweite große Bauprojekt: die Zollanschlussbauten im zukünftigen Freihafenbezirk. Dieses Projekt hat jahrelang die Gemüter in Hamburg erhitzt und spaltet die Bewohner der Stadt auch weiterhin in zwei Lager.

Obwohl man schon 1868 dem Deutschen Zollverein beigetreten ist, bleibt Hamburg auch nach Gründung des Deutschen Reiches Zollausland und Freihandelszone. Dieses Privileg hat man sich mit Artikel 34 der Reichsverfassung gesichert, der besagt, dass nur die Stadt selbst den Zollanschluss an das Deutsche Reich beantragen kann. Nachdem aber Reichskanzler Bismarck 1876 seine liberale Handelspolitik abgebaut hat und zur Schutzzollpolitik übergegangen ist, verstärkt das Reich den Druck auf Hamburg, den Zollanschluss zu beantragen, und droht seit 1879 damit, notfalls auch das zu Preußen gehörende Altona einzubeziehen, um den ungehinderten Schiffs- und Handelsverkehr auf der Elbe zu unterbinden. Hamburg droht innerhalb des Deutschen Reiches in die Isolation zu geraten, und es verwundert nicht, dass die Debatten zwischen ‹Anschlüsslern› und ‹Protestlern› mit erbitterter Heftigkeit ausgefochten werden.

&

Als Hamburg im Mai 1881 schließlich den Beschluss über die Bedingungen des Anschlusses Hamburgs an das Deutsche Zollgebiet unterschreibt, hat man dem Reich in zähen Verhandlungen zumindest einen Kompromiss abgerungen. Die Stadt behält nach dem Zollanschluss am 15. Oktober 1888 einen verkleinerten Freihafenbezirk, und auch die Zollverwaltung soll in der Stadt verbleiben. Ausgehandelt worden ist weiterhin, dass sich das Reich mit der Hälfte der Kosten an den Zollanschlussbauten beteiligen muss, Hamburg aber vollständige Planungsautonomie behält. Was folgt, ist eine jahrelange Standortdiskussion in den zuständigen Gremien, und erst im Februar 1883 kommt man aufgrund des Termindrucks zu einer Entscheidung: Die Zollanschlussbauten sollen auf dem Areal der Kehrwieder-Wandrahm-Insel entstehen, einem der ältesten Teile der Hansestadt.

Als Sören Bischop 1886 die Stadt erreicht, sind die ehemaligen Arbeiterquartiere auf dem Kehrwieder und Teile der Kaufmannsvillen und Palais auf dem Wandrahm bereits niedergelegt. Dort, wo einstmals fast 20 000 Menschen ihre Heimat hatten, wächst ein riesiger Moloch aus Backsteinen empor – eine rote Stadt.

❧ Ankunft ❧

Der grelle und anhaltende Pfiff fuhr dem Heimkommenden durch Mark und Bein. Seit dem letzten Halt am Harburger Bahnhof war erst eine knappe halbe Stunde verstrichen. Das Rattern der Räder verriet, dass der Zug sein Tempo drosselte. Sören Bischop legte Mittermaiers «*Studien über den Umgang bezüglich criminaler Statistiken in größeren Städten*» beiseite; seit einiger Zeit hatte er ohnehin nur noch zerstreut darin herumgeblättert. Er schob den Vorhang des Cabinetabteils zurück und wagte einen ersten Blick aus dem Fenster. Vor ihm erhob sich das riesige steinerne Turmportal der Elbbrücke. Zinnenbekrönt und mit runden Bögen erinnerte es mehr an ein mittelalterliches Stadttor als an ein Zeugnis moderner Ingenieurbaukunst. Die in Wellen geschwungene Eisenkonstruktion der Gitterbrücke, Symbol des Stromes, den sie querte, blieb dem Reisenden auf den ersten Blick verborgen.

Mit Genugtuung nahm Sören wahr, wie die geschlossene Wolkendecke auf Höhe der Elbe aufriss und die Sonne die Silhouette der Stadt, die er seit mehr als sechs Jahren nicht mehr betreten hatte, in gleißendes Licht tauchte. «Wenn das keine angemessene Begrüßung ist», murmelte er zufrieden, während das eiserne Geflecht der Brücke an den Fenstern vorbeizog.

Die bisherige Fahrt über hatte es ja eher so ausgesehen, als wenn ihn seine Heimatstadt mit dem im ganzen Reich berüchtigten Hamburger Schmuddelwetter begrüßen würde. «Na, zurück zu den Fischköppen im Regen?», so hatten ihn seine ehemaligen Kommilitonen bei der Verabschiedung im Burschenhaus noch aufgezogen. In Heidelberg herrschte natürlich ein anderes Klima. Im strikt meteorologischen Sinne und natürlich auch wegen der Studenten, welche die Stadt in großer Zahl und in den Abend- und Nachtstunden zudem sehr lautstark bevölkerten. Sören musste lächeln. Wie wahr – er hatte es sich all die Jahre gut gehen lassen, hatte nur wenig an Hamburg gedacht, wohl auch, weil es von vornherein für ihn feststand, dass er nach der Promotion in diese Stadt zurückkehren würde. Jetzt, wo er den Fluss, wenn auch auf dem Schienenwege, überquerte, wurde ihm bewusst, was er am meisten vermisst hatte: Es war das Wasser, der Elbstrom und der Alsterlauf sowie die unzähligen Kanäle und Fleete in der Stadt. Da nahm man die unangenehm feuchten und stürmischen Tage, an denen das Wasser auch von oben kam, gerne in Kauf. In Heidelberg gab es nicht einmal eine Brise, die den Regen hätte vertreiben können.

Je näher er der Stadt kam, umso intensiver vernahm er den Lärm und die Gerüche des Hafens. Mit jeder Schiene, über die der Zug ratterte, spürte er mehr und mehr die Entbehrungen der letzten Jahre im Binnenland, die er zuerst in Heidelberg, dann in Karlsruhe, in Erfurt, Frankfurt und schließlich erneut in Heidelberg verbracht hatte. Die wenigen Ruderregatten, an denen er erfolgreich teilgenommen hatte, waren nur ein halbwertiger Ersatz für die Segelei gewesen.

Eigentlich hatte er Schiffbauer werden wollen, und wenn nicht überraschend sein Großvater gestorben wäre, hätte er nun anstelle seines Doktortitels einen Meisterbrief in der Tasche gehabt. Eher unwillig hatte er damals, als Medicus Conrad Roever das Zeitliche segnete und zu aller Überraschung ein kleines Vermögen hinterließ, seine Schiffbauerlehre abgebrochen. Der Vater seiner Mutter hatte testamentarisch verfügt, dass ein Teil seines Vermögens Sören ein Studium ermöglichen solle – natürlich das der Medizin. Den elterlichen Argumenten hatte er zwar einiges entgegenzusetzen gehabt, aber schließlich hatte er

sich dem Wunsch zähneknirschend gefügt. Ausschlaggebend für diesen Entschluss war wohl die Erkenntnis, dass
er als examinierter Medicus neben der Arbeit noch genügend Zeit zum Lustsegeln auf Alster und Elbe haben würde, wie es seinen Neigungen am meisten entsprach.

Aber nun war alles ganz anders gekommen. Sören atmete tief durch, dann ließ er den Vorhang zurückgleiten und
verstaute den Mittermaier in einem Seitenfach seiner Reisetasche. Am Anfang hatte sein Vater nur mit Unverständnis reagiert, als Sören ihm erklärte, er könne kein guter
Medicus werden, da ihm die Sache nicht am Herzen liege.
Als er jedoch gemerkt hatte, dass es Sören wirklich Ernst
war mit dieser Entscheidung, war es im Hause des alten
Commissarius Bischop zu fürchterlichen Szenen gekommen. Vor sechs Jahren hatten sie sich im Streit getrennt,
und nicht einmal zwischen den Semestern hatte Sören
den Weg nach Hause gefunden, um sich mit seinem Vater
auszusöhnen. Wie sollte er ihm jetzt gegenübertreten und
ihm beibringen, dass er dem Wunsch seines Großvaters
endgültig nicht nachkommen würde? Welche Argumente
konnte er noch vorbringen? In all den Jahren des Brief-
wechsels mit seiner Mutter hatte er deutliche Worte ver-
mieden. Dabei wäre es so einfach gewesen, die Sache beim
Namen zu nennen.

&

Seine Mutter hatte – auf Wunsch ihres Mannes offenbar –
sogar einmal gefragt, ob Sören sich nicht wenigstens vorstellen könne, in der Gerichtsmedizin zu praktizieren. Für
einen ehemaligen Commissarius war das natürlich nahe
liegend, und so falsch hätte er mit dieser Vermutung auch
gar nicht gelegen. Trotz seines hohen Alters – Hendrik Bischop hatte die achtzig überschritten – stand er, wie Clara
es in ihren Briefen schilderte, immer noch mit beiden Bei-

nen fest auf dem Boden. Sie könne ihn, schrieb sie, immer nur mit großen Mühen davon abhalten, sich wieder einzumischen, wenn in den Zeitungen der Stadt einmal wieder von einem kapitalen Verbrechen berichtet wurde. Sören war gespannt, in welcher körperlichen und geistigen Verfassung er seinen Vater vorfinden würde.

Ob sie es bereits ahnten? Als er ihnen in seinem letzten Brief mitgeteilt hatte, er würde in den nächsten Wochen zurückkehren, da ihm eine gute Anstellung in der Stadt in Aussicht gestellt worden sei, hatten sie sich nicht einmal erkundigt, in welchem Krankenhaus. Clara hatte nur ihre große Freude darüber zum Ausdruck gebracht, dass Sören nach Hamburg zurückkehre, und ihm vorgeschlagen, er könne doch das Haus seines Großvaters in der Gertrudenstraße beziehen, das stehe immer noch leer.

Das Vorstellungsgespräch bei Daniel & Johns war für den kommenden Tag angesetzt. Am besten war es wohl, Stillschweigen zu bewahren, bis er seine Eltern vor vollendete Tatsachen stellen konnte. Wenn er eine feste und lukrative Anstellung vorweisen konnte, würde es ihnen sicher leichter fallen, zu akzeptieren, dass ihr Sohn nicht als Mediziner, sondern als Jurist tätig sein würde.

Der Zug drosselte erneut sein Tempo, und Sören vergewisserte sich mit einem schnellen Blick aus dem Fenster, dass er sein Ziel erreicht hatte: Venloer Bahnhof – nur unweit von seinem Elternhaus entfernt. Hoffentlich hatte das Telegramm Martin noch rechtzeitig erreicht. Ein letzter Ruck, und das Quietschen der bremsenden Räder auf den Schienen hatte ein Ende.

❧

«Na, Herr Doktor! Wie war die Fahrt?» Martin Hellwege empfing seinen Freund am Südausgang und streckte Sören die Hand entgegen.

«Danke der Nachfrage. Das Reisen mit der Bahn ist immer wieder ein Genuss, und ein Erlebnis zugleich. Hallo, Martin.» Sören schüttelte die Hand des Freundes. «Hat dich meine Nachricht also erreicht.»

«Auf Umwegen, ja. Und um deine Frage gleich zu beantworten: Natürlich kannst du dich bei mir einquartieren – solange du willst.» Martin Hellwege nahm Sören die Reisetasche ab und deutete auf einen offenen Zweispänner, der vor dem Bahnhofsgebäude parkte.

«Vornehm wie eh und je», stichelte Sören angesichts des exklusiven Gefährts.

«Bei der Strecke ...» Martin zuckte mit den Schultern und hob die Tasche auf den Wagen.

«... hätten wir auch zu Fuß gehen können.»

«Von wegen. Wir müssen durch die ganze Stadt.» Martin breitete die Arme zu einer weitschweifenden Geste aus. «Wandrahm war einmal. Das Haus steht zwar noch, ist aber inzwischen unbewohnt. Ich residiere seit acht Wochen am Rotherbaum. Alte Rabenstraße. Direkt neben Mönckeberg, dem alten Pfennigfuchser.»

«Na, das ist ja eine Neuigkeit. Und deine Eltern?» Sören kletterte mit auf die Sitzbank.

«Haben sich auf unseren Landsitz in Volksdorf zurückgezogen.» Martin ließ die Peitsche knallen, und die Pferde setzten sich in Bewegung. «Mutter geht es seit einiger Zeit gar nicht mehr gut. Habe ich dir doch geschrieben.»

«Das tut mir Leid.» Sören verzog die Mundwinkel. «Aber Rotherbaum? Du hättest doch etwas sagen können, dann wäre ich bis zum Bahnhof Dammthor im Zug geblieben.»

Martin lächelte. «Nun, ich denke, eine kleine Fahrt durch die Stadt ist nach so langer Abstinenz ganz angebracht. Es hat sich viel verändert. Vor allem rund um unser altes Viertel. Wandrahm und Kehrwieder wirst du nicht mehr erkennen. Eine einzige Baustelle. Komm, wir machen einen kleinen Umweg.» Er dirigierte das Gespann Richtung Brookthor.

«Ich habe natürlich einiges in den Zeitungen gelesen», erklärte Sören und warf einen ungläubigen Blick auf die Kulisse, die sich ihm bot, als Martin den Wagen auf Höhe des Sandthor-Hafens zum Stehen brachte. «Du wirst es nicht glauben: Selbst in Heidelberg verfolgt man den Umbau der Stadt. Natürlich mehr aus politischer als aus baulicher Perspektive. Die Bereitschaft zum Zollanschluss hat man mit Erleichterung zur Kenntnis genommen. Der hanseatische Freihandelsstatus ist den Menschen in Süddeutschland immer suspekt gewesen.» Er blickte sich um und schüttelte den Kopf. «Meine Eltern haben mir zwar von den anstehenden Umsiedlungen und Neubauten berichtet, aber so gravierend habe ich es mir dann doch nicht vorgestellt. Die haben ja wirklich die ganze Seite vom Kehrwieder weggerissen.»

Der Wagen setzte sich langsam Richtung St. Annen in Bewegung. «Und es geht noch weiter», erklärte Martin.

«Ja, ich weiß. Mutter hat angedeutet, dass in den nächsten Jahren wohl auch das Viertel rund um den Holländischen Brook abgerissen und mit Speichern bebaut werden soll. Deswegen werde ich auch das Haus in der Gertrudenstraße nur vorübergehend beziehen. Wo sollen sie denn sonst auch hin, wenn das Haus am Brook abgerissen wird.»

«Mach dir nichts vor, Sören. Wie alt sind deine Eltern? Dein Vater muss doch schon weit in den Achtzigern sein.»

«Dreiundachtzig, ja», bestätigte Sören. Er hatte inzwischen nachgerechnet und versuchte, sich seinen Vater als greisen Mann mit schneeweißen Haaren vorzustellen, was ihm partout nicht gelingen wollte.

«Na also. Ein wahrhaft biblisches Alter. Und der weitere Ausbau des Kehrwieder-Wandrahm-Viertels wird sich sicherlich noch mehr als ein Jahrzehnt hinziehen – wenn es überhaupt dazu kommt», schob Martin nach. «Wissen deine Eltern denn inzwischen eigentlich …»

Sören machte eine krause Nase und schüttelte den Kopf. «Ich muss gestehen: nein. Ich denke, wenn die Sache mit Daniel & Johns durch ist, werde ich es ihnen sagen. Bleibt mir ja auch nichts anderes übrig. Hast du sie öfter gesehen in den Jahren?»

Martin schüttelte den Kopf. «Kaum. Seit Henny trübsinnig geworden ist, haben auch unsere Eltern, soweit ich weiß, keinen Kontakt mehr. Mein Vater lässt Mutter nur ungern alleine, und Besuch empfangen sie seither auch keinen mehr. Dort drüben liegt übrigens mein zukünftiges Kontor.» Martin deutete auf ein stattliches Gebäude Ecke Dovenfleet und Brandstwiete. «Du kommst gerade rechtzeitig. In drei Tagen wird der Dovenhof eingeweiht – und so lange bleibst du erst mal bei mir.»

Sören machte eine abwehrende Handbewegung. «So weit denk ich im Moment noch gar nicht. Drück mir lieber die Daumen, dass morgen alles gut geht. Ich weiß gar nicht, wie ich dir für den Kontakt zu Daniel & Johns danken soll.»

Martin winkte ab. «Eine Carte blanche unter Harmonisten.»

«Ich gehöre nicht zur Harmonie», entgegnete Sören.

«Aber ich – und ich habe für dich gebürgt. Wenn du erst einmal einen eigenen Kanzleisessel hast, sprechen wir über die Aufnahmemodalitäten … Wie bist du eigentlich auf Strafrecht gekommen?», fragte Martin. «Jeder vernünftig denkende Hanseat studiert Handelsrecht. Nimm dir ein Beispiel an mir.»

«Tja, ich glaube, das liegt bei unserer Familie im Blut … Aber wo du es ansprichst – was mich wundert: Warum hast *du* eigentlich noch keine eigene Kanzlei? Am Geld kann es doch nicht liegen …»

«Keine Lust. Ich fühle mich als Finanz- und Handelsberater ganz wohl. Außerdem rauben mir allein die ganzen Aufsichtsratsmandate die Zeit, die für eine florierende Kanzlei vonnöten wäre.»

«Warum nimmst du dir keinen Associé?»

Martin ignorierte die Frage. «Hat man in Heidelberg auch über unser Rathaus berichtet?» Sie hatten die Bergstraße erreicht, und neben ihnen ragte der Turm von St. Petri empor. «Im Mai war Grundsteinlegung. Sollen wir einen kleinen Schlenker machen?»

Sören schüttelte den Kopf. «Nicht nötig. Ich schau's mir bei Gelegenheit an. So viel wird ja noch nicht zu sehen sein, und den leeren Platz kenne ich seit meiner Kindheit. Eine Randnotiz war's auch der *Heidelberger Zeitung* wert, schließlich gibt es kein Rathausprojekt, das auf eine derart Ehrfurcht gebietende Planungszeit verweisen kann. Wann soll's denn fertig sein?», fragte Sören und schob mit spöttischem Unterton nach: «Um die Jahrhundertwende?»

«Du weißt doch, wenn man hier in Hamburg etwas macht ...»

«Und was ist mit den Speichern und dem Freihafenbezirk?», schob Sören nach. «Ich dachte, in zwei Jahren ist Zollanschluss, und bis dahin muss doch alles fertig sein?»

«Auch das solltest du als Hamburger noch wissen», antwortete Martin mit einem Augenzwinkern: «Wenn zwingende Umstände vorliegen, dann geht's auch hier recht schnell. Denk an den Wiederaufbau nach dem großen Brand.»

«Ja, ja. Da solltest du mal mit meinem Vater sprechen. Der vertritt da eine ganz andere Theorie. – Aber du hast Recht. Meine lange Abwesenheit berechtigt nicht zu Sarkasmus. Schließlich kehre ich aus eigenen Stücken in diese Stadt zurück – und ihre Eigentümlichkeiten zu kritisieren ist nicht Sache eines angehenden Strafverteidigers. Mein Gott, ich hatte ganz vergessen, wie schön die Alster ist!» Sörens Blick schweifte über den innerstädtischen

See, dessen südliche Promenade, den Jungfernstieg, sie gerade erreicht hatten. «Eigentlich hatte ich erwartet, dass Schwarting inzwischen eine noch größere Lokalität betreiben würde.» Er deutete auf den Alsterpavillon, der wie ein zierlicher Tempel die Uferseite der Promenade flankierte. Vor sechs Jahren hatten die beiden da einen kleinen Abschiedstrunk zu sich genommen, bevor Martin ihn zum Bahnhof gefahren hatte. Genau dieser Ort erschien Sören nun als einer der wenigen, die sich nicht verändert hatten. Die ganze Stadt war während seiner Abwesenheit wie aus den Fugen geraten. Alles wirkte so neu und großzügig. War es Einbildung, oder hatte vielleicht die gemütlich-altdeutsche Enge Heidelbergs, in der er sich, abgesehen von einigen Reisen, die letzten Jahre über aufgehalten hatte, sein Erinnerungsvermögen getrübt? Jeder Straßenzug, den sie auf ihrer Fahrt durch die Stadt passierten, jede Häuserzeile, die an ihm vorüberzog, kam Sören fremd vor. Die Bebauung jenseits der ehemaligen Stadttore war nun nahtlos mit der Stadt verwachsen. Wo vor wenigen Jahren nur vereinzelt Villen und Landhäuser gestanden hatten, erstreckten sich hinter dem Dammthor inzwischen dicht bebaute Straßenfluchten.

«So, wir sind da.» Martin zog die Zügel stramm, und die Pferde hielten folgsam an.

Sören betrachtete die imposante Villa eine Zeit lang und meinte schließlich erstaunt: «Hast du inzwischen Familie? Das hättest du mir doch schreiben können.»

Das Haus seines Freundes lag hinter einem verwildert anmutenden Vorgarten versteckt und wirkte wie die verkleinerte Ausgabe eines verwunschenen Märchenschlosses. An den Pilastern und Gesimsen, den Pfeilern und Lisenen rankten Weinreben, Efeu und ähnliche Kletterpflanzen bis zu den Balustraden der oberen Etage empor. Die Fassaden waren in gelbem Backstein ausgeführt und endeten an jeder Hausseite in versetzt angeordneten Giebeln, die mit kleinen Vasen und ähnlich dekorativen Zierelementen bekrönt waren. Zur Linken führte eine geschwungene Freitreppe vom Garten zu einer überdachten Terrasse, zur Rechten ein schmaler Weg entlang eines schmiedeeisernen Zauns hinauf bis zum seitlichen Eingang, dessen baldachinartiges Dach im Schatten des Turmes lag, der den ganzen Bau beherrschte. Es hätte Sören nicht weiter verwundert, wenn an einem der schmalen Turmfenster das Burgfräulein gesessen und auf Martin gewartet hätte. Wenn Sören nicht gewusst hätte, dass das ganze Terrain vor zehn Jahren noch weitgehend unbebaut war, er hätte glauben können, das Gemäuer stehe schon mehr als hundert Jahre an diesem Ort. Und auch die Nachbarhäuser wirkten ähnlich malerisch, auch wenn sie in der Mehrzahl keine Backsteinfassaden, sondern hell verputzte Mauerflächen aufwiesen.

«Nein, nein», entgegnete Martin mit einem Seufzer. «Familie gibt es bislang noch nicht.»

«Ist dein Domizil nicht, sagen wir … ein wenig geräumig?», fragte Sören und griff nach der Reisetasche.

«Ein wenig. – Du kannst dir ein Zimmer aussuchen. Es sind ja genug vorhanden», sagte Martin mit einem Schmunzeln. «Wann kommt dein restliches Gepäck?»

«Die Bücher erwarte ich Ende der Woche. Bei der Kleidung habe ich mich auf das Wesentlichste beschränkt. Ich werde mich hier neu einkleiden. Zu welchem Schneider geht man denn so?»

Martin strich sich flüchtig über Hose und Rock. «Die Haute voleé geht zu Salomon an der Bleichenbrücke, oder zu Frantzen am Großen Burstah. Aber wenn du mich fragst: Die besten Hemden fertigen immer noch Heuer & Gutbrod. Wenn du möchtest, kann ich sie gleich für morgen bestellen.» Inzwischen standen die Freunde in der Halle des Hauses, und Martin deutete auf einen seltsamen hölzernen Kasten, der an der Wand neben der Garderobe hing.

«Du hast schon ein solches Fernsprechgerät? Ich habe davon gehört – ist es denn empfehlenswert?», fragte Sören interessiert.

«Das Stadttelefon? Ja, obwohl – es ist etwas gewöhnungsbedürftig, mit jemandem zu sprechen, von dem man weiß, dass er sich gerade am anderen Ende der Stadt befindet. Aber wenn man sich über diese Absurdität keine Gedanken macht, dann gewöhnt man sich schnell daran. Ich möchte es nicht mehr missen – und im Dovenhof, meinem zukünftigen Arbeitsplatz, hat jedes Kontor selbstverständlich einen eigenen Anschluss. Wie gesagt, ich bewohne das Haus erst seit acht Wochen. Den Anschluss hat der Vorbesitzer, ein Cousin von Senator Schröder, vor etwa fünf Jahren legen lassen. Inzwischen gibt es schon weit über tausend Teilnehmer in der Stadt. Ich werde dir erklären, wie es funktioniert ...»

«Vielen Dank, aber vielleicht lieber später.»

«Wie unhöflich von mir. Natürlich willst du dich erst einmal etwas frisch machen. Komm, ich zeige dir das Badezimmer.»

☙

«Du hast die Wahl», meinte Martin mit einem Blick auf die Uhr, als Sören nach einer knappen halben Stunde den Salon betrat. «Entweder wir essen in der Harmonie, oder wir gehen zu Clausen.»

«Das ist mir ehrlich gesagt egal», entgegnete Sören. «Hauptsache Fisch. Geräucherter Aal, Matjes oder Scholle mit Speck.» Er verdrehte genüsslich die Augen: «Und morgen dann Labskaus. Auch beim Essen habe ich einen gewissen Nachholbedarf.»

Martin musste lachen und reichte Sören ein Champagnerglas. «Hier, zur Begrüßung. Schön, dass die Stadt dich wiederhat. Das muss gefeiert werden.»

«Wenn ich es recht bedenke», meinte Sören und leerte das Glas, nachdem er mit seinem Freund angestoßen hatte, «dann wäre es wohl klüger, wenn wir den Besuch in deinem Club aufschieben könnten, bis ich bei Daniel & Johns war. Ich glaube, ich möchte den beiden Herren vorher lieber nicht begegnen.»

«Ja, da hast du völlig Recht. Daran habe ich nicht gedacht. Dann fahren wir vom Anleger aus rüber zum Uhlenhorster Fährhaus. So kommst du auch am schnellsten aufs Wasser. Danach ist dir doch sicher, oder?»

Sören nickte zufrieden. Natürlich war ihm danach – nach nichts sehnte er sich mehr, als endlich wieder Schiffsplanken unter den Füßen zu haben, auch wenn es nur die eines Alsterdampfers waren. «Wenn du nicht seekrank wirst?», neckte er Martin, der schon als Kind Sörens Faszination für Schiffe und Wasser nicht im Geringsten geteilt hatte. Martin knuffte ihn in die Rippen.

«Komm schon, du Witzbold – es gibt viel zu erzählen.»

❧ *Die Beichte* ❦

*I*n dem Moment, als die schwere Eichentür des ehrwürdigen Hauses in der Schauenburger Straße hinter ihm ins Schloss fiel, war der Kloß im Hals, den Sören seit den frühen Morgenstunden verspürt hatte, verschwunden. Erleichtert und wie von einer drückenden Last befreit, studierte er das polierte Messingschild zu seiner Rechten. Alles war so verlaufen, wie Martin es vorausgesagt hatte. Nach allem, was der Freund ihm gestern zu verstehen gegeben hatte, konnte sich Sören tatsächlich begründete Hoffnung darauf machen, dass auch sein Name in Kürze auf diesem Schild zu lesen sein würde. In dem Gespräch, das er eben mit Albrecht Johns geführt hatte, war davon natürlich noch keine Rede gewesen. Allerdings blieb es nicht unausgesprochen, dass Matthias Daniel, der Senior der Kanzlei, vorhatte, sich in absehbarer Zeit aus dem aktiven Geschäftsleben zurückzuziehen. Was lag da näher, als sich rechtzeitig nach einem Juniorpartner umzusehen? Martin wusste natürlich mehr, kannte die Hintergründe ganz genau, schließlich waren Albrecht Johns wie auch der alte Daniel ebenfalls Mitglieder in seiner Loge, der Gesellschaft Harmonie. In einem solchen Rahmen konnten Gespräche und persönliche Empfehlungen natürlich abseits der offiziellen Wege gehandhabt und weitergereicht werden. Das war eine Praxis, die Sören schon von seiner studentischen Verbindung her kannte. Nüchtern betrachtet, war eine Burschenschaft oder ein studentisches Korps vor allem ein nach Berufsgruppen kanalisierter Einstieg, der durch die Mitgliedschaft in einer Loge oder Gesellschaft seine entsprechende Fortsetzung fand.

Sören richtete sein Augenmerk auf das geschäftliche

Treiben in der Straße, das hier, unweit von Börse und zu-
künftigem Rathaus, in erster Linie auf eine ehrbare und
kaufkräftige Klientel ausgerichtet war. Werbeschilder und
Beschriftungen prangten im Gegensatz zu den meisten
Straßenzügen in der Stadt nur vereinzelt an den Hauswänden. Die Auslagen in den Schaufenstern waren von zurückhaltender Eleganz gekennzeichnet und versprachen nicht
mehr, als eine wohlhabende Kundschaft in den Verkaufs-
räumen erwarten durfte. Die Bürgersteige waren penibel
gefegt und die Rinnsteine frei von Unrat – so schnell würde sich kein Bedürftiger oder um Almosen Bettelnder hierher verirren. Lediglich die schweren und bis an die Grenze
ihrer Belastbarkeit mit Baumaterial beladenen Wagen, die
sich bis zur Kleinen Johannisstraße hin stauten und auf
Entladung am Rathausmarkt warteten, störten die arrangierte Ordnung des Straßenzuges.

Auf dem Weg hierher hatte Sören einen flüchtigen Blick
auf die Baugrube am Rathausmarkt geworfen, die wahrhaft
immense Ausmaße hatte. Nun würden sie also bald in einem Haus zusammenfinden, die beiden konstruktiven
Antipoden, welche das Schicksal der Stadt von jeher ge-
steuert hatten: Senat und Bürgerschaft. Aber was hieß
bald? Bei der Größe des Bauprojektes würden wohl noch
einige Jahre verstreichen, bis das Rathaus bezugsfertig war.
Nur mit Blick auf die Jahrzehnte, welche die beiden Gremien in ihren provisorischen Unterkünften verbracht hatten, der Senat im ehemaligen Waisenhaus an der Admiralitätsstraße und die Bürgerschaft seit mehr als vierzig Jahren
im Hause der Patriotischen Gesellschaft an der Trostbrü-
cke, war das Wort *bald* gerechtfertigt.

Sören ging die Schauenburger Straße gemächlichen
Schrittes in östliche Richtung, und erst nachdem er die
Schmiedestraße gekreuzt hatte und die stattlichen Mauern des Johanneums und akademischen Gymnasiums vor
ihm aufragten, merkte er, wohin es ihn zog. Wie von un-

sichtbarer Hand geleitet, fand sich Sören auf seinem alten Schulweg wieder, der ihn hinunter in Richtung Wandrahmviertel führte. Gestern, vom Wagen aus, waren die Erinnerungen nur bruchstückhafte Fragmente gewesen. Aber jetzt, da seine Füße über das Pflaster schritten, auf dem er in seiner Jugend tagaus, tagein nach genau festgelegten Regeln gehüpft war – auf die roten Steine durfte man treten, die weißen waren verboten –, jetzt kamen sie wieder, die Erinnerungen: Straßenecken, steinerne Poller an Einfahrten, Türgriffe und schmiedeeiserne Stiefeleisen, Gitterroste über Kellerrutschen und all die kleinen Merkmale der Häuser, die sich seinem Gedächtnis eingebrannt hatten. Fast automatisch streiften die Finger seiner rechten Hand in kleinen Wellenlinien an den Mauern und Gesimsvorsprüngen entlang, beschrieben Bögen, wenn Fenster oder Eingänge das Mauerwerk durchbrachen, und fanden danach sofort zurück in den tastenden Rhythmus, der genau auf den Takt der eigenen Schritte abgestimmt war. Ein kurzer Abstecher zu Schröders Eisenwarenhandlung war obligatorisch. Enttäuscht stellte Sören fest, dass das Geschäft inzwischen unter anderem Namen firmierte. «Melchior Schiffsausrüstungen» stand auf einem neumodischen Schild, das über dem großen Schaufenster hing, an dem sich Sören seinerzeit fast täglich die Nase platt gedrückt und von großer Fahrt geträumt hatte.

Schon in der nächsten Woche würde er bei Daniel & Johns beginnen. Sören holte tief Luft und kehrte auf seinen ursprünglichen Weg zurück. Er fragte sich, ob er tatsächlich genügend Zeit für die Segelei finden würde. In der Anfangszeit war das natürlich ausgeschlossen. Wenn man die Teilhaberschaft in einer der angesehensten Kanzleien der Stadt anstrebte, musste man sich mächtig ins Zeug legen. Selbstredend waren die ersten Wochen bei Daniel & Johns als Probezeit zu verstehen. Und dann? Wenn sich die Wogen geglättet hatten, würde er hinüber zu Jonas Dinklage auf die Werft fahren. Ob der sich noch erinnern würde, nach all den Jahren? Sören fragte sich, ob der *Eiserne Wal* noch existierte, sein Segelboot, das er Jonas anvertraut hatte. Seine Briefe hatte Jonas nie beantwortet. Vielleicht existierte die Werft auch gar nicht mehr.

Inzwischen hatte Sören den Wandrahm erreicht und blickte auf die baulichen Überbleibsel der Straßenzüge zwischen St. Annen und Kehrwieder. Ein Panorama der Verwüstung tat sich vor ihm auf. Dort, wo vormals ein ganzer Stadtteil gestanden hatte, klafften riesige Lücken, waren Hunderte von Arbeitern damit beschäftigt, ameisengleich Berge von Erde umzuschichten und zu planieren, Pfähle zu rammen und Gerüste zu bauen. Wo einst die verwinkelten Häuser und Budenreihen zwischen Kibbeltwiete und Auf dem Sande ihre schiefen Giebel gegeneinander gelehnt hatten, durchschnitt ein langer Kanal das Erdreich. An einigen Stellen ragten bereits fertige Speicherblöcke wie Vorhänge aus rotem Backstein empor. Wo sich ehemals die kleinen Gärten der Häuser am Straßenzug Hinter den Boden befunden hatten, war nichts mehr – nur noch Wasser.

Verwirrt und bestürzt kehrte Sören dem Ort seiner Kindheit den Rücken und setzte seinen Weg zügigen Schrittes fort. Aber auch östlich von St. Annen hatten die Umwälzungen schon begonnen. Vor dem Holländischen Brook breitete sich der Bau der zukünftigen Zollabfertigung aus, und Sören schien es, als wolle er ihm den Durchgang verwehren. Der Straßenzug selbst hatte sich hingegen kaum verändert. Im Schatten der alten Ulmen ging Sören bis zu der Stelle, wo sich der Wandbereiter Brook auf der gegenüberliegenden Fleetseite zwischen den Häusern verlor – sogar die Anzahl der Schritte, die er von hier aus bis zu seinem Elternhaus benötigte, war Sören noch gegenwärtig.

Über Clara Bischops Gesicht huschte ein Lächeln. Der Blick seiner Mutter gab Sören unmissverständlich zu verstehen, dass sie ihn längst erwartet hatte. Ihre Lippen formten stumm seinen Namen, dann konnte sie nicht anders, als ihren Sohn stürmisch zu umarmen und ihn förmlich über die Hausschwelle zu ziehen. «Warum hast du denn nicht geschrieben, wann du ankommst?» Verschämt zog sie ein Taschentuch hervor und tupfte sich ein paar Freudentränen ab. Zeit zum Antworten ließ sie ihrem Sohn nicht. «Hendrik! Es ist Sören! Er ist da!», rief sie mit zitternder Stimme in Richtung Stube. «Dein Vater ist hinten und liest Zeitung. Er hört nicht mehr so gut. Aber du wirst ja selbst sehen ... – Lass dich anschauen. Prächtig siehst du aus.»

Erst jetzt bemerkte Sören, dass er vergessen hatte, an Blumen zu denken. Etwas verlegen betrachtete er seine Mutter, die immer noch um Fassung bemüht war. Ein paar Altersflecken mehr zeichneten sich auf ihrem Gesicht ab, sonst hatte sie sich kaum verändert. Ihr wahres Alter sah man Clara Bischop – sie war inzwischen siebenundsechzig – so oder so nicht an. Solange Sören zurückdenken konnte, hatte seine Mutter weißes Haar gehabt. Ihre aufrechte Haltung, die schmale Statur und der lange Hals verliehen ihr auch im Alter noch etwas Würdevolles.

«Komm, begrüße deinen Vater.» Clara griff nach Sörens Hand und schob ihren Sohn zur Wohnstube.

Im ersten Moment erschrak Sören, als er seinen Vater sah, wie er in gekrümmter Haltung weit vorgebeugt in einem Lehnsessel hockte. Erst auf den zweiten Blick entdeckte er die Lupe, die Hendrik Bischop vor sich hielt. Er hatte die *Reform* vor sich auf einem Hocker ausgebreitet und führte das Glas mit ruhiger Hand über die Zeilen. Dem Anschein nach hatte er von Sörens Eintreffen noch nichts mitbekommen.

«Hast du schon gehört?», fragte er mit rauer, aber fester

Stimme, ohne aufzublicken. «Gestern Nacht hat's Dannemann erwischt.»

«Hendrik!», rief Clara lautstark. «Sören ist da!»

Hendrik hob langsam den Kopf und schaute bedächtig
zur Tür. «Ja, ja. Das war ja nicht zu überhören. Ich mag ja
etwas schwerhörig sein, aber die Türglocke nehme ich
dann doch noch wahr.» Er faltete die Zeitung zusammen
und erhob sich umständlich. «Seit vier Tagen sitzt deine
Mutter sprungbereit in der Küche und traut sich nicht
mehr vor die Tür, um ja deine Ankunft nicht zu versäu-
men. – Setz dich, mein Junge. Schön, dass du deinem alten Herrn nochmal die Ehre erweist.»

Sören kam seinem Vater auf halbem Wege entgegen und
reichte ihm die Hand. Die Jahre waren nicht spurlos an
Hendrik Bischop vorübergegangen. Tiefe Furchen hatten
sich in seine Gesichtszüge eingegraben. Erleichtert nahm
Sören den kräftigen und festen Druck wahr, mit dem sein
Vater seine Hand umklammert hielt und schüttelte. Auch
schien sein Blick wach und klar, obwohl Sören wusste, dass
Hendriks Augenlicht getrübt sein musste. «Es freut mich,
dich in so guter Verfassung vorzufinden.»

«Was hat deine Mutter dir denn geschrieben?» Hendrik
hob die Augenbrauen und warf Clara einen gespielt vor-
wurfsvollen Blick zu. «Dass ich senil und taub bin?»

Sören nahm beruhigt zur Kenntnis, dass selbst der hu-
morvolle Umgangston, den seine Eltern stets untereinander gepflegt hatten, die Jahre überdauert hatte.

Ein Schmunzeln breitete sich um Hendriks Lippen aus.
«Na, man weiß nie ... Aber ich will nicht klagen. Von ernst-
haften Gebrechen bin ich verschont geblieben.» Er wandte sich dem Gartenfenster zu. «Es gibt hier im Haus also
keine Arbeit für dich – Herr Doktor», fügte er mit sarkasti-
schem Unterton nach einer kurzen Pause hinzu und schritt
dann gemächlich zu seiner Zeitung zurück, als wolle er keinen weiteren Kommentar zu diesem Thema abgeben.

Sören schluckte. Das war natürlich die Gelegenheit, die Sache endgültig zu bereinigen und mit der Wahrheit herauszurücken. «Ja, das ist auch der Grund meines Besuchs», begann er und korrigierte sich sofort, als ihm bewusst wurde, wie zweideutig und beleidigend seine Worte ausgelegt werden konnten. «Also», setzte er unsicher fort, «… natürlich nicht nur. Was ich sagen wollte, ist, dass ich erst jetzt herkomme, weil ich heute Vormittag ein Vorstellungsgespräch hatte. Ich bin bereits gestern angekommen und wollte euch überraschen. Das Gespräch ist ganz zu meiner Zufriedenheit verlaufen. Nächste Woche werde ich anfangen.»

«Hmm. Ach so», antwortete Hendrik knapp und tippte auf die Zeitung. «Dann hast du also schon von dem Mord gehört?»

«Mord? Nein, ich hatte noch keine Gelegenheit, mich näher …»

«Dannemann», erklärte Hendrik. «Gestern Nacht hat es Gustav Dannemann erwischt. Vor zwei Wochen den Gärtner von Lutteroths, und jetzt Dannemann.»

«Nun lass doch mal die dumme Zeitung», unterbrach ihn Clara ärgerlich. «Lass den Jungen doch mal erzählen.»

Hendrik ignorierte ihre Worte. «Beide mit durchgeschnittener Kehle», setzte er fort. «Das ganze Gesicht zerschnitten. Ist doch klar, dass es da einen Zusammenhang gibt, wenn innerhalb von zwei Wochen …»

«Dein Vater meint, ein Messerstecher treibt in der Stadt sein Unwesen», sagte Clara zu Sören gewandt und zuckte mit den Schultern.

«Ich-hab-mir-das-nicht-in-den-Kopf-ge-setzt», sagte Hendrik ärgerlich. «Das liegt doch auf der Hand. Ein Zusammenhang wird nur von der Polizeibehörde abgestritten. Versteht sich», setzte er erregt fort. «Man will die Bevölkerung beruhigen – traut sich ja sonst keiner mehr vor die Tür. In Wirklichkeit haben sie bloß niemanden, der sich darum kümmern könnte.»

«Und das Constablerkorps?», warf Sören ein.

«Ach die!», entgegnete sein Vater barsch. «Das sind doch alles Piefkes! Die machen Tamtam und heiße Luft. Das ist doch keine Ermittlungstruppe für Kapitalverbrechen. Ich hätte mir so sehr gewünscht, noch erleben zu können ...»

«Na, nun mach aber mal 'nen Punkt!», unterbrach Clara ihren Mann. «Dein damaliges Engagement in allen Ehren, aber was politisch nicht gewollt wird ...»

«Vielleicht wird das ja anders», mischte sich Sören ein, «wenn sich der preußische Einfluss weiter in der Stadt breit macht. Eingenistet hat er sich ja schon, wie ich feststellen konnte. Der zukünftige Zollanschluss scheint ja die ganze Stadt zu vereinnahmen. Wahrscheinlich wird es in naher Zukunft neben den Veränderungen im Gerichtswesen auch eine Neuorganisation der Polizei geben. Was hier in der Stadt fehlt, ist eine criminale Polizeidivision. Keine Unterabteilung, sondern eine eigenständig organisierte unabhängige und selbständige Truppe. Vater hat schon Recht. Andere Großstädte sind da inzwischen viel weiter. Dabei war Vater doch einer der Ersten, der in Hamburg vorgemacht hat, was anderenorts längst institutionalisiert wurde.»

«Wie ein Mediziner klingst du wirklich nicht», stellte Hendrik nach einem Moment des Schweigens fest. Er gab sich Mühe, seinem Sohn nicht ins Gesicht schauen zu müssen, und auch Clara hielt ihren Blick abgewandt.

Sören blickte seine Eltern unsicher an. «Ihr wisst es längst?», fragte er schließlich.

Hendrik presste die Lippen zusammen und nickte. «Du vergisst, dass du nicht der einzige Hamburger bist, der in Heidelberg studiert hat. Senator Kirchenpauer mag zwar noch tatteriger sein als dein alter Herr, aber auch er nimmt noch regen Anteil am Leben.»

«Auch er hat seinerzeit in Heidelberg studiert und ist

immer noch Mitglied der Altengarde deiner Verbindung», sagte Clara. «Bei einem seiner Besuche hat er uns dann zu unserem fleißig studierenden Kandidaten der Jurisprudenz gratuliert.»

«Wir sind natürlich aus allen Wolken gefallen», ergänzte Hendrik.

«Warum habt ihr mir nicht …?»

«Warum hast *du* uns nicht …?», fragte Clara zurück.

«Ich, na ja, ich hatte doch bereits angekündigt, dass die Medizin eben nicht … ich wollte es euch natürlich längst mitteilen», begann Sören, dem die Röte ins Gesicht geschossen war. «Aber ihr habt es mir nicht leicht gemacht. Großvaters letzter Wunsch. Habt ihr mir nicht deutlich genug zu verstehen gegeben, ich dürfte ihn, der mir all das ermöglichte, posthum nicht enttäuschen?» Er blickte seine Eltern an. «Das hing wie das Schwert des Damokles über mir. Es dauerte natürlich, bis ich mir dessen bewusst war. Viele Jahre. Damals, während der ersten Semester meines Medizinstudiums in Heidelberg, habe ich den Widerwillen, den ich verspürte, wenn ich beim Aufschneiden der Leichen zugegen war, herunterzuschlucken versucht. Vielleicht war auch das studentische Leben um mich herum viel zu interessant, als dass ich meinen wirklichen Neigungen die nötige Aufmerksamkeit hätte schenken können. Auch den Dienst im Feldlazarett, wo ich während der Kriegsjahre mein erstes Praktikum absolvierte, empfand ich damals mehr als Herausforderung denn als Berufung. Ich habe mich das ganze Studium über unbewusst dazu gezwungen durchzuhalten. Selbst die Zeit meiner Assistenz bei Professor Erlinghagen am Krankenhaus Karlsruhe ließ mich erkennen, dass es nicht die Medizin war, die mich begeisterte. Das stetige Unbehagen, das ich verspürte, versuchte ich erst mit meiner Flucht ans Krankenhaus Erfurt, dann nach Frankfurt zu bekämpfen – vergeblich. Zu dem Zeitpunkt hatte ich neben der Arbeit als Medicus bereits erste Vorlesungen in der Jurisprudenz gehört, die mich immer mehr fesselten. Nach kurzer Zeit musste ich feststellen, dass ich in meiner freien Zeit mehr juristische als medizinische Fachbücher wälzte. Bei meinem letzten Besuch vor sechs Jahren hatte ich den Wechsel zur Jurisprudenz bereits in Erwägung gezogen. Das Recht zog mich mehr und mehr in seinen Bann – erst das Handelsrecht, dann das Staatsrecht und schließlich und letztendlich: das Strafrecht. Als ich euch vor sechs Jahren mitteilte, dass ich aus beruflichen Gründen nach Heidelberg zurückkehren würde, war das also nicht gelogen, auch wenn es nur der halben Wahrheit entsprach. Ich ging mit dem festen Entschluss, mich an der juristischen Fakultät einzuschreiben.»

Sören blickte seine Eltern, die ihm aufmerksam zugehört hatten, schweigend an.

Hendrik räusperte sich. «Du musst dich nicht entschuldigen. Wir sind doch stolz auf dich. Ich will damit sagen ...» Er räusperte sich erneut. «Also, dass ich damals so aufbrausend reagierte, liegt einfach daran, dass ich dir den steinigen Weg, den ich selbst beschritten habe, ersparen wollte. Es ist ja so, dass ich mein Ziel, ein criminales Commissariat in der Stadt zu etablieren, nie erreicht habe. Und auch sonst ...» Hendrik schwieg einen Moment lang. «Und im Übrigen hat uns Senator Kirchenpauer die ganze Zeit über auf dem Laufenden gehalten.»

«So erfuhren wir auch von deiner erfolgreichen Promotion», sagte Clara. «Wir sind nur darüber enttäuscht, dass du uns all das erst jetzt gestehst. Dein Vater wäre der Letzte gewesen, der dem nicht irgendwann zugestimmt hätte», erklärte sie. «Wo hast du dich vorgestellt?»

«Bei Daniel & Johns. Ich werde nächste Woche anfangen.»

«Daniel & Johns», wiederholte Hendrik und legte die Stirn in Falten. «Als Strafverteidiger, wie ich annehmen darf», murmelte er und blickte Sören fragend an.

«Ja, vorwiegend in Strafrechtssachen, hoffe ich», erklärte Sören.

«Dann wirst du also ...» Hendrik zögerte. «Dann wird dein berufliches Ziel also sein, all diejenigen vor Gericht zu verteidigen, die ich mein Leben lang gejagt habe, um sie hinter Schloss und Riegel zu bekommen?»

«Ihnen Gerechtigkeit im Strafmaß zukommen zu lassen, ja.» Sören ahnte natürlich die Frage, die ihm sein Vater als Nächstes stellen würde. Er hatte genug Zeit damit verbracht, sich Gedanken darüber zu machen, wie er seinem Vater gegenüber argumentieren konnte, ohne ihn zu brüskieren. Ein ehemaliger Commissarius sah die Dinge naturgemäß aus einer anderen Perspektive.

«Auch einen Messerstecher, der unbescholtene Bürger massakriert?»

«Auch der hat ein Recht auf eine angemessene Verteidigung», antwortete Sören. «Du vergisst, die Zeit des fiskalischen Prozesses ist vorbei ... Mein Ziel ist es ja nicht, einen überführten Straftäter auf freiem Fuß zu lassen ...»

«Ich meinte ja nur ...», unterbrach Hendrik mit leiser Stimme. «Man macht sich halt so seine Gedanken. Vielleicht wirst du irgendwann auch anders darüber denken.» Er legte Sören in einer väterlichen Geste die Hand auf die Schulter. «Aber wir wollen uns nicht über ungelegte Eier streiten. Komm! Deine Mutter hat dir zu Ehren einen Kuchen gebacken: Erdbeertorte – bereits die dritte diese Woche», scherzte er und schob Sören auffordernd in Richtung Küche. «Wenn mich meine Sinne nicht täuschen, ist der Kaffee fertig.»

&

Kaffee und Kuchen waren ein willkommener Anlass, familiäre Harmonie zu zelebrieren. Vor allem für Hendrik, der sichtlich bemüht war, seine sorgenvollen Gedanken für sich zu behalten. Auch wenn Clara sorgsam darauf achtete, jegliche Themen zu vermeiden, die der Unstimmigkeit zwischen Vater und Sohn neue Nahrung gegeben hätten, schwebte das Unausgesprochene den Rest des Tages wie eine unsichtbare Wolke über ihnen.

᪍ *Vater unser ...* ᪍

Die Liste der Besorgungen, die Sören mit auf den Weg in die Stadt genommen hatte, war nach drei Stunden des Umherirrens noch genauso lang wie am Morgen. Es war wie verhext. Zuerst hatte er noch geglaubt, sein Gedächtnis habe ihm einen Streich gespielt, aber nach dem dritten Versuch hatte er es aufgegeben, ganze Straßen nach ihm bekannten Adressen und Geschäften abzusuchen. Tatsächlich schien sich ein Großteil der ihm bislang vertrauten Lokalitäten in den letzten Jahren in Luft aufgelöst zu haben. Warenhandlungen, Firmen, Verkaufsstätten, die er zielsicher angesteuert hatte, existierten nicht mehr. ‹Gibt es doch schon lange nicht mehr› und ‹Da kommen Sie aber ein paar Jahre zu spät, der Herr› waren die gängigen Antworten, die Sören erhielt, wenn er sich in der Nachbarschaft erkundigte.

Gezwungenermaßen musste er seine Heimatstadt neu entdecken, und so ließ er sich durch die Straßen treiben, fand hier und dort Unbekanntes, staunte über die Preise, die nicht zu vergleichen waren mit dem, was er von anderswo gewohnt war, sowie über die Vielzahl der feilgebotenen Luxusartikel. Was sich ihm darbot, ließ Sören keinen Moment daran zweifeln, dass es den Hamburgern so gut wie nie zuvor gehen musste – zumindest denen, die mehr hatten, als zum Überleben notwendig war. Sören wusste aus der Vergangenheit, dass die Stadt es schon immer meisterhaft verstanden hatte, Armut und Elend in den Winkeln zu konzentrieren, die sich dem Besucher erst auf den zweiten Blick offenbarten, und er war davon überzeugt, dass sich daran auch während seiner Abwesenheit nichts geändert hatte. In den Gängevierteln der Stadt gab es keine

Kanalisation, kein Gas und keine Straßenbeleuchtung. In den Gassen und Twieten des Jacobi-Kirchspiels zwischen Steinstraße und Niedernstraße sowie rund um den Schaarmarkt – in diesen Gebieten, an denen die Modernisierung Hamburgs bisher mit Desinteresse vorbeigezogen, wo die Armut allgegenwärtig war, hatte sich in den letzten sechs Jahren mit Sicherheit nichts verändert, obwohl dies für Sören nicht der Moment war, seine Vermutungen zu überprüfen. Noch fühlte er sich als Besucher.

Erleichtert stellte er fest, dass zumindest die Schneiderei von Zacharias Kalb noch an ihrer alten Adresse zu finden war. Bei Salomon und Frantzen, deren Geschäfte Sören auf Martins Rat hin aufgesucht hatte, waren nicht nur die Preise und Wartezeiten unakzeptabel gewesen. Während man Sören bei Salomon wenigstens ehrlich zu verstehen gegeben hatte, dass man mit den bestehenden Aufträgen allein über die nächsten zwei Wochen ausgelastet sei, hatte Cornelius Frantzen es nicht einmal für nötig gehalten, dem Neukunden eine Stoffauswahl vorzulegen. Nachdem Sören auch noch zu bemerken gewagt hatte, er wünsche entgegen Frantzens eindringlicher Empfehlung zumindest für Gehröcke und Hosen keinen englischen, sondern den bequemeren französischen Schnitt, wurde er mit einem derart hochnäsigen und herablassenden Blick beäugt, dass er wütend den Laden verließ. Hier hatte man es dem Anschein nach nicht nötig, für irgendjemanden zu schneidern.

In Zacharias Kalbs kleiner Schneiderei an der Neuen Gröninger Straße erwartete Sören eine andere Atmosphäre. Der alte Meister schien sich sogar noch an ihn zu erinnern; dabei war es sicher fünfzehn Jahre her, dass Sören das Geschäft betreten hatte. Mit Geduld widmete sich Kalb Sörens ausgefallenen Wünschen, nahm mehrmals Maß, kramte Woll- und Damaststoffe aus den entlegensten Winkeln des kleinen Geschäfts hervor und machte auch keinen Hehl daraus, welche Freude er angesichts dieses lukrativen Auftrags empfand. Zwei Gehröcke, vier Hosen, sechs Hemden und ein Mantel – zur Anprobe in drei Tagen. Und das zu einem Preis, den Sören bei Salomon für einen Rock hätte bezahlen müssen. Bevor Sören das Geschäft nach mehr als einer Stunde zufrieden wieder verließ, hatte Zacharias Kalb sogar noch darauf bestanden, einen kleinen Riss an seinem Revers zu flicken; sofort und unentgeltlich.

Als Sören den Catharinen-Kirchhof passierte, richtete er seinen Blick hinauf zum Turm der Hauptkirche. Er zog seine silberne Taschenuhr, ein Erbstück von Großvater Roever, aus der Weste und verglich die Stellung der gewaltigen Zeiger der Turmuhr mit denen auf dem filigranen Zifferblatt aus Porzellan. Behutsam zog er die kostbare Uhr auf und nickte zufrieden. Eine Viertelstunde blieb ihm noch bis zur verabredeten Zeit. Als er aus dem Schatten des Kirchenschiffs trat, verharrte Sören für einen Augenblick und genoss die wärmenden Strahlen der Nachmittagssonne, dann machte er sich auf den Weg zum Dovenhof, der nur eine Straße entfernt lag und dessen Fertigstellung heute mit einer kleinen Feierlichkeit begangen werden sollte.

&

Der Straßenzug Bei dem Zippelhause machte zur Fleetseite hin einen erbärmlichen Eindruck. Fenster und Türen vieler Gebäude waren mit Brettern vernagelt, an einigen Hauswänden waren Gefache eingestürzt, und zwischen den Brandmauern einzelner Häuser klafften hier und dort schon Lücken, die Sören einen Blick auf die große Baustelle am Kehrwieder ermöglichten. Alles wies hin auf den baldigen Abriss der fleetseitigen Bebauung, dem auch der mehr als zweihundert Jahre alte Wohnspeicher der Bardowicker Gemüsehändlerinnen zum Opfer fallen würde, welcher dem Straßenzug einst seinen Namen gegeben hatte. Die hölzernen Läden der verwaisten Verkaufsstände waren an einigen Stellen eingeschlagen und gewährten Einblick in die nun verwahrlosten Räume, in denen sich morsche Zwiebelkisten stapelten, die höchstens noch den vor dem Haus herumstreunenden Katzen als Schlafplatz dienten.

Ein plötzliches Krachen in der Höhe ließ Sören erschreckt zur Seite springen. Erleichtert stellte er fest, dass es nur ein offener Fensterflügel war, der im Wind klapperte und gegen die Überbleibsel einer vom Dach herabhängende Regentraufe schlug.

Die Straße war menschenleer. Bevor er seinen Weg fortsetzte, blickte Sören noch einmal auf das alte Gemäuer, das er seit seiner Kindheit kannte, und ein Hauch von Wehmut überkam ihn. Vor den mächtigen dunkelroten Fassaden, die im Hintergrund des zierlich anmutenden Fachwerkgebäudes emporwuchsen, wirkte das Zippelhaus wie ein Überbleibsel längst vergangener Zeiten. Leben und Handeln auf engstem Raum, wie es hier in seiner ursprünglichsten und einfachsten Form noch gegenwärtig war, würde es in Kürze nicht mehr geben. Für dieses Miteinander bot das moderne Hamburg keinen Platz mehr. Nicht nur Wohnen und Arbeiten, sondern auch Handelsplatz und Speicherplatz sollten zukünftig einer strikten räumlichen Trennung unterliegen. Genau dieser Ort, an dem Sören jetzt stand, führte ihm die Bedürfnisse und die baulichen Dimensionen der neuen Zeit mit aller Deutlichkeit vor Augen: Neben ihm wuchs ein ganzer Stadtteil ausschließlich für Speicher- und Lagerzwecke, vor ihm stand ein Gebäude, das überwiegend Kontore unterschiedlicher Firmen beherbergte – der Dovenhof.

Wie ein Fremdkörper schob sich der imposante Bau zwischen die alten Fachwerkgiebel, die den Straßenzug

noch mehrheitlich bestimmten. Die anderthalbgeschossi-
ge Sockelzone aus groben Granitbossen stand in krassem
Gegensatz zu den feingliedrigen Fassaden der alten Bür-
gerhäuser am Dovenfleet. Auf den ersten Blick wirkte der
Dovenhof wie ein öffentliches Gebäude, ein Amtssitz oder
eine Behörde. Sören fühlte sich unweigerlich an Paris erinnert, wo er moderne Gebäude ähnlicher Bauweise gesehen hatte, die reihenweise die breiten Boulevards und Al-
leen flankierten oder die großen Plätze säumten. Auffällig
am Dovenhof waren nicht nur die turm- und giebelbe-
krönten Risalite, sondern vor allem der runde Abschluss
der Fassade zur Ecke Brandstwiete und Dovenfleet in
Form eines Altans, dessen Turmhelm ein ovales Fenster
im Stil der französischen Renaissance zierte. Vielleicht
wirkte der Neubau gerade wegen der gediegenen Eleganz,
die er ausstrahlte, auf Sören wie ein Eindringling an diesem Ort.

Im Vorbeigehen blickte Sören in die Brandstwiete, wo
sich eine Menschentraube vor dem Hauptportal des Kon-
torhauses drängte. Er selbst ging zum seitlichen Eingang
am Dovenfleet, den Martin ihm empfohlen hatte, weil es
von dort einen eigenen Treppenaufstieg zu seinem Kontor
gäbe. Auch dieser Eingang war mit Blumengirlanden geschmückt. Eine marmorne Tafel mit goldenen Lettern
wies ihm den Weg: Comptoir Hellwege, 1. Etage, 3. Korridor rechts. Über einen kleinen Treppenturm in der Ecke
eines Lichthofs gelangte Sören ins obere Stockwerk.
Gleich am Anfang des ersten Korridors gab es erneut eine
Tafel mit dem Verzeichnis aller hier gelegenen Kontore sowie einen Wegeplan, den sich Sören einprägte. Der dritte
Korridor lag etwas abseits im hinteren Flügel des Gebäudes.

«Na, hast du dich nicht verlaufen?», fragte Martin zur
Begrüßung. Er hatte an der Tür zum Vorzimmer auf Sören
gewartet.

«Korridore wie in einem Gerichtsgebäude», antwortete Sören und fügte schmunzelnd hinzu: «Nur die Treppenhäuser sind etwas schmal geraten.»

Martin bat ihn lachend herein. «Warte, bis du alles gesehen hast. Du wirst staunen, mit welchen Neuerungen das Gebäude ausgestattet ist. Schau mal!» Er zog an einer langen Stoffkordel neben der Eingangstür und blickte auffordernd an die Zimmerdecke. «Elektrische Beleuchtung in allen Räumen», verkündete Martin stolz. «Aber leg doch erst mal ab. Es ist noch eine gute halbe Stunde Zeit bis zur offiziellen Übergabe.»

Sören zog neugierig an der Kordel, und die kleine Lichtquelle an der Decke erlosch augenblicklich. «Toll! Funktioniert das immer?» Er zog erneut, und der gläserne Kolben leuchtete von neuem auf.

«So lange, bis das Restaurant im Erdgeschoss schließt», erklärte Martin. «Dann schaltet der Kastellan die Dampfgeneratoren im Keller ab. Wer dann noch im Kontor sitzt, muss auf die alten Stinker zurückgreifen.» Er deutete grinsend auf eine Petroleumleuchte an der Wand. «Dass jedes Kontor mit einem eigenen Anschluss zum Stadttelefon ausgestattet ist, habe ich ja bereits erwähnt. So, jetzt stelle ich dir erst mal meine Mitarbeiter vor.» Er klopfte höflich an und öffnete gleichzeitig die Tür zu einem Seitenraum. «Der erste Besucher!», verkündete er freudestrahlend und trat ein.

Die korpulente Dame hinter dem Schreibpult wirkte sichtlich überrascht und nestelte verlegen an ihrer Frisur. «A-aber Herr Dr. Hellwege ha-atten doch gesagt, heute käämen …»

«Noch keine Kunden, ja», vervollständigte Martin und deutete auf Sören. «Keine Bange, das ist ein alter Jugendfreund von mir, der hier sicher häufiger erscheinen wird. Darf ich vorstellen, Dr. Sören Bischop – Miss Sutton aus Cornwall. Miss Sutton ist für die englischsprachige Korrespondenz des Hauses zuständig.» Dann wandte sich Martin den beiden anderen Personen zu, die aufgesprungen waren und nun etwas verloren neben ihren Schreibtischen standen. «Herr Jens Düsterhoff, mein Sekretär, und Herr Oltrogge, unser Revisor.»

Sören nickte freundlich und fragte sich heimlich, was sich sein Freund da für ein Ensemble zusammengestellt hatte. Düsterhoff war mindestens sechzig und wirkte in seiner gebückten Haltung und dem engen Frack auf Sören wie ein scheintoter Butler. Fehlte nur noch ein silbernes Tablett, das er mit zittriger Hand vor sich her balancierte. Oltrogge war etwa in Sörens Alter, schien jedoch ein ganz gravierendes Problem mit den Augen zu haben. Er schielte so absonderlich, dass es ganz unmöglich war, ihn anzusehen, ohne selbst zu schielen. Zu allem Überfluss schien er von einem Nervenleiden befallen, das seine Gesichtszüge in unregelmäßigen Schüben zu krampfartigen Zuckungen veranlasste. Miss Sutton schließlich wirkte wie ein mit menschlichen Zügen bemalter Ballon, und Sören überlegte, ob sie, würde sie umfallen, aus eigener Kraft wieder auf die Beine käme oder ob sie hilflos wie eine Schildkröte auf dem Rücken liegen bleiben und stotternd um Hilfe rufen müsste.

Während er zusammen mit Martin das Kontor verließ, dachte Sören noch immer darüber nach, wie es sich wohl anhören würde, wenn jemand in englischer Sprache stotterte. Aber durch welche Umstände auch immer sein Freund zu diesen Angestellten gekommen war, Sören zweifelte nicht daran, dass ihre jeweilige Qualifikation im Widerspruch zu ihrem Erscheinungsbild stehen musste.

«Nächste Woche werde ich noch einen Prokuristen einstellen», sagte Martin und schloss die Tür hinter sich. «Platz ist ja noch genug da, wie du gesehen hast.»

«Wie bist du gerade auf den Dovenhof gekommen?», fragte Sören, während er überlegte, welchen körperlichen

Defekt wohl der Prokurist haben mochte, um Martins Kabinett zu vervollständigen.

«Wie du weißt, bin ich allem Neuen gegenüber sehr aufgeschlossen. Die Idee einer derartigen räumlichen Konzentration, wie sie der Dovenhof bereitstellt, hat mich fasziniert. Ich kann mir gut vorstellen, dass dieser Bau nur ein Vorbote der künftigen Entwicklung in unserer Stadt ist. Die Verwaltungsaufgaben allen kaufmännischen Handelns, so unterschiedlich die jeweiligen Produkte auch sein mögen, ähneln sich ja immer mehr. Da ist es doch nahe liegend, dem auch baulich Rechnung zu tragen, oder? Der Grundgedanke des Bauherrn – oder vielmehr der des Architekten – war, die endgültige Disposition der einzelnen Kontore auf den Etagen offen zu halten, um sie den jeweiligen Bedürfnissen der zukünftigen Mieter entsprechend zuweisen zu können.»

«Also ein ähnlicher Gedanke wie bei Zinshäusern», stellte Sören fest.

«Natürlich. Auch der Dovenhof ist, wenn man so will, ein Spekulationsobjekt ähnlich den Mietzinshäusern. Mit dem Unterschied, dass eben kein Wohnraum, sondern ein Kontor gemietet werden kann. Ganz nach den jeweiligen Bedürfnissen – eine sechsköpfige Familie benötigt ja auch andere Räumlichkeiten als ein lediger Schlafgänger.»

«Wobei *benötigen* in der Regel nicht *haben* heißt, da das *Bezahlenkönnen* ausschlaggebend ist.»

«Ohne Frage», antwortete Martin und blickte Sören amüsiert an. «Sören, alter Sozialist! Du weißt, wie ich darüber denke und dass ich der Letzte bin, der sich seiner sozialen Verantwortung nicht bewusst wäre und danach handelte!»

«Es war nur eine Feststellung», sagte Sören, dessen Meinung über Spekulation und Ausbeutung sich über die Jahre nicht geändert hatte. Schon als Heranwachsende hatten sich Martin und er hitzige Debatten über die Un-

gerechtigkeiten und Missstände in der Gesellschaft geliefert, wobei häufig allein ihre unterschiedliche Herkunft
eine gemeinsame Sicht der Dinge verschleierte. Martin
Hellwege stammte aus einer mehr als wohlhabenden
Hamburger Familie, die sich zwar stets einem philanthropischen Erbe verpflichtet gab, aber gerne im Dunkeln beließ, woher das Vermögen der Familie eigentlich kam und
ob diese Verpflichtung nicht vielleicht eine Art Wiedergutmachung war. Sörens Meinung nach konnten derartige
Reichtümer nur durch ausbeuterisches kaufmännisches
Handeln angehäuft worden sein. Und da war es unmaßgeblich, wie viele Generationen das zurücklag. Allerdings
wäre Sören nie auf die Idee gekommen, diese Tatsache seinem Freund zum Vorwurf zu machen.

Inzwischen hatten die beiden den Lichthof erreicht, wo
die feierliche Zeremonie der Hausübergabe stattfinden
sollte. Um sie herum hatte sich eine große Gesellschaft
eingefunden, in der Mehrzahl die Menge neugieriger Passanten, die sich hinter dem roten Schmuckband drängte,
mit dem der Eingang des Hofes noch abgesperrt war, aber
vereinzelt konnte Sören auch ihm bekannte Persönlichkeiten erkennen, Bürgermeister Petersen etwa, der etwas abseits stand, und einige ihm namentlich nicht bekannte Senatoren, die allein durch ihre feierliche Amtstracht, den
Habit, aus der Menge hervorstachen.

«Dort hinten stehen Haller und Ohlendorff, der Bauherr.» Martin deutete auf eine Gruppe von Herren, die auf
der anderen Hofseite stand und dicht umlagert wurde.
Angesichts der Enge im Lichthof und des Umstands, dass
Martin durch zahlreiche Begrüßungen aufgehalten wurde,
schien es jedoch aussichtslos, zu ihnen zu gelangen.

«Haller ist der Architekt?», fragte Sören.

«Der Architekt, der auch unser Rathaus baut, ja. Ein interessanter Mann. Vielleicht ergibt sich nachher noch Gelegenheit zu einem Gespräch. Er ist der zur Zeit gefragteste Baumeister in der Stadt. Jeder, der etwas auf sich hält, lässt sich sein Haus von Martin Haller entwerfen.»

«Und Ohlendorff?»

«Natürlich auch!»

«Nein, ich meine, was ist er? Was macht er?»

«Heinrich von Ohlendorff ist vermutlich der reichste Bürger der Stadt», erklärte Martin und grinste. «Er hat aus Scheiße Geld gemacht!»

«Wie bitte?!»

«Guanohandel. Zusammen mit seinem Bruder Albertus hat er im großen Stil Düngemittel importiert – inzwischen ist er aus dem Geschäft ausgestiegen. Nun frag mich nicht, wie er es geschafft hat, den Bauplatz für dieses Projekt zu ergattern. Der Straßenabschnitt soll ja eigentlich erst in den nächsten zwei Jahren umgestaltet werden, wenn der Zollcanal die neue Grenze zum Freihafen wird. Da hat sich Ohlendorff, was die Lage betrifft, das Filetstück schon unter den Nagel gerissen.»

Ein paar Musiker, die anscheinend willkürlich zu einer Kapelle zusammengestellt worden waren, spielten auf, und nach einem Tusch kehrte schließlich Ruhe ein. Heinrich von Ohlendorff, der Bauherr des Dovenhofs, trat an ein Rednerpult und hielt eine kleine Ansprache, die er nach einigen preisenden Worten über den Architekten des Hauses unglücklicherweise mit einem Hinweis auf das Büfett schloss, das man für alle Anwesenden im Anschluss an die feierliche Eröffnung in der Lokalität im Erdgeschoss vorbereitet hatte.

Danach gab es natürlich kein Halten mehr. Die Menge stürmte los, und Ohlendorff kam nicht einmal mehr dazu, das Band vor der Hoftür zu durchschneiden. Innerhalb weniger Augenblicke war der Hof leer bis auf Ohlendorff und einige weitere Herren, die fassungslos die Köpfe schüttelten.

«Das war wohl etwas unüberlegt», sagte Sören.

«Die Meute hatte Hunger. Wir können froh sein, dass wir nicht über den Haufen gerannt wurden.»

«Komm! Es ist wohl besser, wir ziehen uns unbemerkt zurück.»

«Geh schon vor, du kennst ja den Weg! Ich habe noch kurz etwas mit Ohlendorff zu besprechen. Wir sehen uns gleich im Kontor.»

&

Während Sören versuchte, sich an den Weg zu erinnern, auf dem sie vorhin heruntergelangt waren, dachte er darüber nach, ob es zwischen Martin und Ohlendorff wohl engere geschäftliche Kontakte gab. Nach dem zu urteilen, wie er Ohlendorff eben beschrieben hatte, stand Martin den Geschäften des Mannes ja mehr als kritisch gegenüber. Andererseits hatte er sich mit seinem Kontor hier in Ohlendorffs Spekulationsobjekt einquartiert, was irgendwie nicht zusammenpasste. Sören bahnte sich einen Weg vorbei an der kleinen Schlange, die sich vor einem der Aborte gebildet hatte. Schließlich stand er am Ende des langen Hauptkorridors, der zu seiner Überraschung völlig menschenleer war.

Vor ihm erstreckte sich ein mindestens fünfzig Meter langer Flur, der mehr einer Halle als einem Korridor glich. Das Oberlicht, das durch gläserne Fensterscheiben hereinfiel, tauchte ihn in ein sanftes Licht. Über alle Etagen begrenzten eiserne Geländer und Brüstungen die Galerien, die von schmiedeeisernen Schmuckkonsolen getragen wurden. Glasierte Fliesen zierten die Seitenwände bis auf Schulterhöhe mit einem zarten Rautenmuster, und die Eingänge zu den Kontoren erinnerten Sören an die Portici, wie sie beispielsweise bei den Kabinetten der Uffizien von Florenz zu finden waren. Dennoch wirkte alles hochmodern. Im Vorbeigehen las Sören die Schilder an den hölzer-

nen Zargen der Eingänge. Er war erstaunt, wie viele Namen ihm davon noch bekannt vorkamen. Der Hall seiner
Schritte eilte ihm voraus. Sören blieb unvermittelt stehen
und lauschte, als erwarte er ein Echo. Aber was die Stille
durchschnitt, war kein Echo, sondern der markerschüt-
ternde Schrei einer Frau.

&

Sören zuckte zusammen. Dann lief er mit raschen Schritten in Richtung Treppenhaus, woher der Schrei offenbar
gekommen war. Auf dem Marmorboden vor der zweiflügeligen Treppe lag eine Frau, das Gesicht zur Decke gerichtet. Sonst war niemand zu sehen. In der Hand hielt sie
noch ihren Fächer. Ihre aufwendige Kopfbedeckung war
vom Haar heruntergerutscht und lag wenige Schritte von
ihr entfernt am Sockel der Treppe. Sören beugte sich zu
der Frau herab, und seine rechte Hand tastete automatisch nach ihrem Puls. Sie lebte, wie er erleichtert feststellte. Rasch öffnete er die Bänder, welche die Taille
umschnürten. Offenbar war sie ohnmächtig geworden. Sörens andere Hand hielt den Kopf der Frau, die noch sehr
jung war – um die zwanzig, schätzte er. Das dunkle Haar,
das sie entgegen der Mode recht kurz geschnitten trug,
stand in auffälligem Kontrast zu ihrer Hautfarbe. Der
atemberaubend blasse Teint konnte nicht nur von ihrer
Ohnmacht kommen, und angesichts der grazilen, ja fast
dekorativen Haltung, in der sie am Boden lag, fragte sich
Sören, warum Frauen selbst in einer solchen Situation
noch bedacht darauf schienen, möglichst anmutig zu Boden zu gleiten.

Erst jetzt schenkte er dem schmirgelnden, rumpelnden
Geräusch hinter sich seine Aufmerksamkeit. Er glaubte
seinen Augen nicht zu trauen. In einer Wandnische schob
sich ein Teil des Hauses langsam nach oben, schien unter

der Decke der Etage zu verschwinden, um sofort wieder aus dem Boden des darunter befindlichen Stockwerkes aufzutauchen. Daneben schien ein anderer Teil des Hauses in gleicher Geschwindigkeit im Boden zu versinken, wobei er auch auf dieser Seite sofort wieder aus der Decke herabfuhr. Zuerst glaubte Sören, er träume, aber dieses Spiel setzte sich fort, auch nachdem er sich mehrmals die Augen gerieben hatte. Vergleichbares hatte er bisher noch nicht gesehen. Es stand außer Frage, dass es sich um eine Art Aufzug handeln musste. Von diesen Geräten las man in den letzten Jahren viel; Sören selber hatte den ersten elektrisch betriebenen Aufzug auf einer Gewerbeausstellung in Mannheim bewundert. Aber wenn dies ein Aufzug war, wohin fuhren dann die ganzen Kabinen und woher kamen sie? Es sah beängstigend aus.

Inzwischen waren mehrere Personen ins Treppenhaus geeilt und bildeten in respektablem Abstand um Sören und die unbekannte Frau, die er, immer noch am Boden kniend, in seinen Armen hielt, einen Kreis.

«Was ist das?!», fragte Sören und deutete auf das bewegliche Gebilde hinter ihm.

«Der Paternoster», antwortete jemand aus der Menge. Andere Stimmen fragten, was geschehen sei, riefen nach Riechsalz, Wasser wurde geordert.

«Paternoster», wiederholte Sören. «Aha – Vater unser…»

«Muss ich sterben?», stöhnte die junge Frau in Sörens Armen, die in diesem Moment die Augen aufgeschlagen hatte.

«Nein, bestimmt nicht», antwortete Sören und reichte ihr ein Taschentuch. «Das ist nur eine technische Erfindung.»

Doch die Frau wollte sich partout nicht beruhigen und begann hysterisch zu schluchzen.

Plötzlich ging ein Raunen durch die Menge. Frauen

schrien auf, ein «O mein Gott» war zu hören, mehrere Damen taten es der jungen Frau in Sörens Armen gleich und fielen ebenfalls in Ohnmacht. «Oh, wie schrecklich! Schauen Sie! Um Gottes willen!!» Alles kreischte, und die Blicke der Anwesenden hefteten sich wie gebannt auf den Paternoster. Ihre Gesichter folgten der Aufwärtsbewegung des Aufzugs. Sören drehte sich um und konnte gerade noch eine zusammengesackte Gestalt erkennen, die mit der Kabine nach oben entschwand. Für einen Augenblick war es mucksmäuschenstill. Alle starrten wie gelähmt auf den Türsturz, von dem Blut tropfte. Die junge Frau in Sörens Armen hatte erneut ihr Bewusstsein verloren.

Sören streifte seinen Gehrock ab und bettete ihren Kopf darauf. «Kümmere sich jemand um sie!», rief er in die Menge, die in diesem Moment erneut aufschrie.

Der unglückliche Fahrgast war im anderen Schacht des Paternosters erschienen – und der kurze Moment, in dem er sein Antlitz der Menge zur Schau stellte, reichte aus, um deutlich zu machen, dass es ihm alles andere als gut ging. Sein Gesicht war blutüberströmt.

«Ein Unfall! Ein Unfall!!», rief jemand.

«Das war ja klar!»

«Das musste ja passieren, bei solchen Höllenmaschinen!», brüllte ein anderer.

Sören sprang auf und hastete Richtung Paternoster. Seine Blicke suchten vergeblich nach einem Hebel oder Mechanismus, mit dem man den scheinbar ewigen Lauf des Aufzugs stoppen konnte. Nach kurzem Überlegen fiel ihm aber ein, dass die betreffende Kabine nach einer Weile sicher wieder auf der anderen Seite auftauchen würde. Als der Kopf des Mannes erneut zu sehen war, zögerte Sören nur für den Bruchteil einer Sekunde, in der er überlegte, in welcher Form die Aufwärtsbewegung in die Abwärtsbewegung überging und ob man nicht über Kopf stehen müsse. Dann machte er einen beherzten Schritt in die Kabine und fuhr zusammen mit dem leblosen Körper hinauf, einem unbekannten Mechanismus entgegen.

Der Mann war tatsächlich tot, wie Sören sofort feststellte. Die tiefen Schnittwunden in Hals und Gesicht sprachen eine deutliche Sprache. Ebenso eindeutig war, dass der Mann sich die Verletzungen unmöglich durch den Aufzug zugezogen haben konnte. Die Züge des Toten waren völlig entstellt. Die Klinge eines sehr scharfen Messers oder Säbels hatte Nase und Lippen mehrfach gespalten. Aber diese Verletzungen waren nicht tödlich gewesen. Sören schob vorsichtig den blutgetränkten Hemdkragen zur Seite. Aus der Hauptarterie am Hals sickerten Reste von Blut. Sören musste augenblicklich an die Worte seines Vaters denken. Ging tatsächlich ein Messerstecher in der Stadt um?

Der hölzerne Fahrkorb veränderte langsam seine Richtung. Neben Sören tauchten riesige Zahnräder auf. Für einen Moment überlegte er, ob man nun über die Wände der Kabine gegebenenfalls zur Decke krabbeln müsse, doch der Wendemechanismus schien den Korb im Lot zu halten. Tatsächlich drehte die Kabine auf dem Scheitelpunkt wie ein Pendel. Sören blickte an sich herab. Er stand in einer riesigen Blutlache.

Bereits im Obergeschoss drängten sich inzwischen Neugierige vor dem Aufzugsschacht. Inmitten der Menge erkannte Sören den schielenden Blick von Oltrogge.

«Rufen Sie den Kastellan!», rief er im Erdgeschoss und überlegte kurz, ob der Wendemechanismus im Keller der gleiche wie auf dem Dachboden war. «Irgendjemand muss dieses Ding doch anhalten können!!»

«Und verständigen Sie die Polizei!», schrie er, als er wieder auf dem Weg nach oben war. «Hier ist ein Verbrechen geschehen!»

✑ Der Auftrag ✑

*E*inen doppelten Cognac bitte!» Die Bestellung, die Sören Bischop beim Portier aufgab, ließ keinen Zweifel an seiner Gemütslage aufkommen. Für gewöhnlich bestellte man Getränke nicht gleich beim Pförtner.

«Für mich auch! Es dürfen auch dreifache sein», erklärte Martin und hob zur Verdeutlichung zwei Finger. «Und – Heinrich! ... Seien Sie doch bitte so freundlich und kümmern Sie sich um den Rock von Herrn Dr. Bischop. Es ist ein kleines Malheur passiert.»

«Sehr wohl.» Heinrich streckte auffordernd den Arm aus und nahm das lädierte Kleidungsstück ohne weitere Fragen entgegen. Sören begutachtete Ärmel und Aufschläge des Rockes. Im dämmrigen Licht des Vestibüls konnte man nicht erkennen, was den Stoff getränkt hatte. Er blickte an sich herab. Auch sein Hemd hatte etwas abgekriegt.

«So wird es gehen.» Sören entfernte die Manschettenknöpfe, steckte sie neben die Taschenuhr in die Weste und krempelte die Ärmel auf.

«Gehen wir am besten in den Billardsaal. Das ist zwar pietätlos, beruhigt aber die Nerven.» Martin trug Sörens Namen in ein bereitliegendes Gästebuch ein und deutete auf eine Tür hinter der Garderobe. «Dort entlang.»

Die Blicke, mit denen sie kurz beäugt wurden, als sie den Vorraum zum Billardsaal durchquerten, galten natürlich dem Fremden, den Dr. Hellwege da in die Räume der Harmonie mitgebracht hatte. Entgegen Sörens Vermutung, man könne Anstoß an seinem Äußeren nehmen, da er entgegen der allgemeinen Etikette nur mit Hemd und Weste bekleidet war, spiegelten die Blicke jedoch nur Neugierde und keine Empörung wider. Von den drei großen Carambolage-Tischen war zu Martins Erleichterung nur der hinterste besetzt – von den Herren Crasemann und Michahelles, wie Sören erfuhr, als Martin seinen Gast vorstellte. Nach freundlichen Worten der Begrüßung kehrten sie an den grünen Filz zurück und setzten ihr Spiel fort. Martin zog ein hölzernes Queue aus einer der Stellagen, die vor einer vertäfelten Wandnische aufgestellt waren, kontrollierte die Geradlinigkeit des Spielgeräts, indem er das Holz mehrmals um die Längsachse drehte, und reichte Sören den Billardstock.

«Ich habe immer noch zittrige Hände. Du wirst leichtes Spiel haben.» Sören griff nach den Bällen und rieb das Elfenbein mit einem Filztuch ab. Dann positionierte er die Bälle in Form eines spitzen Dreiecks auf dem Filz und färbte die lederne Spitze seines Queues mit einem blauen Kreidestück ein. «Ich habe ja wirklich schon viel erlebt ...» Sören ballte die ausgestreckte Linke zu einer Faust und postierte sie vor seinem Spielball, der zur Unterscheidung von dem zweiten weißen Elfenbeinball mit drei schwarzen Punkten markiert war. Er legte das Queue in die Mulde zwischen Faust und abgestrecktem Daumen und ließ den Stock zur Probe mehrmals vor und zurück gleiten. «Aber ich bin noch nie mit einer Leiche Aufzug gefahren!» Der Spielball schoss erst auf die rote Kugel zu, touchierte sie leicht an der linken Seite, rollte zur gegenüberliegenden Bande, änderte dort die Laufrichtung und verpasste den zweiten weißen Ball um wenige Millimeter. «Was habe ich gesagt?» Sören schüttelte den Kopf, richtete sich aus der gebückten Haltung über dem Tisch auf und warf Martin einen auffordernden Blick zu. «Voilà. Dein Stoß!»

Ein junger Page in mustergültiger Livree hatte lautlos den Billardsaal betreten und reichte den Cognac auf einem Tablett. Das warme und weiche Bouquet des Getränks zeugte von bester Qualität und jahrelanger Reifung in hölzernen Barriques.

«Weißt du, was mich am meisten erstaunt hat?» Sören ließ das Cognacglas unter der Nase kreisen. «Dass die Polizei niemanden wirklich verhört hat! Es war doch völlig eindeutig, dass der Mann einem Verbrechen zum Opfer gefallen ist. Aber angesichts der Heerscharen von Prominenz, die am Tatort zugegen waren, schien der zuständige Constabler offenbar vor allem darauf bedacht, niemandem Umstände zu bereiten. Ein absolutes Minimum an protokollarischer Arbeit, fertig. Dabei wäre es doch ganz einfach gewesen. Man hätte bloß alle Eingänge des Dovenhofs abriegeln und alle Anwesenden befragen müssen, und jeder Besucher hätte sich einer Personenkontrolle unterziehen müssen.»

«Da waren bestimmt mehr als dreihundert Leute!», stellte Martin fest.

«Dreihundert Zeugen, meinst du! Na und? Ein Mensch wurde bestialisch ermordet. Mit ziemlicher Sicherheit war der Täter im Hause.» Sören leerte das Glas in einem Zug. «Als ich zu dem Mann in den Aufzugskorb sprang, war er höchstens fünf Minuten tot. Daraus schließe ich, dass der Mörder zu dem Zeitpunkt noch im Haus war. Vielleicht sogar, als die Polizei kam ...»

«Du meinst ...»

«Schau mich an – ich war von oben bis unten mit Blut befleckt! Du kannst davon ausgehen, dass jemand, der einem Menschen erst die Halsschlagader aufschlitzt und ihm dann noch das Gesicht zerschneidet, zumindest ein paar Blutspritzer abbekommen haben muss. Aber die Polizisten haben nicht mal nach solchen Indizien gesucht und nur beleidigt geguckt, als ich ihnen ihre Untätigkeit vorwarf! Man hat den Tatort abgesperrt und dafür gesorgt, dass die Leiche abtransportiert wird. Mehr nicht. Niemand hat was gesehen, niemand hat was gehört. Das war's, und alle durften nach Hause gehen. Es würde mich nicht wundern, wenn man inzwischen sogar die Blutreste und

Spuren auf dem Boden beseitigt hat. Dabei steht noch nicht einmal fest, ob der Mann überhaupt im Paternoster ermordet wurde, was ich mir allein aufgrund der beengten Platzverhältnisse nicht vorstellen kann ...»

«Hmm.» Martin machte ein nachdenkliches Gesicht.

«Dilettantisch ist das! – Mein Vater hat mir erzählt, dass es in letzter Zeit schon ähnliche Vorkommnisse ...»

«Vorgestern», erklärte Martin. «Ja, Dannemann. Gustav Dannemann. Hast du es nicht in der Zeitung gelesen?»

«Nein. Ehrlich gesagt hatte ich noch keine Gelegenheit zum Zeitunglesen. Dannemann. Der Name sagt mir leider nichts!»

«Der Mann war Mitglied der Bürgerschaft. Eigentlich nur ein kleiner Tuch- und Stoffhändler. Aber er hat vor einiger Zeit von sich reden gemacht, als er Gieschen vom Grundeigentümerverein wegen der Verteilung verleumderischer Flugblätter vor der Patriotischen Gesellschaft in scharfer Form angegriffen hat. Dannemann war ein Wichtigtuer, wenn du mich fragst. Der hat in allen nur erdenklichen Ausschüssen und Kommissionen gesessen. Und immer wenn's was zu stänkern gab, war Dannemann unter den Wortführern.»

«Du willst damit sagen, es war nur eine Frage der Zeit, bis ihm jemand die Kehle durchschneidet?»

«Deinen Sarkasmus kannst du dir sparen.» Martin lächelte säuerlich. «Ich wollte nur klarstellen, dass Dannemann bestimmt mehr Feinde als Freunde hatte.»

«Und der Dritte? Mein Vater sprach von einem Angestellten im Hause Lutteroth!»

«Ein Hilfsgärtner, stand in der Zeitung.»

«Also niemand, der mit Dannemann in irgendeiner Verbindung stand?»

Martin zuckte die Schultern. «Das kann ich mir kaum vorstellen. Aber worauf willst du hinaus? Glaubst du, es gibt einen Zusammenhang zwischen den Taten?»

«Ich finde eine solche Vermutung zumindest nahe liegend. Überleg mal: drei Tote in zwei Wochen! Und alle
wurden mit Stichen in Hals und Gesicht niedergemetzelt.
Statistisch gesehen ist ein solcher Zufall selbst in einer
großen Stadt wie Hamburg praktisch auszuschließen.»

«Es bleibt abzuwarten, wer der Tote im Paternoster ist.»

«Von den Anwesenden kannte ihn zumindest niemand,
was nichts heißen will. Außerdem war von seinem Gesicht
so oder so kaum noch etwas zu erkennen. – Du bist dran!»
Sören deutete auf das Billard.

«Man merkt, dass du der Sohn eines Commissarius
bist.» Martin machte keinen Hehl aus der Tatsache, dass
er in Übung war. Obwohl die Position der Bälle für ihn alles andere als vorteilhaft war, kündigte er kühn zwei Vor-
banden an, was bedeutete, dass der Spielball vor dem Kontakt mit anderen Bällen zuerst zwei Banden berühren
musste. Nachdem Martin fünf Punkte in Reihe gemacht
hatte, scheiterte er aber zum Schluss an einem relativ ein-
fachen Parallelstoß.

«Alles eine Frage der Konzentration», kommentierte
Sören.

Martin stützte die Hände am Rand der Bande auf. «Ich
habe zwar in der Rabenstraße einen eigenen Billardraum,
aber in Gesellschaft spielt es sich doch angenehmer.»

«Kommst du nur zum Spielen hierher?», fragte Sören.

«In Ermangelung von Familie und Gesellschaft im eigenen Haus bin ich regelmäßiger Gast in der Harmonie. –
Aber ich gehöre nicht zu den Spielsüchtigen, wenn du das
meinst», erklärte Martin. «Wir haben zwar in der oberen
Etage noch zwei Spielzimmer für Karten- und Brettspiele,
verfügen seit zwei Jahren sogar über eine Kegelbahn im
Keller, aber die Gesellschaft bietet mehr als nur leichtes
Amüsement, auch wenn es zu gewissen Tageszeiten vielleicht den Anschein haben mag, dass die Zusammenkunft
einiger Cliquen und Tischgesellschaften vorrangig dem

Spiel gewidmet ist. Es gibt hier zum Beispiel eine ganz ausgezeichnete Bibliothek, und im Lesesaal liegen die neuesten und vorzüglichsten Journale und Zeitungen aus.»

«Die Harmonie ist eine Stätte der Zusammenkunft und des Austausches.»

«Richtig. Aber anders als an der Börse, wo es ja nur immer um Handel und Aktienkurse geht, tauscht man in der Harmonie auch Neuigkeiten aus Politik und Kultur untereinander aus. Das Schöne ist, dass die Gesellschaft sich als absolut unparteiisch versteht, was den Vorteil einer gewissen Heterogenität ihrer Mitglieder und damit natürlich auch der Gesprächsthemen mit sich bringt. – Wieder eine Dreierreihe.» Ein Lächeln huschte über Martins Lippen. «Du bist dran.»

Sören betrachtete die Bälle, die entlang einer Bande aufgereiht waren. Der Spielball lag in der Mitte des Tisches. Ein schwieriger Stoß, und er war nicht in Übung. Früher hätte er einen Rückläufer gespielt, einen Stoß, bei dem der Spielball mit einem rückwärts gerichteten Effet erst nach vorne rutscht, um nach der ersten Carambolage in die entgegengesetzte Richtung zurückzuschnellen. Er blickte zu der Schiefertafel, auf der mit Kreide der Punktestand notiert war. Martin führte fast uneinholbar, aber einen Versuch war es trotzdem wert. Sören kreidete die Spitze des Queues mit besonderer Sorgfalt, da er den Spielball nur mit der äußeren Kante des Leders treffen durfte.

«Na also! Es geht doch noch!» Martin applaudierte leise, als der Spielball zu Sörens eigener Überraschung am Ende noch die rote Kugel von der Bande schob. «Mein Kompliment.»

«Zufall!», meinte Sören bescheiden.

«À la bonne heure! Da versteht jemand sein Handwerk!»

Sören drehte sich um. Hinter ihm standen Bürgermeister Petersen, Senator Versmann und ein Unbekannter.

56

«Wir wollten Ihr Spiel nicht stören.» Senator Versmann deutete eine leichte Verbeugung an.

«Herr Bürgermeister, Herr Senator!» Martin ging den Herren entgegen. «Wenn Sie reserviert hatten ...»

Versmann winkte ab. «Nein, nein! Es ist eine Freude, Ihnen zuzuschauen. – Doch leider ...» Er breitete entschuldigend die Arme aus. «Ohlendorff hat mir natürlich von den Geschehnissen berichtet. Er erwähnte auch, wie aufopfernd sich Herr Dr. Bischop um seine Tochter bemüht hat.»

«Das war doch selbstverständlich», entgegnete Sören, lehnte das Queue an den Billardtisch und reichte Senator Versmann die Hand. «Mir war die junge Dame nicht bekannt. Aber als Mediziner ist es natürlich meine Pflicht ...»

«Mediziner?», wiederholte Petersen und warf Versmann einen fragenden Blick zu. «Der Kollege Kirchenpauer erzählte doch, Sie seien Jurist.»

«Auch – ja. Das heißt in erster Linie Jurist. Ich praktiziere nicht mehr als Medicus.»

«Sohn des Commissarius Bischop, wie der gute Kirchenpauer ebenfalls erwähnte. Sie haben auch in Heidelberg studiert?»

Sören nickte verlegen. Er wusste die Situation nicht recht einzuschätzen. Kamen jetzt schon Bürgermeister und Senator, um ihm als Gesandte der Stadt zu huldigen? Die Situation im Dovenhof war aus heiterem Himmel über ihn hereingebrochen, und rein zufällig war er als Erster zugegen gewesen. Jeder andere Arzt hätte ebenso gehandelt. Nun gut, der Sprung in den Paternoster war vielleicht etwas kühn, aber rückblickend betrachtet völlig überflüssig gewesen. Eigentlich hatte man auch ohne medizinischen Sachverstand erkennen können, dass der Mann tot war. Warum also dieser merkwürdige Honoratiorenauftritt? Petersen und Versmann schienen recht gut über seine Person informiert zu sein. Aber außer der Tatsache, dass er der Sohn von Hendrik Bischop war – dem stadtbekannten Commissarius, der in der Vergangenheit mehrere spektakuläre Kriminalfälle in der Stadt aufgeklärt hatte –, gab es in seiner Vita nichts Außergewöhnliches; nichts, was diese Aufwartung hätte begründen können. Und überhaupt: Woher kannten Petersen und Versmann seinen Aufenthaltsort?

«Herr Dr. Bischop!» Versmanns Stimme nahm unerwartet einen offiziellen Klang an. «Bürgermeister Petersen kennen Sie sicherlich. Ich darf Ihnen noch Senatssekretär Roeloff, meine rechte Hand, vorstellen.»

Roeloff, der etwas im Hintergrund stand, quittierte die Bekanntmachung mit einem kaum merklichen Nicken.

«Es gibt einiges zu besprechen», setzte Versmann fort. «Wenn Sie sich die Zeit nehmen würden?» Er wandte sich Martin zu. «Ich habe mir erlaubt, den kleinen Saal für eine kurze Unterredung zu reservieren!»

Auch wenn Sören überhaupt keine Vorstellung davon hatte, um was es wirklich ging – Versmann hatte seine Bitte mit einer Bestimmtheit vorgetragen, die jede Abweisung ausschloss. Natürlich kamen sie der Aufforderung nach und folgten den Herren in den Kleinen Saal. Sören warf Martin einen fragenden Blick zu, aber auch der hob nur die Schultern.

«Wenn Sie uns bitte eine Karaffe Wein bringen würden? Ansonsten wünschen wir, keinesfalls gestört zu werden.»

Der Page nickte und zog den Türflügel hinter sich ins Schloss. Bürgermeister Petersen deutete auf die schweren Ledersessel, die um einen vor dem Fenster stehenden Tisch gruppiert waren. «Setzen wir uns.»

Roeloff regulierte die Gaszufuhr des Kronleuchters mittels einer langen eisernen Stange, die neben dem Kamin hing. Nach einer knappen Minute klopfte es, der Page war mit dem Wein gekommen. Versmann nahm ihm das Tablett mit den Gläsern ab. «Wir kommen schon klar – vielen Dank!» Er kramte in der Westentasche nach ein paar Geldstücken. Augenscheinlich war er mit den Regularien des Hauses nicht vertraut. Der Junge errötete und lehnte das Trinkgeld dankend ab.

Martin verteilte die Gläser und schenkte ein. «Bitte, Herr Bürgermeister, Herr Senator, spannen Sie uns nicht auf die Folter.»

Auch Versmann ließ sich in einen der tiefen Sessel fallen. Dann untersuchte er neugierig den Inhalt der großen Zigarrenkiste auf dem Tisch. «Sumatra! Dacht ich's mir doch!» Er reichte die Kiste an Petersen weiter. «Also zuerst …» Seine Blicke suchten den Tisch nach Streichhölzern ab. «Lassen wir bitte schön die ewige Titelei beiseite. Das hält nur auf!» Roeloff reichte ihm ein Briefchen Zündhölzer. «Danke. – Wir sind hier unter uns und brauchen uns nicht gegenseitig unserer Ämter und Würden zu versichern!»

Petersen nickte zustimmend.

«Noch eine letzte Formalie!» Versmann blickte in die Runde. «Was auch immer hier besprochen wird und unabhängig davon, ob wir uns auf einen gemeinsamen Nenner einigen können: Ich bitte um strengste Vertraulichkeit!»

Die drei blickten Sören an, der sich nach wie vor nicht erklären konnte, welche Angelegenheit hier besprochen werden sollte und warum Versmann die Möglichkeit in Betracht zog, dass man sich eventuell nicht einigen könne. Was erwartete man von ihm? Und warum diese Geheimhaltung? Dennoch nickte er stumm.

«Ich habe, wie Sie sicher bereits vermuten und mir hoffentlich verzeihen, beim Kollegen Kirchenpauer, der mit Ihrer Familie gut bekannt ist, gewisse Erkundigungen über

Sie eingeholt.» Bevor Sören den Grund dafür erfragen konnte, dämpfte Versmann seine Wissbegier mit einer Handbewegung. «Nicht ohne Grund – Sie gestatten ein paar einleitende Bemerkungen, bevor ich mein Anliegen konkretisiere?» Er entzündete die Zigarre und blies erst eine Minute lang dicken Rauch ins Zimmer, bevor er weitersprach. «Wie Sie vielleicht gehört haben, ereigneten sich in den letzten Wochen mehrere Verbrechen in der Stadt, die sich in Art und Weise der Ausführung ähneln. Nach dem heutigen Vorfall muss man endgültig und ernsthaft die Möglichkeit in Betracht ziehen, dass ein Verrückter durch die Stadt läuft und unbescholtene Bürger ermordet», erklärte Versmann und fügte mit sorgenvoller Miene hinzu: «… und es vielleicht erneut tut!»

«Man kann es zumindest nicht ausschließen!», ergänzte der Bürgermeister.

«Vor allem der Vorfall bei Lutteroths bereitet uns große Sorge. Der arme Arthur traut sich seither nicht mehr allein aus dem Haus. Auf seinen besonderen Wunsch hin haben wir zwei Sergeanten abkommandiert, die nachts vor seiner Villa patrouillieren.»

«Meint Arthur Lutteroth denn, der Anschlag habe ihm oder seiner Familie gegolten?», fragte Martin erstaunt nach.

«Der Mord geschah auf der Veranda», erklärte Roeloff. «Gegen Mitternacht. Die Herrschaften waren aber gar nicht im Hause. Wahrscheinlich hatte es sich Otto Lüser, so der Name des Unglücklichen, dort gemütlich gemacht und eine Pfeife geraucht.»

«Man muss zumindest die Möglichkeit in Betracht ziehen, dass der Angreifer ihn für Lutteroth gehalten hat», verkündete Versmann.

«Und Dannemann?», fragte Sören.

«Auch Dannemann wurde mitten in der Nacht ermordet. Vor seiner eigenen Haustür …»

«Hatten die beiden denn – ich meine Dannemann und

Lutteroth –, hatten sie irgendetwas miteinander zu schaffen?», erkundigte sich Sören interessiert.

«Beide waren Bürgerschaftsabgeordnete – Entschuldigung. Lutteroth ist es natürlich noch immer! Sonst nichts, nein. Auch privat pflegten sie keinen Umgang.»

«Und der Tote heute?»

«Ein gewisser Tobias Schnauff», sagte Petersen.

«Sachverständiger der Hamburger Feuerkasse», fügte Versmann hinzu. «Er kam gerade von einer Dienstreise zurück.»

«War er mit Lutteroth oder Dannemann bekannt?»

«Wissen wir noch nicht. – Aber wie ich sehe», sagte Versmann zu Sören gewandt, «habe ich Ihr criminalistisches Interesse bereits geweckt.»

«Was kann ich in der Angelegenheit für Sie tun?»

«Dazu komme ich gleich.» Versmann tippte die Asche seiner Zigarre behutsam in den Aschenbecher und nahm einen Schluck Wein. «Wenn Sie mir noch einen kleinen Exkurs gestatten? Das Problem besteht nämlich darin, dass die gegenwärtige Polizeiführung auch nach den bisherigen Vorkommnissen keinen Handlungsbedarf sieht ...»

«Das Problem heißt Hachmann! Nenn das Kind beim Namen, Johannes!», forderte Petersen mit zunehmender Ungeduld.

«Ja, also genau hier bitte ich um die anfangs erwähnte Diskretion!» Versmann blickte noch einmal um Verständnis bittend in die Runde. «Der Kollege Hachmann wurde als Nachfolger des erkrankten Senators Kunhardt ja gerade erst als Präses der Polizeideputation gewählt ... Aber ich will nicht um den heißen Brei herumreden: Er ist schlichtweg überfordert mit der Aufgabe.»

«Er ist nicht überfordert!», setzte Petersen hinzu. «Er kuscht vor Berlin!»

«Sagen wir ... er, äh, sieht sich mit einem gewissen Erwartungsdruck aus Preußen konfrontiert. Man hat ihm, das heißt der Deputation, gerade zwei Criminalinspektoren aus Berlin zur Seite gestellt, die sich ein Bild darüber machen sollen, in welcher Form die hiesige Polizei Verstöße gegen das Sozialistengesetz verfolgt.»

«Unter diesen Umständen können wir von Hachmann nicht allzu viel erwarten. Das hiesige Constablercorps ist der Angelegenheit jedenfalls nicht gewachsen.» Der Bürgermeister zündete sich ebenfalls eine Zigarre an.

«Was fehlt, ist ein Mann wie Ihr Vater!», sagte Versmann und blickte Sören erwartungsvoll an. «Zugegeben, es gab in letzter Zeit bei der polizeilichen Organisation gewisse Versäumnisse – schließlich wollte Kunhardt keine militärisch organisierte Polizeitruppe nach preußischem Vorbild in unserer Stadt; bei der Neustrukturierung wurde der Gedanke einer criminalen Abteilung aus genau diesem Grunde nicht weiterverfolgt.»

«Eine eklatante Fehlentscheidung!», meinte Sören voller Überzeugung.

Versmann nickte. «Sicher. Das wissen wir jetzt! Aber versetzen Sie sich einmal in unsere Lage. Wir können auf die Schnelle kein criminales Commissariat aus dem Boden stampfen. Außerdem mangelt es an Polizeikräften mit entsprechender Ausbildung!»

«Ich verstehe immer noch nicht, warum Sie mir das alles erzählen», sagte Sören, obwohl er inzwischen ahnte, worauf die Sache hinauslief.

«Ich hatte vorhin ein kurzes Gespräch mit unserem ehemaligen Kollegen Friedrich Sieveking. Wie Sie vielleicht wissen, ist er inzwischen Richter am Oberlandesgericht. Nun, er wies mich auf die Möglichkeit hin, dass der Senat gegebenenfalls, ohne eine Sonderkommission einsetzen zu müssen, auch einen Staatsanwalt mit besonderen Befugnissen berufen könne, der sich der Sache annimmt.» Versmann blickte Sören eindringlich an. «Vorausgesetzt natürlich, es gibt einen Anfangsverdacht.»

«Und dabei haben Sie an mich gedacht?»

«Der gute Kirchenpauer sagte, Sie wären im Strafrecht bewandert, hätten zudem über die juristische Verwertung criminalmedizinischer Erkenntnisse promoviert, und außerdem müsse Ihnen ein criminalistisches Gespür allein wegen Ihrer Herkunft quasi im Blut liegen.»

«Ich fühle mich geehrt», sagte Sören. «Und Ihr Vorschlag klingt sehr interessant. Aber ich habe eine feste Zusage bei der Kanzlei Daniel & Johns. Nächste Woche werde ich als Strafverteidiger ...»

«Das hat Zeit, mein Lieber, das hat Zeit.» Petersen breitete die Arme aus. «Ich versichere Ihnen, ich werde mich persönlich um die Angelegenheit kümmern. Ich werde mit Albrecht Johns sprechen und dafür Sorge tragen, dass Sie keinen Schaden haben.»

«Aber wie, stellen sich die Herren vor, soll ich in der Angelegenheit ermitteln? Ich habe keinen Stab, keine Mitarbeiter, ja nicht einmal Büroräume.»

«Du könntest dich in meinem Kontor einquartieren», schlug Martin vor, der von der Idee begeistert zu sein schien. «Ich habe noch zwei freie Räume, in denen du dich ausbreiten kannst.»

«Wir könnten Ihnen sonst auch Räume im Verwaltungsgebäude an der Bleichenbrücke zur Verfügung stellen, was allerdings den Nachteil hätte, dass Ihre Arbeit ständig neugierigen Blicken ausgesetzt wäre. Die Vorsteher der Polizeiwachen werden natürlich eingeweiht», erklärte Versmann. «Falls Sie Hilfe benötigen: Bürgermeister Petersen und meine Wenigkeit werden Ihnen – stellvertretend für den Senat – die entsprechenden Papiere ausstellen. Da wir Gefahr im Verzug geltend machen können, muss Ihre Berufung der Öffentlichkeit nicht zwingend bekannt gemacht werden.»

«Was für Ihre Ermittlungen bestimmt von Vorteil sein dürfte», fügte Roeloff hinzu.

Sören machte einen tiefen Atemzug und blickte Hilfe suchend zu Martin hinüber, obwohl natürlich klar war, dass die Entscheidung allein bei ihm lag. «Meine Herren – ich danke für das Vertrauen, das man mir entgegenbringt. Ich weiß die Ehre zu schätzen. Trotz alledem bitte ich um Bedenkzeit. Ich werde Sie morgen früh von meiner Entscheidung in Kenntnis setzen.»

✑ Lagerwechsel ✒

Nur zur Sicherheit!» Hendrik Bischop deutete mit einem entschuldigend wirkenden Augenaufschlag auf den Spazierstock und ließ ihn spielerisch durch die Hand gleiten. Dann lehnte er den Stock an die Türzarge, verschränkte die Arme hinter dem Rücken und wanderte, als wolle er seinem Sohn demonstrieren, dass es auch ohne Stock ging, im Zimmer umher. «Deine Mutter besteht darauf. Allerdings nur, wenn ich das Haus verlasse.»

«Sehr vernünftig.» Sören rückte den einzigen Stuhl im Zimmer zurecht und bot ihn seinem Vater an. Ein Tisch, ein Stuhl und ein schmales Regal – mehr Einrichtungsgegenstände hatte er auf die Schnelle nicht auftreiben können. Für den Anfang musste es reichen. «Ich habe dich nicht so schnell erwartet. Woher wusstest du ...»

«Aus der Zeitung!», schnitt ihm Hendrik das Wort ab und schob den Stuhl zurück an seinen Platz. «Danke, aber ich stehe lieber.»

Sören hatte die Artikel natürlich auch gelesen. Alle Blätter der Stadt zerrissen sich den Mund über die Gräueltat im Dovenhof. Und wie nicht anders zu erwarten, tauchte auch sein Name an dieser und jener Stelle auf, was Sören natürlich gar nicht so recht war. Zudem waren die Blätter voll von polemischen Kommentaren über die dilettantische Hamburger Polizei, und hinsichtlich des Verbrechens versuchte man sich mit den phantastischsten Spekulationen gegenseitig zu übertreffen, was ein deutliches Zeichen dafür war, dass man eigentlich überhaupt keine Informationen und Anhaltspunkte besaß. «Nein. Ich meine, woher wusstest du, dass ich hier ... Ich hätte dich natürlich in den nächsten Tagen informiert», fügte Sören fast entschuldigend hinzu, obwohl er die Zeit, in der er seinem Vater gegenüber Rechenschaft über jegliches Tun und Handeln abgelegt hatte, eigentlich als längst beendet ansah.

«Atemberaubend!»

«Was?»

«Der Paternoster! Dieser Aufzug. Ich hatte natürlich darüber gelesen – konnte es mir aber nicht vorstellen. Natürlich bin ich vorhin eine Runde gefahren.»

«Ähh, ja?» Sören war verunsichert. «Du weichst meiner Frage aus!»

Hendrik räusperte sich. «Nein. Das *Echo* hat schon vor Tagen eine Liste der zukünftigen Firmen im Dovenhof veröffentlicht. Natürlich bin ich da über den Namen Hellwege gestolpert. Und du hast uns gesagt, dass du dich vorerst bei Martin einquartiert hast. Nun, ich kann ja noch zwei und zwei zusammenzählen!» Hendrik machte eine kurze Pause und blickte seinen Sohn eindringlich an. «Und den Rest hat mir vorgestern Senator Kirchenpauer berichtet.»

«Senator Kirchenpauer? Ach so. Das finde ich ja interessant, was dein Freund Kirchenpauer immer alles über mich weiß.» Sören schürzte die Lippen. «Ich habe Senator Versmann vorgestern Morgen von meiner Entscheidung in Kenntnis gesetzt. Vorgestern! Wohlgemerkt Versmann, nicht Kirchenpauer! Dann brauche ich dir ja wahrscheinlich gar nicht zu erläutern, warum ich hier bin und was ich hier zu tun gedenke? Vielleicht weißt du ja sogar schon mehr als ich?!»

Hendrik tat, als hätte er die Spitze überhört. Er kam auf Sören zu und stützte sich auf die Stuhllehne. «Du hast das Lager gewechselt. Dass es so schnell gehen würde, habe ich nicht erwartet.»

«Ich kann mir vorstellen, dass du im Stillen über meinen Entschluss triumphierst.»

Hendrik blickte seinen Sohn ernst an, dann erst huschte ein Lächeln über seine Lippen. «Ich will meine Freude darüber nicht verbergen. Aber versteh mich nicht falsch!», schob er rasch nach. «Es ist nicht die Rechthaberei, die mich befriedigt, sondern allein das Ergebnis deiner Entscheidung.»

«Ich habe es mir reiflich überlegt.»

«Ich hoffe nur, du weißt, worauf du dich da eingelassen hast. Und die Stelle bei Daniel & Johns?»

«Ich habe gestern mit Albrecht Johns gesprochen. Er hat aus seiner Enttäuschung keinen Hehl gemacht, war aber voller Verständnis, als ich ihm von der Dringlichkeit meiner Aufgabe erzählte. Ich nehme an, Bürgermeister Petersen hat ihn bereits bearbeitet. Johns sagte mir, er würde meine Arbeit mit Spannung verfolgen. Ich musste ihm aber versprechen, dass es sich nur um einen kurzzeitigen Aufschub handeln wird.»

Hendrik lächelte. «Du bist ja sehr optimistisch. Und wie gehst du den Fall jetzt an?»

«Fragst du das jetzt aus Neugierde oder weil du mir deine jahrzehntelange Erfahrung an die Seite stellen willst?»

«Neugierde! Reine Neugierde!», versicherte Hendrik etwas zu schnell.

«Es juckt dich in den Fingern, nicht?»

«Kannst du das nicht verstehen? Aber warum auch nicht? Vielleicht kannst du ja von meiner Routine im Umgang mit solchen Sachen profitieren ...»

Sören blickte seinen Vater an. War das wirklich sein Ernst? Vor ihm stand ein alter Mann, der sein ganzes Leben der Aufklärung von Verbrechen gewidmet hatte. Das Leuchten in Hendriks Augen kam einer flehentlichen Bitte gleich, die er allerdings nie ausgesprochen hätte. Konnte Sören seinem Vater diese Bitte abschlagen, ohne ihn zutiefst zu verletzen? Konnte er andererseits die ständigen

Weisheiten eines ergrauten Commissarius bei seiner Arbeit ertragen? Würde sein Vater nicht alles besser wissen wollen, obwohl er von der Methodik moderner criminaltechnischer Verfahren nicht die Spur einer Ahnung hatte? Seine Erfahrung und Menschenkenntnis in allen Ehren, aber damit allein konnte man dieser Tage keinen Pappenstiel mehr gewinnen. Und sein Vater hatte ja wohl nicht vor, Verhöre durchzuführen. Allerdings hatte Sören keinen Stab hinter sich, und inwieweit die einzelnen Gremien und Institutionen, auf deren Zuarbeit er bei seinen Recherchen angewiesen war, mitspielen würden, war noch ungewiss. «Wenn es dir ausreicht, dass ich mich alle drei Tage zum Rapport melde, dann ja!»

«Und wie gehst du den Fall jetzt an?», fragte Hendrik erneut.

«Und du mir versprichst, dass du niemandem davon erzählst, dass du deine Nase in meine Angelegenheiten steckst! Vor allem Mutter nicht!»

Hendrik nickte.

«Nun, ich habe erst einmal um eine gerichtsmedizinische Untersuchung gebeten», erklärte Sören. «Das heißt: sie angeordnet, wenn du so willst.» Er lächelte seinen Vater an. «Mit meiner mir zugewachsenen Autorität in dieser Sache habe ich mich noch nicht so recht angefreundet», fügte er hinzu. «Ich muss mir zuerst ein Bild davon machen, ob die Verletzungen wirklich von ein und derselben Waffe stammen. Bei Tobias Schnauff ist das kein Problem, bei Otto Lüser schon mehr. Er liegt seit einer Woche unter der Erde.»

«Exhumierung?», fragte Hendrik.

Sören nickte. «Unschöne Sache. Lüser erhielt ein Armenbegräbnis.»

«Der alte Knicker Lutteroth! Er hätte seinem Gärtner ja zumindest einen Sarg spendieren können ...»

«Ich hoffe zumindest», fuhr Sören fort, «dass die Verwesung noch nicht eingesetzt hat. Was Dannemann angeht, da werde ich heute Nachmittag seiner Witwe einen Besuch abstatten. Außerdem werde ich wegen Tobias Schnauff die Hamburger Feuerkasse kontaktieren. Dann muss ich herausfinden, ob es berufliche oder private Berührungspunkte zwischen den Opfern gab.» Sören seufzte. «Ein Gärtner, ein Sachverständiger der Feuerkasse, ein Tuchhändler – irgendwie scheint das alles nicht recht zusammenzupassen.»

«Dannemann war Bürgerschaftsmitglied ...»

«Hmm.» Sören nickte gedankenvoll.

«Was mich dabei vor allem erstaunt», sagte Hendrik, «ist die Tatsache, dass man höheren Ortes gleich ein solches Trara um die Sache macht.»

«Aber Aufsehen will man ja gerade vermeiden – oder was meinst du?»

«Nun, zumindest hat man dich beauftragt – mit sehr weit reichenden Befugnissen. Befugnissen, die ich als Commissarius offiziell nie hatte. Es wundert mich, warum man gleich mit Kanonen auf Spatzen schießt.»

Sören blickte seinen Vater befremdet an. «Neulich warst du noch überzeugt davon, dass ein wahnsinniger Messerstecher durch die Stadt läuft und harmlose Bürger massakriert – das waren deine Worte, falls ich mich recht erinnere. Und nun sprichst du von Spatzen, auf die man mit Kanonen schießt? Ich kann dir da nicht ganz folgen.»

«Das geht mir nur alles viel zu schnell. Wegen eines gewalttätigen Irren würde man nicht so viel Aufhebens machen. Ich könnte mir vorstellen, dass es da vielleicht noch einen anderen Grund gibt.»

«Sicher. Der Grund heißt Lutteroth. Wie Petersen und Versmann mir mitteilten, glaubt er, der Mörder von Otto Lüser habe es in Wirklichkeit auf ihn und seine Familie abgesehen. Lutteroth ist sehr einflussreich ...»

«Und? Was hältst du davon?»

«Ich kann mir erst ein Bild machen, wenn ich mit Lutteroth gesprochen habe.»

«Dagegen spricht», erklärte Hendrik, «dass der Täter – vorausgesetzt, es ist immer ein und derselbe – es nicht weiterhin versucht hat, sondern sich andere Opfer gesucht hat.»

«Lutteroth wird seit der Tat von Polizeisergeanten geschützt.»

Hendrik nickte besonnen. «Erstaunlich, nicht?»

«Was meinst du?»

«Ich finde es recht ungewöhnlich, dass jemand sagt, er habe Angst – und schwupp, bekommt er vom Polizeipräses zwei Sergeanten vors Haus gestellt. Ich glaube doch, für gewöhnlich muss man da etwas mehr als eine Vermutung äußern, also einen Verdacht haben, den man begründen kann. Beweise vorlegen ... Mir zwingt sich förmlich die Frage auf: Wovor genau hat Lutteroth Angst?»

«Wir werden sehen, wenn ich mit ihm gesprochen habe.»

&

Sören musste seine Meinung vom ergrauten Commissarius revidieren. Trotz, vielleicht aber auch wegen seines hohen Alters hatte Hendrik Bischop immer noch eine unglaublich schnelle Auffassungsgabe. Es wirkte auf Sören fast spielerisch, wie sein Vater mögliche Handlungsmuster entwickelte oder ausschloss, wie er, ohne auch nur den geringsten Anhaltspunkt zu haben, blitzschnell sämtliche Ungereimtheiten auflisten konnte und bereits einen ganzen Fragenkatalog dazu parat hatte. Bevor Sören ihn zur Tür brachte, hatte sein Vater noch eine Vermutung geäußert. Der Satz schwirrte Sören immer noch im Kopf, als er sich längst auf dem Weg zur Witwe von Gustav Dannemann befand. ‹Es würde mich nicht überraschen›, hatte

Hendrik gesagt, ‹wenn da irgendetwas hintersteckt, was Bürgermeister Petersen und Senator Versmann dir gegenüber noch gar nicht erwähnt haben.›

Die Vorhänge des Hauses am Ness waren zugezogen, und unter dem schwarzen Trauerflor an der Haustür bat ein Schild, von etwaigen Kondolenzbesuchen abzusehen. Die Hausangestellte, die Sören nach zweimaligem Läuten die Tür öffnete, war sichtlich verunsichert. Man empfange zurzeit keine Gäste, erklärte sie mit einem höflichen Knicks, als Sören sein Anliegen, die Dame des Hauses sprechen zu wollen, kundtat. Wahrscheinlich war es das gesiegelte Stadtwappen auf der Visitenkarte, die ihr Sören mit der ausdrücklichen Bitte um Konsultation aushändigte, das sie dazu bewog, sein Anliegen dennoch weiterzuleiten. *Bevollmächtigt im Auftrag des ehrwürdigen Senats* stand in großen geschwungenen Lettern unter seinem Namen. Nach einigen Minuten erschien sie abermals, bat Sören herein und führte ihn mit der Bitte um etwas Geduld in ein Besuchszimmer. Zögerlich schob sie die Vorhänge eine Handbreit auf, um etwas Licht hereinzulassen, und entzündete dann eine Kerze, die inmitten eines Trauergestecks auf dem Tisch stand.

Die Tür zum Salon wurde energisch aufgerissen. «Danke, Ivette! Lass uns bitte allein!» Der Mann im Türrahmen klapperte ungeduldig mit der Türklinke, bis das Mädchen den Raum verlassen hatte. «Herr Dr. Bischop?» Der Blick, mit dem der Mann Sören musterte, spiegelte Entrüstung wider. «Wenn Sie die Güte hätten, mir zu erklären, welcher Grund vorliegt, die Trauer des Hauses zu stören?!»

«Ich bitte mein Eindringen höflichst zu entschuldigen, aber es liegen zwingende Gründe vor.» Sören machte einen Schritt auf den Mann zu, der sich entgegen jeglichem Comment noch nicht vorgestellt hatte. «Herr …?

«Dierksen! Nicolaus Dierksen! Ich bin der Schwager

des verstorbenen Gustav Dannemann und regele zurzeit die Geschäfte des Hauses. Meine Schwester, die unglückliche Gattin des Verstorbenen, ist verständlicherweise indisponiert ...»

«Mein herzliches Mitgefühl auch Ihnen.» Sören verneigte sich. «Die vorliegenden Umstände erschienen der Stadt Anlass genug, die möglichen Hintergründe der Tat eingehend zu beleuchten.»

«Hintergründe? Ich verstehe nicht. – Es handelt sich doch wohl um die Tat eines Wahnsinnigen.»

«Das zu klären ist meine Aufgabe», entgegnete Sören.

«Sie sollten lieber die Bürger der Stadt schützen ...»

«Was natürlich geschieht. – Ich benötige trotzdem einige Auskünfte über Ihren Schwager. Wenn Sie so freundlich wären ...?»

«Gustav Dannemann war ein unbescholtener und angesehener Bürger der Stadt, Mitglied der Bürgerschaft und ...»

Sören nickte mehrmals. «Das steht alles außer Frage!»

«Dann verstehe ich nicht, was Sie von uns wollen?»

«Erst einmal möchte ich von Ihnen wissen, ob irgendjemand einen Grund gehabt haben könnte, Ihren Schwager zu töten. Hatte er Feinde?» Sören hatte natürlich einige Erkundigungen eingeholt und wusste, dass Gustav Dannemann allgemein als Wichtigtuer und Querulant galt. Allerdings war schwer vorstellbar, dass er allein deshalb einen so grausamen Tod hatte erleiden müssen.

«Natürlich nicht!», antwortete Dierksen wie aus der Pistole geschossen.

«Aber wie mir zu verstehen gegeben wurde, war er zumindest unter den Mitgliedern der Bürgerschaft, welche die Interessen des Grundeigentümervereins vertreten ... sagen wir ... unbeliebt.»

«Wer sagt so etwas?», fragte Dierksen mit zornesrotem Gesicht.

Sören zuckte mit den Schultern. «Das ist, was mir zu Ohren kam.»

«Die Leute sollten sich schämen, so über einen Toten zu reden!»

«Nun, so rücken Sie das Bild von Gustav Dannemann ins rechte Licht!», sagte Sören.

«Mein Schwager hat, was ich nur gutheißen kann, im letzten Jahr gegen die linke Fraktion der Bürgerschaft heftig opponiert. Dabei ist er vor allem mit Eduard Banks aneinander geraten, der für Gieschens Vermieterpartei mit unlauteren Machenschaften die Hamburger Steuerpolitik angeprangert hat.»

«Was hat sich Banks denn zuschulden kommen lassen?», fragte Sören interessiert.

«Hetzkampagnen, verleumderische Flugblätter, diffamierende Schriften! Alles in allem ein Vorgehen, das eines Hamburger Bürgers seiner Herkunft unwürdig ist, schließlich war sein Großvater Bürgermeister der Stadt!»

«Könnte Banks also einen Grund gehabt haben ...?»

Dierksen lächelte höhnisch. «Wohl kaum! Banks ist letztes Jahr verstorben. Sie kommen wohl nicht aus Hamburg?»

«Doch, doch», versicherte Sören. «Ich war nur längere Zeit abwesend. – Können Sie mir sagen, ob Ihr Schwager Tobias Schnauff gekannt hat und ob er engeren Kontakt zu Arthur Lutteroth hatte?»

«Schnauff? Nie gehört! Ist das der, den man im Dovenhof umgebracht hat?»

Sören nickte. «Schnauff arbeitete für die Feuerkasse.»

«Weiß ich nicht», entgegnete Dierksen. «Am besten fragen Sie Wilhelm Rump von der Feuerkassendeputation. Der wird Ihnen da nähere Auskünfte geben können. Mit Lutteroth hatte er häufiger zu tun. Zumindest haben sich die beiden geduzt.»

«Es klingt, als würden auch Sie Rump und Lutteroth persönlich kennen? Was machen Sie beruflich?»

«Ich?», fragte Dierksen überrascht. «Ich bin Grund-
stücksmakler. Aber ich wüsste nicht, in welcher Form das
für diese Angelegenheit von Belang ist?!»

&

Das werden wir sehen, dachte Sören, als er das Haus von
Gustav Dannemann nach einer knappen halben Stunde
wieder verlassen hatte. Nicolaus Dierksen hatte sich alles
andere als kooperativ gezeigt. Natürlich war ihm als Mitglied der Familie daran gelegen, das Ansehen, welches sein
Schwager seiner Meinung nach in der Öffentlichkeit hatte, posthum nicht zu schmälern. Aber das begründete
nicht die Lobpreisungen, mit denen Dierksen seinen
Schwager geradezu überhäuft hatte.

Sören hatte nach einem Anhaltspunkt gesucht, nach einem winzigen Hinweis, einem Indiz, das ein Kapitalverbrechen hätte erklären können, schließlich hatte jeder Mensch
irgendeine Schwäche, einen kleinen Makel. Aber nicht so
Dannemann. Nach Dierksens Schilderungen gab es nicht
den geringsten dunklen Fleck, der die Vita von Dannemann
verunzierte. Für ihn war es völlig undenkbar, dass sein
Schwager das Opfer eines gezielten Verbrechens gewesen
sein konnte. Die Hartnäckigkeit, mit der Dierksen diese
Möglichkeit ausschloss, war schon mehr als auffällig. Es
wirkte geradezu, als wolle er Sören von seinen Nachforschungen abhalten – als hätte er kein Interesse daran, den
möglichen Tathintergrund zu beleuchten. Oder war seine
Verschlossenheit nur Ausdruck von Trauer, gemischt mit
der Resignation, die man empfand, wenn man die Möglichkeit in Betracht ziehen musste, dass es die Tat eines Wahnsinnigen war, die vielleicht nie aufgeklärt werden würde?

Auch wenn Sören sich Mühe gab, seinem Gefühl in diesem Zusammenhang keine übermäßige Beachtung zu
schenken: Dierksen war ihm hochgradig unsympathisch.

Bereits der Tonfall und der missbilligende Blick, mit dem Dierksen das junge Hausmädchen des Zimmers verwiesen hatte, hatten für diese Einschätzung ausgereicht. Es war das Gebaren eines Menschen, der es genoss, Macht auszuüben.

In Gedanken versunken schlenderte Sören Richtung Brotschrangen. Er konnte nur hoffen, dass man ihm bezüglich Otto Lüsers und Tobias Schnauffs bereitwilliger Auskunft geben würde; dass er zumindest mehr über sie in Erfahrung bringen konnte als über Dannemann. Dass sich Dannemann und Arthur Lutteroth nicht nur gekannt hatten, was ja allein aufgrund der gemeinsamen Arbeit in der Bürgerschaft nahe lag, sondern dass sie Duzfreunde gewesen waren, ließ zumindest die Möglichkeit näher rücken, dass der Mord an Lüser vielleicht wirklich Lutteroth ...

«Oh, Verzeihung!» Für einen Augenblick war Sören unachtsam gewesen und hatte an der Ecke Große Reichenstraße einen Passanten angerempelt, der die Hausecke seinerseits zu zügig und wohl ebenso unaufmerksam umrundet hatte und nun inmitten eines Haufens verstreuter Papiere vor Sören auf dem Boden lag. «Das war meine Schuld! Ich war wohl in Gedanken ...» Sören bückte sich nach den Papieren und machte gleichfalls Anstalten, dem Gestürzten auf die Beine zu helfen, als er plötzlich innehielt. Sören blickte in ein ihm seit langem bekanntes Gesicht. «Adi!», rief er verblüfft und erfreut. «Adi Woermann?!»

Der Mann rappelte sich auf und blickte Sören prüfend an. «Sören Bischop, bist du das?»

Sören nickte. «Ist ja schon 'ne Weile her – aber nett, dass du mich noch erkennst, Adi.»

«Tatsächlich. Ich habe dich wirklich viele Jahre nicht gesehen, aber so sehr hast du dich nicht verändert. Allerdings nennt mich auf der Straße kaum mehr jemand bei meinem Spitznamen ...» Adolph Woermann klopfte sich den Staub von der Hose.

«Ja, Entschuldigung. Das war etwas unangemessen vielleicht, nach so langer Zeit. Dein Ruf eilt dir ja voraus!»

Adolph Woermann lächelte belustigt. «Aber nicht um
die Ecke, wie wir gesehen haben.»

«Überflüssig jedenfalls, zu fragen, was aus dir geworden
ist», entgegnete Sören. «Wie ich gehört habe, vertrittst du
die National-Liberalen als Abgeordneter im Reichstag.»

Woermann winkte ab. «Die Geschäfte in Übersee haben
Priorität. Wenngleich ich nicht leugnen will, dass manche
politischen Angelegenheiten mich brennend interessieren. Kolonialpolitik zum Beispiel.»

«Nicht so bescheiden, Adolph! Wie überall zu lesen ist,
betitelt dich Bismarck bereits als ‹königlichen Kaufmann› ...»

«Als Hamburger weißt du ja, was wir Hanseaten von solchen Titeln halten. Ich stehe da ganz in der Tradition unserer Stadtväter.» Adolph Woermann warf einen kontrollierenden Blick auf seine Taschenuhr. «Bis zum nächsten
Termin habe ich noch eine knappe Stunde. Nehmen wir
zusammen bei Zingg's einen Kaffee?»

«Am Adolphsplatz?» Sören nickte. Die Leichenschau
war für sechs Uhr angesetzt. Blieben noch etwa zwei Stunden. Und selbst wenn er sich verspäten sollte, die drei
Herren würden auf ihn warten – weglaufen konnten sie
schließlich nicht mehr. «Wie lange braucht man von dort
bis zum neuen Allgemeinen Krankenhaus in Eppendorf?»,
fragte er.

«Mit der Droschke? Ich schätze eine gute halbe Stunde. – Ist also ein Medicus aus dir geworden?»

«Unter anderem.»

«Unter anderem?» Adolph Woermann warf Sören einen
fragenden Blick zu.

«Das erklär ich dir beim Kaffee! Komm!»

«Bevollmächtigt im Auftrag des ehrwürdigen Senats. Klingt ja ziemlich wichtig. Was steckt dahinter?» Woermann reichte Sören die Visitenkarte zurück und beugte sich interessiert vor.

Das würde ich auch gerne wissen, dachte Sören und erinnerte sich der Worte seines Vaters. Nachdem er Adolph Woermann über seinen bisherigen Werdegang aufgeklärt hatte, erzählte Sören dem früheren Klassenkameraden von den Geschehnissen seit seiner Rückkehr in die Stadt, von dem überraschenden Auftrag der Senatoren Versmann und Petersen sowie von seinem Besuch im Hause Dannemann, wobei er nicht unerwähnt ließ, dass er sich von Gustav Dannemann noch kein genaues Bild hatte machen können, da die Aussagen zu seiner Person recht unterschiedlich waren. Im Stillen erhoffte Sören natürlich eine Einschätzung von Woermann, der Dannemann als Bürgerschaftsmitglied gekannt haben musste.

«Da hast du dir ja ganz schön was aufgeladen», brummte Woermann und ließ zwei Zuckerstückchen in seine Kaffeetasse fallen. «Ich habe natürlich von den Morden gehört. Das geht an niemandem in der Stadt vorbei. Schreckliche Sache. Versmann hat schon Recht – es wird Zeit, dass etwas geschieht. So einem Wahnsinnigen muss schleunigst das Handwerk gelegt werden.»

«Kanntest du Dannemann?»

Adolph Woermann zuckte mit den Schultern und nahm einen Schluck. «Natürlich. Aber was heißt schon kennen? Dannemann war ein Emporkömmling. In der Bürgerschaft war immer schwer einzuschätzen, was er gerade im Schilde führte. Ich hatte den Eindruck, es ging ihm nie wirklich um die Inhalte der Sachen, für die er sich einsetzte.»

«Sondern?»

«Na ja, er genoss es wohl, auf dem Podium zu stehen und vor der Meute zu sprechen, wie wir es ausdrücken.» Woermann tupfte sich mit einem Taschentuch den Bart trocken. «Es schien, als stünde jedes Mal eine andere Interessengruppe hinter ihm; keine Stringenz eben, wenn du verstehst, was ich meine.»

Sören nickte. «Und Lutteroth?»

«Arthur? Was ist mit ihm?»

«Nun, Otto Lüser – das erste Opfer – war Gärtner bei Lutteroth. Und wie ich hörte, waren Arthur Lutteroth und Gustav Dannemann befreundet. Außerdem glaubt Lutteroth anscheinend, der Mord am Gärtner könne in Wirklichkeit ihm gegolten haben …»

«Tatsächlich? Was ein Irrsinn!» Woermann schüttelte den Kopf. «Also eine Freundschaft zwischen Dannemann und Lutteroth kann ich mir beim besten Willen nicht vorstellen. Ich kenne Arthur ja ganz gut; als Präses der Handelskammer wurde er förmlich mein Nachfolger, außerdem haben wir für den Zollanschluss häufiger zusammen Kommissionsarbeit geleistet. Wir haben uns zwar einige Zeit nicht gesehen … aber mit Dannemann … das kann ich mir nicht vorstellen.»

«Laut Angabe von Nicolaus Dierksen, Dannemanns Schwager, waren sie Duzfreunde. Ich hatte noch keine Gelegenheit, Lutteroth zu der Sache zu befragen, aber er lässt sein Haus von zwei Sergeanten bewachen.»

Adolph Woermann blickte erschreckt auf. «Tatsächlich? Nein, davon wusste ich nichts. Glaubst du denn, der Mörder sucht sich seine Opfer gezielt aus?»

«An rein zufällige Auswahl der Opfer kann ich nicht glauben», antwortete Sören. «Auch wenn ich bis jetzt überhaupt keine Vorstellung habe, welches verbindende Motiv hinter den Morden stecken könnte …» Sören warf einen kontrollierenden Blick auf seine Taschenuhr. «Ich werde mir nachher bei der Leichenschau ein Bild davon machen können, ob wirklich alle Taten von ein und derselben Person begangen wurden. Und wenn sich, was ich vermute, mein Verdacht bestätigt, dann gilt es für mich, hinter das Geheimnis zu kommen, das die drei verbindet. Tobias Schnauff kanntest du nicht zufällig auch?»

«Schnauff?» Woermann schüttelte den Kopf. «Nein, der Name sagt mir nichts.»

«Hätte ja sein können. Schnauff war Sachverständiger der Hamburger Feuerkasse. Er hat zumindest keine Familie oder Angehörige in der Stadt. Mehr weiß ich auch noch nicht.»

«Nein, mit der Feuerkasse hatten wir Gott sei Dank in letzter Zeit nichts zu tun; keine Brände, keine Versicherungsangelegenheiten – Kontor und Lager sind in tadellosem Zustand. Außerdem haben wir unsere Palmöllager nicht hier in der Stadt, sondern auf der anderen Elbseite. Nein, was uns versicherungstechnisch Sorgen bereitet, das sind höchstens die Faktoreien in Gabun. Kaum eine Gesellschaft erklärt sich bereit, Verträge abzuschließen, da allein die Kosten für Besichtigung und Gutachten der Sachverständigen zu hoch sind. Wir haben den Assekuranzen, bei denen unsere Schiffe versichert sind, sogar kostenfreie Passage für ihre Sachverständigen angeboten – alles vergeblich. Wie du vielleicht weißt, fahren wir inzwischen im Linienverkehr nach Westafrika ...»

«Das habe ich gehört, ja. Es gibt ja kaum einen Bericht über Afrika, in dem dein Name nicht gebührend Erwähnung findet. Und die Gründung der *Afrikanischen Dampfschiffs-Actiengesellschaft* füllte letztes Jahr die Titelblätter aller großen Zeitungen.»

«Die Woermann-Linie», ergänzte Adolph Woermann, und es war unverkennbar, dass eine gehörige Portion Stolz in diesen Worten mitschwang. «Wir haben zurzeit dreizehn Dampfer und vier Segler und fahren in monatlicher Verbindung nach Kamerun. Aber das Ganze ist kein Privatunternehmen mehr, wie du dir vorstellen kannst. Ich bin zwar Vorsitzender im Aufsichtsrat, dennoch steuere ich das Unternehmen nicht alleine.»

«Wie ich annehme, wird wohl trotzdem kaum jemand im Aufsichtsrat wagen, deine Entscheidungen in Frage zu stellen oder dir zu widersprechen – wenn ich an die Schulzeit zurückdenke, finde ich es doch bewundernswert, was aus dem kleinen Adi geworden ist …»

«Das ist lange her», entgegnete Woermann, und Sören konnte erkennen, wie sich ein Schmunzeln unter seinem Bart abzeichnete. «Wenn ich mich recht entsinne, habe ich von dir sogar mal eins auf die Nase gekriegt.»

«Nun, das ist wohl möglich», antwortete Sören etwas verlegen, schließlich saß er gerade einem der angesehensten Hamburger Kaufleute gegenüber. Die Tatsache, dass sie sich seit der Schulzeit kannten, ließ ihn nicht vergessen, dass trotz alledem eine riesige gesellschaftliche Kluft zwischen ihnen bestand. Sören konnte sich noch genau an die Situation erinnern, auf die Woermann anspielte. Es war eigentlich eine Lappalie gewesen. Beim Ballspielen war eine Scheibe im Woermann'schen Haus an der Großen Reichenstraße zu Bruch gegangen. Adi hatte, wohl aus Angst vor seinem Vater, Sören verpetzt und behauptet, er allein sei dafür verantwortlich, weswegen Hendrik Bischop den Schaden pflichtbewusst ersetzt und Sören danach ordentlich den Kopf gewaschen hatte. Adi war dann wenige Wochen später mit einer blutigen Nase nach Hause gekommen. Damals war Sören noch einen Kopf größer als Adi gewesen, was die Angelegenheit naturgemäß vereinfacht hatte.

«So etwas vergisst man nicht.» Adolph Woermann zog die buschigen Augenbrauen zu einer finsteren Grimasse zusammen. Er musste aber sofort grinsen, und auch Sören fing zu lachen an.

«Wo wir schon mal bei den alten Zeiten sind», sagte Woermann, «ich habe ja auch bei anderen Linien Mandate im Aufsichtsrat, und außerdem bin ich Direktionsmitglied der Disconto-Gesellschaft, wo ich vor einiger Zeit auch unseren Freund Hellwege getroffen habe …»

«Ja, ich wohne vorübergehend bei Martin. Hast du sonst noch Kontakt zu ehemaligen Mitschülern?»

Woermann schüttelte den Kopf. «Eigentlich nicht. Gelegentlich treffe ich noch den lütten Petersen. Rudolph sitzt ja inzwischen in der Direktion der Norddeutschen Bank, wo ich ebenfalls einem Aufsichtsratsmandat nachkomme. Aber seit die Norddeutsche Bank die Finanzierung der Freihafen-Lagerhaus-Gesellschaft übernommen hat und Rudolph mit diesem gigantischen Unternehmen nur noch lokale Interessen vor Augen hat, sind wir uns nicht mehr so grün. Ich muss schließlich Sorge tragen, dass auch die Interessen der Hamburger Handelshäuser in Afrika entsprechend berücksichtigt werden.» Woermann rückte beiläufig seine Fliege zurecht und reckte den Hals, als wenn ihn der enge Hemdkragen zwicken würde, wodurch sein ohnehin schon mächtiger Kopf, dessen untere Hälfte fast vollständig von einem gewaltigen Vollbart verdeckt wurde, noch größer erschien. «Aus diesem Grund stehe ich den lokalpolitischen Querelen, die hier in der Bürgerschaft diskutiert werden, auch immer skeptischer gegenüber. Was den meisten Leuten hier fehlt, das ist der Weitblick. Es sind doch Banalitäten, ob die Zollgrenze des zukünftigen Hafen- und Lagerbezirks nun durch diesen oder jenen Straßenzug verläuft. Aber darüber streitet man hier mehrere Jahre, und in der Zwischenzeit steht den Handelshäusern, die Faktoreien in Übersee betreiben, das Wasser bis zum Hals, weil uns die Engländer, was beispielsweise die Territorien in Westafrika betrifft, immer einen Schritt voraus sind. Die Schatzkammern der Kaufleute – und das vergessen die hiesigen Politiker nur zu gerne – sind nicht die Speicher in Hamburg, sondern die Kolonien in Übersee, aus denen die meisten der Produkte stammen, mit denen wir hier Handel betreiben. Wenn ich an die französische Zollpolitik denke oder an den Kongo-Vertrag zwischen Portugal und England, dann sind die hiesigen Streitigkeiten über die zukünftige Zollgrenze der Stadt ein lächerlicher Witz! Allein Kamerun ist größer als das Deutsche Reich! Ergo müssen wir mit einer gezielten Kolonialpolitik dafür sorgen, dass uns diese Schatzkammern nicht verloren gehen!»

«Und das siehst du als deine Aufgabe in Berlin. Was schlägst du vor? Annexion?»

«Als letztes Mittel, ja. Aber nicht zwangsläufig. Das Reich muss nur unzweifelhaft klarstellen, dass man die Interessen deutscher Handelshäuser in Übersee schützen wird. Eine Schutzübernahme würde beispielsweise zeigen, dass die territorialen Interessen für den deutschen Staat nur von zweitrangiger Bedeutung sind. Ja ...» Woermann machte eine entschuldigende Geste. «Aber wir sitzen ja hier nicht zusammen, um über Politik zu diskutieren. Also entschuldige mein Abschweifen, aber wie du siehst, hat mich mein politischer Auftrag völlig vereinnahmt. Dabei gibt es durchaus erfreulichere Dinge zu berichten. Ich bin vor wenigen Wochen Vater eines Sohnes geworden.»

«Meinen Glückwunsch. Wenn ich die Formulierung richtig verstehe, hast du bereits eine Tochter?»

«Eine?» Woermann lächelte. «Es sind vier. Anna wird dieses Jahr zehn, und die Jüngste, lass mich überlegen ... hat Anfang des Jahres ihren fünften Geburtstag gefeiert. Und jetzt Carl ...»

«Nach deinem Vater.»

«So ist es.» Woermann machte ein betrübtes Gesicht, das überhaupt nicht zu seiner so kraftvollen und energischen Erscheinung passen wollte. «Er ist viel zu früh gestorben. Vor sechs Jahren. Drei Jahre vor Elfi, die mich ebenso unverhofft verließ.»

«Demnach hast du ein zweites Mal geheiratet.»

«Ja, Franziska Krüger! Franzi.» Woermanns Gesichtszüge hellten sich schlagartig auf. «Ein Ruhepol in meinem so rastlosen Leben. In drei Tagen muss ich nach Berlin, und dann ...» Er machte einen schweren Seufzer. «Ende nächsten Monats breche ich nach Westafrika auf. Mit etwas Glück bin ich vor Einbruch des Winters wieder zurück.»

«Der Preis des Erfolgs – wenn man als *King von Hamburg* gilt.»

Woermann lächelte gequält. «Du scheinst meine Karriere in Berlin ja aufmerksam verfolgt zu haben. Aber du solltest nicht immer alles so wörtlich nehmen, was in der Presse geschrieben wird. Natürlich bleiben Anfeindungen in meinem Geschäft nicht aus. Du hättest die neidischen Blicke sehen sollen, als ich vor eineinhalb Jahren von Bismarck zum Delegierten der Berliner Kongo-Konferenz berufen wurde. Vor allem O'Swald hatte sich wohl selbst Hoffnungen gemacht – aber was mir bei O'Swald einfällt ...» Woermann strich sich mehrmals über den Bart und musterte Sören gedankenversunken. «Wenn ich mich recht entsinne, warst du doch früher ein ausgezeichneter Segler ...»

«Hmm. Wie kommst du jetzt darauf?», fragte Sören überrascht.

«Ja, ja. Ich weiß noch genau. Du bist bei jedem Wind und Wetter auf dem Wasser gewesen. Wie hieß noch dein Boot? Es hatte so einen komischen Namen, und wir haben uns alle darüber lustig gemacht ...»

«*Der eiserne Wal*», antwortete Sören.

«Genau! Du warst wirklich ein hervorragender Segler.»

«Mag schon sein, aber ich weiß nicht, worauf du hinauswillst?»

Woermann gab dem Mädchen, das hinter dem Service stand und die Gäste mit zurückhaltender Aufmerksamkeit im Auge hatte, ein Zeichen. Nachdem er zwei weitere Kaffee geordert hatte, lehnte er sich genüsslich zurück und blickte Sören amüsiert an. «Ich will dich anheuern.»

«Anheuern?»

Woermann nickte bedächtig. «Ein Schiff steuern. Das

kannst du doch sicherlich. Ich bin überzeugt, so etwas verlernt man nicht.»

«Ich soll für dich ein Schiff steuern? Lieber Adi, ich bin Jurist, meinetwegen auch Arzt, aber kein Seemann – ich habe dir von meinem Auftrag erzählt. Und jetzt fragst du mich allen Ernstes ... Vielleicht nach Afrika, oder was stellst du dir vor?»

Woermann war sichtlich belustigt. «Wo denkst du hin? Nein, nein, hier auf der Elbe. Es geht um eine Wette.»

«Auf der Elbe?» Sören beugte sich interessiert vor.

«Folgendes: Ich habe mit O'Swald eine Regatta längs der Elbe vereinbart. Es geht darum, dass er felsenfest behauptet, die schnellsten Segler zu besitzen. Damit geht er mir schon seit über einem Jahr auf die Nerven. Im Frühjahr habe ich ihm dann den Vorschlag gemacht, man könne ja ein Wettsegeln veranstalten. Er war sofort einverstanden und schlug seinerseits vor, der Einfachheit halber eine Regatta auf der Elbe zu segeln, wie es die kleinen Jollen seit Jahren auf der Alster machen. Nun, Ende September ist es so weit – allerdings habe ich über einen Agenten erfahren, dass O'Swald sich aus Zanzibar Verstärkung mitbringt. Nicht nur in Form eines ausgezeichneten und für solche Zwecke eigens konstruierten Schiffes, sondern auch in Person des Sultans von Zanzibar selbst, einem ausgesprochenen Lustsegler, der das Schiff wohl auch steuern wird.»

«Wodurch du natürlich ins Hintertreffen gerätst, da du kein entsprechendes Boot hast. Worum geht es denn bei der Wette?»

«Um eine Kaurischnecke!», sagte Woermann amüsiert.

«Um eine was?»

«Ich habe von ihm eine Kaurischnecke verlangt, wenn ich gewinne. Schließlich gründet sich der ganze Reichtum der O'Swald'schen Familie, ebenso wie das Vermögen von Hertz, auf dem zufälligen Fund riesiger Kaurivorkommen auf einem abgelegenen Riff vor der afrikanischen Küste. Anderswo ist die Schnecke sehr selten und entsprechend kostbar. Bis vor etwa zehn Jahren galt sie in vielen Regionen Afrikas als alleiniges Zahlungs- und Tauschmittel. O'Swald hat sich eine goldene Nase verdient. Inzwischen gilt die Kaurischnecke aber nur noch in abgelegenen Gebieten als Zahlungsmittel.»

«Ein Affront also», stellte Sören klar. «Kein Wunder, dass sich O'Swald ins Zeug legt, dich vorzuführen. Musstest du ihn derart provozieren?»

«Er hat damit angefangen. Es wäre schön, wenn er mal einen kleinen Dämpfer bekäme.»

«Ich glaube, ich muss dich enttäuschen. Nicht, dass ich auf ein solches Wettsegeln keine Lust hätte, aber der *Eiserne Wal* ist – wenn er überhaupt noch existiert – über zwanzig Jahre alt und für ein solches Vorhaben bestimmt kein konkurrenzfähiges Boot ...»

«Was ich dir bieten kann, ist die *Redira*, ein vier Jahre alter Zweimastschoner, 71 Fuß lang, 66 Fuß Wasserlinie, sehr schnell an der Kreuz – ich könnte 48 Mann für dich bereitstellen, von denen du dir die Besten aussuchen ...»

Sören schüttelte den Kopf. «Viel zu groß für die Elbe und zu viel Verdrängung. Was du brauchst, ist ein Kutter.»

Woermann knetete seine Hände. «Geld spielt keine Rolle.»

«Das hab ich mir schon gedacht!» Sören lächelte schwach. Natürlich hatte er Lust zum Segeln. Eine Regatta war zudem die Herausforderung schlechthin. In England lieferte man sich seit vielen Jahren rund um die Isle of Wight die spannendsten Yachtrennen, deren Prestige inzwischen fast an die der Pferderennen heranreichte. Zudem gab es den America's Cup – die Krönung des Yachtsegelns, bei dem sich England, Amerika und Kanada seit Jahrzehnten einen Wettkampf der Nationen lieferten. Bei solchen Rennen konnte man schnelle Schoner gebrauchen, aber auf der Elbe? Ja, wäre Adi ein paar Monate früher an ihn herangetreten ...

«Für kein Geld der Welt wirst du hier einen Bootsbauer finden, der dir innerhalb von drei Wochen einen Rennkutter zimmert!»

Woermann ließ etwas bekümmert die Schultern hängen. «Also mein Angebot bleibt bestehen. Du kannst es dir ja nochmal überlegen.»

«Dank der Ehre jedenfalls. Ich weiß es zu schätzen.» Sören blickte auf die Uhr und leerte seine Kaffeetasse.

Mit einem freundschaftlichen Händedruck verabschiedete man sich und tauschte, bevor jeder seines Weges ging, noch die Visitenkarten aus, wobei man sich gegenseitig versprach, man wolle sich noch vor Ende des Monats wieder sehen oder zumindest miteinander telefonieren. Adi hatte sogar zwei Anschlüsse am Stadttelefon, wie Sören mit einem Blick auf die Rückseite der Karte feststellte. *Adolph Woermann – Kaufmann* war alles, was außer den Nummern in schnörkelloser Schrift auf der Karte stand.

❧

«Erzähl schon! Ich bin gespannt wie ein Flitzebogen.» Martin stand vor der Verandatür des Salons und ließ das große Kristallglas vor sich kreisen, damit der Wein – er hatte am späten Nachmittag eine Flasche vom kostbaren 72er Martillac geöffnet – sein ganzes Bouquet entfalten konnte.

«Ich bin mir ziemlich sicher, dass wir es mit einem einzigen Täter zu tun haben», meinte Sören, während er sein Glas hob und Martin zuprostete. «Bei Dannemann und Lüser spricht zumindest alles dafür. Obwohl die Leichenwäscher bei Gustav Dannemann ziemlich herumgepfuscht haben, war er zumindest nicht so zugerichtet, dass man die Wunden nicht noch hätte in Augenschein nehmen können.

Ich habe zusammen mit Amtsmedicus Schrader eine äußere Autopsie durchgeführt.» Sören nahm einen kräftigen Schluck Wein und stimulierte seinen Gaumen mit der Zungenspitze. «Eine Obduktion erschien uns nicht notwendig, da Tod durch äußere Verletzungen bei allen Leichen eindeutig feststellbar war. Als Tatwaffe kommt eine äußerst scharfe Klinge, ein Rasiermesser wahrscheinlich, in Frage. Es könnte sich auch um einen geschärften Säbel handeln, obwohl mir das aufgrund der Handhabung eher unwahrscheinlich vorkommt. Außerdem sind alles Schnitte und keine Schläge. Jedenfalls war die Klinge so scharf und stabil, dass sowohl bei Lüser als auch bei Dannemann ein einziger Schnitt ausreichte ...» Sören hielt das Weinglas dicht unter die Nase, nahm erneut einen Schluck und begutachtete die Farbe des Getränks, indem er das Glas mit ausgestrecktem Arm leicht zur Seite neigte. «... ein Schnitt, um Kehle und Kehlkopf zu durchtrennen. Der ist hervorragend, der Tropfen!»

Martin schaute seinen Freund an und schluckte. «Ja?» Dann schüttelte er voller Unverständnis den Kopf. «Man merkt schon, dass du ein Medicus bist. Ganz und gar abgebrüht, dabei bekommt der Wein durch deine Schilderung eine geradezu blutige Note.»

«Was er nicht verdient hat. Aber entschuldige, du fragtest nach den Ergebnissen. Eine Autopsie ist nach so langer Zeit ja eine eher unblutige Angelegenheit, da das Blut vollständig geronnen und verklumpt ist. Anders sieht es natürlich aus, wenn man bei einer Obduktion den Thorax öffnet oder den Schädel spaltet. Die inneren Organe ...»

Martin stellte das Weinglas entschlossen neben sich auf dem Tisch ab und tat einen tiefen Atemzug. «Erzähl einfach weiter!»

Sören lächelte. «Glaub mir, man gewöhnt sich schnell daran ...»

«So?»

«Gut.» Sören zögerte einen Moment. «Ich versuch dich mit den Details zu verschonen – obwohl gerade die interessant sind. Die Schnittverletzungen im Gesicht wurden den Opfern wahrscheinlich erst zugefügt, als sie bereits tot waren. Der Täter ist jedenfalls Rechtshänder, das konnte ich durch die Richtung und Folge der Schnitte feststellen. Bei Dannemann und Lüser sind die Schnitte eher zaghaft ausgeführt worden, bei Tobias Schnauff, dem letzten Fall, mit roher Gewalt. Sie gehen bis auf die Knochenhaut des Schädels. Vielleicht hat Schnauff sogar noch gelebt, was ich daher vermute, weil das Blut, als ich ihn fand, noch nicht vollständig geronnen war. Er starb im Gegensatz zu den anderen durch einen Stich in die Halsschlagader …»

«Genug jetzt, ich glaube, ich bin im Bilde!» Martin leerte das Weinglas in einem Zug. «Ich könnte jetzt eher einen Cognac vertragen. Du auch?»

«Danke.» Sören schüttelte den Kopf. «Ich bleib bei Wein. So einen Tropfen bekommt man nicht alle Tage vorgesetzt.»

«Der Weinkeller stammt noch von Schröder. Ich war selber verblüfft, als ich nach dem Einzug festgestellt habe, dass der Mann anscheinend seinen Wein mitverkauft hat. Sind jedenfalls ein paar anständige Flaschen dabei. – Du bist dir also sicher, dass es sich um nur einen Täter handelt?»

Sören nickte. «So ziemlich, ja. Außerdem bin ich fest davon überzeugt, dass die Morde gezielt ausgeführt wurden. Dafür spricht, dass der Täter an völlig unterschiedlichen Tatorten und zu unterschiedlichen Tageszeiten zugeschlagen hat. Auch die Situationen weichen voneinander ab. Dem Gärtner Lüser hat er am späten Abend auf der Terrasse von Lutteroth aufgelauert – es sei mal dahingestellt, ob der Täter ihn für Lutteroth gehalten hat oder nicht. Dannemann wurde unweit seiner eigenen Haustür auf offener Straße überfallen und Schnauff am helllichten

Tag inmitten einer großen Menschenansammlung. Zumindest die letzte Tat stellte für den Täter ein ungeheures Risiko dar, entdeckt zu werden. Trotzdem schlug er zu, was darauf hinweist, dass er sich sicher fühlte und es ein gezieltes Verbrechen war.»

«Jedenfalls hinterlässt der Täter eine furchtbar blutige Spur», stellte Martin fest und nippte an seinem Cognacglas.

«Ich schätze, er ist sich genau darüber im Klaren, was und wie er es tut. Jetzt fehlt mir nur noch ein Anhaltspunkt, was die Opfer miteinander verbindet. Hatten Versmann und Petersen in der Harmonie nicht darauf bestanden, Lutteroth und Dannemann hätten keinen Umgang miteinander gepflegt?»

Martin nickte. «Ich glaube mich erinnern zu können, dass sie so etwas sagten, ja.»

«Ich war heute bei Dannemann ... also in seinem Haus. Sein Schwager, ein gewisser Nicolaus Dierksen – ein unangenehmer Zeitgenosse übrigens –, sagte mir, Gustav Dannemann und Arthur Lutteroth hätten sich geduzt.»

«Hmm. Merkwürdig.»

«Das passt ja nun nicht zusammen. Ich habe übrigens heute Nachmittag Adi getroffen ...»

«Adi Woermann, der King of Hamburg!», spottete Martin und zog eine Grimasse.

«Ihr mögt euch wohl nicht?»

«Nicht sonderlich – nein. Ich hatte mal während einer Aufsichtsratssitzung einen heftigen Disput mit ihm, als es um die Ausbeutung der Negerstämme in Westafrika durch seine Firma ging. Er verwies nur auf die Aktivitäten von O'Swald & Consorten, die ja schließlich das gleiche Geschäft in Ostafrika betrieben wie er. Da siegt der Kaufmann über den Christenmenschen, sag ich dir. Es würde mich nicht wundern, wenn es demnächst eine Woermann-O'Swald'sche Demarkationslinie quer durch Afrika gibt ...»

«Womit du sicherlich Recht hast, aber ich wollte eigentlich nur sagen, Adi konnte sich auch nicht vorstellen, dass Lutteroth und Dannemann miteinander befreundet waren.»

«Da wird dir dann nur Arthur Lutteroth selbst weiterhelfen können. Wann wirst du ihn aufsuchen?»

«Vielleicht habe ich morgen noch Zeit. Um zwölf Uhr habe ich einen Termin mit Rudolph Lühmann von der Feuerkassendeputation. Ich hoffe, er kann mir etwas über Tobias Schnauff erzählen, was mich weiterbringt. Danach werde ich kurz im Dovenhof vorbeischauen. Bist du nachmittags auch dort? Du könntest mich zu Lutteroth begleiten, wenn dann noch genug Zeit ist.»

Martin schüttelte den Kopf. «Liebend gerne, aber das wird mir wohl zu knapp. Ich muss morgen nach Bremen und werde erst spätabends wieder hier sein. Eventuell muss ich sogar über Nacht in Bremen bleiben.» Die große Standuhr im Salon schlug elf, und Martin deutete auf ein Schachbrett, das spielbereit neben Anrichte und Chaiselongue stand. «Hast du noch Lust auf eine Partie?»

«Hast du noch etwas von dem Wein?», fragte Sören zurück und setzte sich bereitwillig auf die schwarze Seite.

❧ *Schnittmuster* ❧

*A*ls Sören Bischop endlich den Baumwall erreicht hatte, war es für ein ausgedehntes Frühstück bereits zu spät. Immer wieder war die Droschke im morgendlichen Verkehr, der sich wie ein zäher Brei in Richtung Hafen bewegte, zum Stillstand gekommen. Ja, das wäre jeden Morgen so, hatte der Kutscher gebrummt, als Sören nach dem Grund des Staus gefragt hatte. Vor allem die Transportkarren, die auf dem Weg zur Baustelle am Kehrwieder waren, verstopften die Straßen, je näher sie dem Hafengebiet kamen. Dabei hatte Sören im Stillen gehofft, hinter der Baugrube des Rathauses würde der Verkehr flüssiger laufen, aber ganz im Gegenteil. Über eine Stunde hatte die Fahrt von der Moorweide gedauert – die ganze Stadt schien an diesem Morgen unterwegs zu sein.

Sörens Blick wanderte entlang der Häuser an der Uferkante. Sein Magen rumorte immer noch bedenklich, aber er konnte keine geeignete Lokalität ausfindig machen. Schließlich kaufte er an einem der Verkaufswagen, die nahe den Anlegestellen wie Perlen an einer Kette aneinander gereiht standen, ein *Rundstück warm*, wie man das kalte Brötchen mit gekochtem Schinken und heißer Bratensoße hier in Hamburg nannte. Während er sich, ungeübt darin, im Stehen zu essen, mit dem tropfenden Brötchen abmühte, beobachtete er das hektische Treiben an der Vorsetze, wo sich ein endloser Strom von Hafenarbeitern und Matrosen, vermischt mit Quartiersleuten und Handwerkern der unterschiedlichsten Zünfte, vor den Fähranlegern staute. Hinter den Anlandestellen reihten sich die Masten der großen Segler, die an den Dalben des Niederhafens festgemacht lagen – ein Anblick, der Sören nur zu gut in Erinnerung war und trotzdem immer noch Entzücken in ihm hervorrief. Die Masten, deren Spitzen die sanften Schaukelbewegungen der vertäuten Schiffe in einen grazilen Tanz umsetzten, dessen Rhythmus allein vom kontinuierlichen Auf und Ab der kurzen Hafenwellen herrührte. Er betrachtete das Gewirr von Schuten und Lastkähnen, die vor der Baustelle am Binnenhafen zusammengeschnürt lagen und auf Abfertigung warteten. Auch wenn sich die Kulisse des Hafenbeckens in absehbarer Zeit ändern würde: Die Atmosphäre, davon war Sören überzeugt, würde davon unberührt bleiben. Eine leichte Brise streifte durch sein Haar, und voller Inbrunst atmete Sören ein, als könne er so den Genius Loci in sich aufsaugen.

Adis Vorschlag hatte ein in seinem tiefsten Innern verankertes Bedürfnis wachgerüttelt, von dem sich Sören nicht befreien konnte. Sosehr er sich auch mühte, die Sache mit der Regatta ließ ihn nicht los. Sören reinigte sein Revers, das trotz aller Vorsicht doch einige Spritzer Bratensoße abbekommen hatte, mit einem Taschentuch und schaute sich nach einer Mitfahrgelegenheit um. Ein Besuch bei Jonas Dinklage auf der Werft, die fast einmal seine Heimat geworden wäre, war längst überfällig.

Die Dampfbarkasse, für die sich Sören entschieden hatte, tuckerte gemächlich Richtung Reiherstieg. Er fand sich inmitten einer Schar von Arbeitern wieder, vorrangig wohl Nieten- und Ketelkloppern, wie an der schmutzigen Kleidung abzulesen war, die zu den Schiffswerften auf der anderen Elbseite fuhren. Sören stand umringt von müden Gesichtern mit teilnahmslosen Mienen, getrübt von zu wenig Schlaf oder zu viel Bier. Viele der Hafenarbeiter waren Schlafgänger, und die wenigen Stunden zwischen den Schichten reichten für diejenigen, die ihre Quartiere abseits der hafennahen Stadtteile hatten, oftmals nicht aus, die Schlafstätten noch zeitig zu erreichen, weshalb immer mehr von ihnen die kurzen Nächte in den Spelunken rund um den Hafen verbrachten. Einige hatten Sitzplätze auf den Holzbänken vor der Achterreling ergattern können und dämmerten die wenigen Minuten der Überfahrt mit geschlossenen Augen vor sich hin. Andere beäugten Sören mit skeptischem Blick.

Langsam schob sich die Barkasse am Sandthor-Hafen vorbei und passierte den Kaiserquaispeicher, dessen gewaltiger Baukörper sich auf dem schmalen Höft zum Grasbrook-Hafen wie eine Kirche in den Strom der Elbe schob. Seit Mitte der siebziger Jahre schon behauptete sich der Speicher an dieser Stelle wie ein Vorbote dessen, was jetzt auf dem Kehrwieder errichtet wurde. Tatsächlich fiel Sören erst jetzt auf, dass die Bauform des Speichers wohl nicht von ungefähr an eine Kirche erinnerte, auch wenn es kein Tempel Gottes, sondern ein Tempel der Arbeit war. Statt gläubiger Kirchgänger dampfte eine Eisenbahn durch das spitzbogige Eingangsportal zu den riesigen Speicherböden, die sich längsseits des Kirchenschiffes auftürmten. Und auch der Turm erfüllte einen sehr profanen Zweck. Er beherbergte eine von der Sternwarte aus elektrisch gesteuerte Zeitballanlage. Anstelle einer Spitze war der Turm mit einem Eisengerüst bekrönt, in dem ein großer Ball hing, der genau um zwölf Uhr mittags fallen gelassen wurde, damit jeder im Hafen seine Uhr danach stellen konnte, sofern er eine besaß.

Die Überfahrt dauerte tatsächlich nur wenige Minuten. Nachdem sie das Fahrwasser durchquert hatten, steuerte die Barkasse auf die Mündung des Reiherstiegs zu. Das Ufer des Kleinen Grasbrook hatte sich verändert. Wohin Sören auch schaute, überall reihten sich Schiffbaubetriebe aneinander. Auf den ersten Blick erkannte er das Gelände von Larssens alter Werft nicht wieder. Statt der alten Baracken standen jetzt überall große Schuppen. Auch das einstige Comptoir existierte allem Anschein nach nicht mehr. Zur Wasserkante hin begrenzten zwei große und moderne Helgen das Gelände. Ob sich Jonas – er musste inzwischen so um die fünfzig sein – nach so langer Zeit überhaupt noch an ihn erinnern würde? Wie es aussah, wurden hier nach wie vor ausschließlich Holzschiffe gefertigt. Auf einem der Helgen ruhte ein Ewer, auf dem anderen erkannte Sören das Spantengerüst eines großen Schoners. Der ohrenbetäubende Lärm des Nietenkloppens kam vom Nachbargelände. Neben Wichhorst hatte man ein großes Trockendock angelegt, in dem gerade ein Dampfer einen neuen Unterwasseranstrich erhielt.

Sören machte einen Bogen um die Holzbohlen der Helgen und stapfte hinauf zu den Schuppen, die auf der kleinen Anhöhe hinter den Mallenplätzen standen. Wo früher eine deichartige Erhebung das Gelände Richtung Süden begrenzt hatte, gab es inzwischen eine befestigte Straße. Die Zimmermannsleute, an denen er vorüberging, musterten ihn mit argwöhnischen Blicken. Sicher hielten sie ihn der vornehmen Kleidung wegen für einen Schiffseigner oder Auftraggeber, dabei machten die für gewöhnlich einen großen Bogen um die Produktionsstätten, und wenn, dann reisten sie über den Landweg an. Das flüchtige «Moin!», das er den Leuten zurief, blieb unbeantwortet.

Ein großes Holzschild mit der Aufschrift «Comptoir» wies ihm den Weg. Jonas Dinklage, der Sören noch breitschultriger als früher vorkam, stand hinter einem Stehpult und blickte fragend auf, als Sören zur Tür hereinkam. Nachdem er den Besucher vom Scheitel bis zur Schuhsohle in Augenschein genommen hatte, trat er beiseite, stemmte die Hände in die Hüften und nickte stumm. «Ist ja 'ne richtige Herrschaft aus die gewor'n!», sagte er schließlich und verschränkte die kräftigen Arme vor der Brust.

«Hallo, Jonas! Dachte, ich schau mal vorbei …»

Ein Lächeln huschte über Jonas' Lippen. «Na, Arbeit suchst du wohl nicht, was?», fragte er amüsiert.

Auch Sören lächelte. «Meinst wohl, ich hab's verlernt über die Jahre?»

«Du bestimmt nicht!» Jonas zögerte, aber als Sören einen Schritt auf ihn zuging, erhielt er einen freundschaftlichen Schlag auf die Schulter, so wie früher, wenn er ein besonders gelungenes Werkstück fertig gestellt hatte. «Hast mich also nicht vergessen.»

«Wie könnte ich», entgegnete Sören und lächelte. «Manchmal schmerzt es mich noch heute, wenn ich daran zurückdenke ...»

«Nun, nun. Keinen Jammer! Du bist deinen Weg gegangen. Es war schließlich deine Entscheidung.»

«Ich bereue es nicht», schloss Sören, nachdem er Jonas ausführlich von seinem Werdegang berichtet hatte. «Und wie ich sehe, ist hier noch alles beim Alten.» Er blickte aus dem großen Fenster, von dem aus man den ganzen Betrieb überschauen konnte. «Immer noch Holzschiffe. Nur moderner schaut's aus. Von den alten Schuppen ist nichts mehr zu sehen. Du hast inzwischen Kräne, die Säge arbeitet mit Dampf ...»

«Vor zwei Jahren hat ein Feuer großen Schaden angerichtet», erklärte Jonas. «Zuerst dachte ich: Das war's nun! Aber die Versicherung hat schließlich doch bezahlen müssen. Und so habe ich einen Neuanfang gewagt – ist ja nicht leicht gegen die Konkurrenz ... Wir haben uns auf kleine Binnenschiffe, Ewer und Oberländer spezialisiert. Da ist der Holzbau immer noch gefragt.» Jonas schob die Unterlippe vor und steckte sich eine Pfeife in den Mundwinkel. «Bei dem Feuer ...» Er entzündete ein Streichholz an der abgewetzten Lederweste, die er schon früher bei jedem Wetter getragen hatte, hielt es über den Pfeifenkopf und zog mehrmals kräftig, bis sein Gesicht in einer Rauchwolke verschwunden war. Angewidert vom bittersüßen Geschmack spuckte er schließlich die überschüssige Tabaksoße, die sich hinter dem Mundstück der Pfeife angesammelt hatte, auf den Boden und ging wortlos zu einem kleinen Verschlag neben der Eingangstür. Nachdem er eine Weile herumgekramt hatte, kam er mit einem angesengten Stück Holz wieder zurück. «Tut mir Leid!», meinte er und machte ein betrübtes Gesicht. «Die Pinne ist alles, was ich dir noch bieten kann. Der Lagerschuppen, in dem dein Boot stand, ist auch völlig niedergebrannt. Willst du denn wieder aufs Wasser? Ich meine ... ich könnte dir bei Gelegenheit eine neue Jolle bauen!»

Nachdenklich betrachtete Sören das angekohlte Überbleibsel seines Bootes. «Schade eigentlich», meinte er schließlich und reichte Jonas das Holz zurück. «Wenn ich die Zeit dafür hätte, das kannst du mir glauben, würde ich es selbst machen.» Für einen Augenblick hielt er inne und dachte an die Zeit zurück, als er mit seinem *Wal* das Wasser der Alster durchpflügt hatte. Dann erzählte er Jonas von Adolph Woermanns Vorhaben, auf der Elbe eine Regatta zu segeln.

«Hmm.» Jonas legte die Stirn in Falten und kratzte sich nachdenklich hinter dem Ohr. «'n bisschen knapp, würd ich sagen. Für einen Neubau reicht die Zeit sicher nicht, aber vielleicht ...» Er klopfte seine Pfeife mehrmals gegen den Stiefelschaft und zertrat die restliche Tabakglut mit der Sohle auf dem Lehmboden. «Vielleicht ... ja, ich habe eine Idee!»

Sören blickte ihn erwartungsvoll an. «Sag schon!», drängelte er.

«Sutsche, sutsche! Immer sutsche!», wiegelte Jonas ab und erhöhte damit noch die Spannung. «Ist ja nur so eine

Idee. Bei Horst Willing am Schanzenweg auf Steinwärder steht noch ein Kutter ...»

Sören bekam glänzende Augen. In Gedanken sah er sich bereits auf dem Wasser.

«Den Kutter hat so ein segelverrückter Herr von und zu aus Sachsen bei Willing in Auftrag gegeben», setzte Jonas fort. «Das war vorletztes Jahr, wenn ich mich recht erinnere. Kurz vor Fertigstellung ist der Sachse dann gestorben. Seither liegt der Rumpf – immerhin beste Lärche auf Eiche und das Deck aus zwei Lagen Tabasco-Mahagoni – bei Willing auf Halde. Bislang hat sich wohl noch kein Abnehmer dafür gefunden, was auch nicht weiter verwunderlich ist, denn die ganze Konstruktion ist sehr merkwürdig. Bug und Heck hängen weit über, der Kiel sieht aus wie eine Rückenflosse und ist viel zu weit achtern angeschlagen. Außerdem hat der Kutter noch kein Rigg. Ich kann ja mal mit Willing darüber schnacken, was er dafür haben will. Kann nich' viel sein, denn bestimmt hat er die Hälfte schon bei Auftragsannahme erhalten. Vielleicht wär das ja was ...?»

«Sicher!», erwiderte Sören ungeduldig. «Wie lange würdest du für das Rigg brauchen, wenn ...»

«Soll das etwa ein Auftrag sein?»

Sören nickte und musste grinsen. Er dachte daran, was Adi gesagt hatte: *Geld spielt keine Rolle.* Nun, das war etwas unüberlegt gewesen. Jonas würde von Adis Überheblichkeit profitieren. Es traf schließlich keinen Armen. «Ich sorge dafür, dass dir sämtliche Ausfälle, die du während der Bauzeit erleidest, erstattet werden. Und wenn ich die Regatta auch noch gewinne, kannst du sicher sein, dass Woermann ...»

«Und wenn du verlierst?»

«Du wirst keinen Schaden davontragen, glaub mir. Jetzt kommt es nur noch darauf an, dass du ein Rigg konstruierst, das ordentlich Tuch tragen kann. Fertige einen Klüver, an dem man mindestens zwei, besser noch drei Vorsegel fahren kann, ein Gaffeltop, so groß wie ein gewöhnliches Gaffelsegel, und einen Großbaum, wenn's geht, so lang wie die ganze Wasserlinie des Rumpfes. Und vor allem, entwirf ein Rigg, mit dem ich bei achterlichen Kursen eins dieser neumodischen Ballonsegel fahren kann.»

«Wie viel Leute willst du denn an Bord haben?», fragte Jonas. «Das Deck hat eine Länge von bestimmt 45 Fuß, ist aber keine zehn Fuß breit.»

«So viele, wie notwendig sind», entgegnete Sören. «Am liebsten würde ich mir das Boot gleich jetzt anschauen. Leider habe ich um zwölf eine Verabredung.»

Jonas klatschte in die Hände. «Na, das nenne ich ein Wiedersehen!»

Um Sörens Neugierde zu befriedigen, musste er noch den Riss der Rumpfform auf einem Blatt Papier skizzieren. Sören war begeistert und versprach, das Boot übermorgen selbst in Augenschein zu nehmen. Gleich heute Nachmittag würde er Adi informieren. Doch nun drängte die Zeit. Eine knappe Stunde blieb ihm noch bis zur Verabredung mit Rudolph Lühmann.

«Wir sind alle entsetzt über das, was geschehen ist. Gibt es schon irgendwelche Erkenntnisse?» Nachdem Lühmann die Jalousie so eingestellt hatte, dass die Sonne nicht mehr blendete, rückte er für Sören einen Stuhl zurecht und nahm selbst wieder hinter seinem Schreibtisch Platz.

«Nein, leider nicht.» Sören öffnete ein paar Knöpfe seines Rockes und setzte sich. «Vielen Dank, dass Sie sich die Zeit genommen haben ...»

«Das ist doch selbstverständlich», erwiderte Rudolph Lühmann förmlich und strich sich mehrmals über seinen akkurat gestutzten Oberlippenbart, den er schmal wie ein

französischer Kürassier trug. «Und um es gleich vorwegzu-
nehmen: Niemand hier im Hause kann sich erklären ...
Tobias Schnauff war ein sehr zuverlässiger und beliebter
Mitarbeiter, gewissenhaft ...»

«Ja, sicher.» Sören nickte. Er war nicht daran interessiert, schon wieder einen ganzen Katalog formeller Lobpreisungen über die persönlichen Tugenden eines Verstorbenen serviert zu bekommen. Warum konnte man nicht
einfach sachlich Auskunft geben, wenn ein Mord geschehen war und man zu dem Opfer in irgendeiner Beziehung
gestanden hatte? Von posthumen Lobesarien, ob nun gerechtfertigt oder nicht, hatte bei einem Mord niemand etwas. «Mit welchen Angelegenheiten war Tobias Schnauff
in der letzten Zeit beschäftigt?», fragte Sören.

Lühmann strich sich erneut über den Bart und schob
seine Ärmelschoner zurecht. Dann nahm er einen Feder-
halter und tippte mit der Stielseite auf seiner Schreibun-
terlage herum. «Ich habe mir schon gedacht, dass das von
Interesse sein könnte, und habe mir die entsprechenden
Vorgänge herausgesucht.» Er deutete auf mehrere Aktendeckel, die vor ihm auf dem Tisch ausgebreitet waren, und
schlug den ersten davon auf. «Schnauff aktualisierte seit
geraumer Zeit den Burmester.»

«Den *was*, bitte?», fragte Sören.

Lühmann lächelte wissend, als habe er die Frage erwartet. «Ja, das sagt Ihnen natürlich nichts – wie sollte es
auch.» Er griff hinter sich, zog eine gebundene Mappe aus
einem Regal und legte das Werk ebenfalls vor sich auf den
Tisch. «Also, der Burmester ist ein kartographisches Verzeichnis, in dem alle Warenlager der Stadt nach ihrer baulichen Beschaffenheit aufgelistet sind. Dieses Verzeichnis»,
Lühmann schlug eine beliebige Seite auf und deutete auf
die farblichen Markierungen, «gibt genaue Auskunft darüber, ob ein Gebäude aus Stein, aus Holz, als Fachwerkbau
oder wie auch immer errichtet wurde. Es wurde von Andre-

as Burmester – daher der Name des Handbuches – vor vier Jahren im Auftrag eines Konsortiums mehrerer Feuerversicherungsgesellschaften erstellt. Nun sind seit dem erstmaligen Erscheinen schon ein paar Jahre verstrichen. Vor allem die geplanten Speicherbauten im Hafengebiet sind darin natürlich noch nicht berücksichtigt. Es ist nämlich so, dass einigen Firmen aufgrund baulicher Mängel oder der Lagerung von sehr gefährlichen Gütern vonseiten der Versicherungen bezüglich ihrer Lager Auflagen unterbreitet wurden.» Lühmann schlug die Mappe zu. «Allerdings, das versteht sich von selbst, sind die Betriebe, die ihre Speicher und Lager zukünftig im Freihafen haben werden, nur sehr ungerne bereit, für die wenigen verbleibenden Jahre noch in ihre alten Bauten zu investieren ...»

«Ich verstehe. Und was genau hat Tobias Schnauff nun gemacht?»

«Er hat Stichproben genommen. Wir haben unsere Versicherungspolicen und Unterlagen mit den Listen der Handelskammer und der Freihafen-Lagerhaus-Gesellschaft abgeglichen und die bisherigen Warenlager der umziehenden Firmen kontrolliert, um die Sache auf den neuesten Stand zu bringen.»

«Ein Vorgang, der doch wohl dazu dient, die Versicherungsprämien bei Verstoß gegen die Auflagen anzugleichen, oder sehe ich das falsch?», bemerkte Sören. «Können Sie sich vorstellen, dass Schnauff eventuell Gratifikationen zugeneigt war?»

«Sie meinen Bestechungsgelder?» Lühmann schüttelte den Kopf. «Nein, ausgeschlossen! Schnauff war mit Sicherheit unbestechlich. Außerdem ist die Sache seit vier Wochen abgeschlossen.» Er schlug die Mappe zu und zog eine weitere Akte hervor. «Dann war Schnauff vor drei Wochen auf Geschäftsreise in Frankfurt bei der Firma Holzmann & Cie., wobei es um ... warten Sie ... ja, hier steht es: Im Auftrag der Baudeputation bezüglich eines Gutachtens zur

Verwendung von Flussstahl im Bereich vorgefertigter Stützensysteme, gegengezeichnet von Oberingenieur Meyer. Der vorläufige Bericht ging an die Baudeputation, Sektion Strom- und Hafenbau II, Abteilung IV, Ingenieurwesen.»

«Hmm.» Sören nickte geistesabwesend. Seine Gedanken kreisten immer noch um die Möglichkeit, dass Schnauff bei seinen Stichproben vielleicht auf etwas gestoßen war, das nicht bekannt werden durfte, und er der Verlockung einer zusätzlichen Geldquelle nicht hatte widerstehen können. Daraus ließ sich ein Mordmotiv ableiten. Im Prinzip war jeder Mensch bestechlich – es kam nur auf die Höhe der Summe an, das wusste Sören. Womöglich hatte Schnauff in ein Wespennest gestochen und war sich der Tragweite seines Tuns gar nicht bewusst gewesen ...

Rudolph Lühmann schlug einen weiteren Ordner auf. «Danach war Schnauff mit der Überprüfung der Feuergefährlichkeit von Kältemaschinen der Firma Linde beschäftigt. Antragsteller war ein gewisser Johannes Blab im Auftrag der Elbschloss-Brauerei in Nienstedten. Ein Unbedenklichkeitszertifikat wurde ausgestellt. So, und letzte Woche ...» Lühmann zog den letzten Aktenordner hervor. «Letzte Woche war Tobias Schnauff in Berlin. Es ging um ...» Er blätterte die wenigen Seiten durch. «Hier steht es: Königliches Materialprüfungsamt Berlin-Lichterfelde. Nein, da liegt noch kein Bericht vor. Tut mir Leid, das ist alles!» Lühmann schloss die Akte, strich sich abermals über den Bart und blickte Sören erwartungsvoll an.

«Hier in Hamburg gab es also nur den Ortstermin bei der Elbschloss-Brauerei?» Sören deutete auf den Aktenstapel auf Lühmanns Tisch. «Dürfte ich die Unterlagen bitte mitnehmen?»

«Äh, muss das sein?»

«Es wäre mir und sicher auch Ihnen eine große Hilfe, wenn ich zur Einsicht der Akten nicht jedes Mal Ihre Zeit in Anspruch nehmen müsste.»

«Ja, sicher.» Lühmann nickte verhalten und schob Sören die Unterlagen hin. «Sie müssten mir aber quittieren ...»

«Gerne. Und den Burmei...» Sören deutete auf das Handbuch.

«Den Burmester auch?»

Sören nickte. «Ja, den würde ich auch gerne mitnehmen. Was ist denn mit dem persönlichen Umfeld von Schnauff? Können Sie mir etwas über seinen Umgang sagen?»

Lühmann reichte Sören das Handbuch und schüttelte den Kopf. «Nein. Der Kollege war laut Personalakte unverheiratet. Mehr weiß ich nicht. Und wie ich schon sagte, als Mitarbeiter ohne Fehl und Tadel. Ich kann Ihnen lediglich seine Adresse mitteilen: Tobias Schnauff – Bäckerbreitergang 19, Hof rechts. Vielleicht erfahren Sie dort etwas. Es muss sich ja auch jemand um seine Sachen kümmern.»

«Ich werde alles Nötige in die Wege leiten. Vielen Dank.» Sören verabschiedete sich, klemmte das verschnürte Aktenbündel unter den Arm und machte sich auf den Weg zum Dovenhof. Er musste dringend mit der für den Bäckerbreitergang zuständigen Polizeiwache Kontakt aufnehmen und in Erfahrung bringen, ob bereits eine Wohnungsbegehung stattgefunden hatte. Vielleicht fanden sich ja in Schnauffs Privatsachen irgendwelche Hinweise. Wenn Schnauff Zuwendungen angenommen hatte oder mit seiner Arbeit jemandem in die Quere gekommen war, dann ergab sich daraus eine Vielzahl möglicher Motive. Sören nickte zufrieden. Auch wenn es noch keine heiße Spur war – zumindest gab es endlich einen Anfangsverdacht, den er systematisch abarbeiten konnte. Bei der Frage, ob es eine Beziehung zwischen Schnauff, Lutteroth und Dannemann gab, war er allerdings noch kein Stück weitergekommen. Kritisch betrachtete Sören das Bündel unter seinem Arm. Zuerst musste er das Handbuch durcharbeiten. Er hatte bei Lühmann einen flüchtigen Blick in den Burmester werfen können und festgestellt, dass im Anhang alle Firmen und Privatpersonen, die Speicher und Lager in Hamburg unterhielten, alphabetisch aufgelistet waren. Die reinste Fundgrube also für eine ausgedehnte Recherche. Er musste nachschlagen, ob vielleicht auch die Namen Dannemann und Lutteroth darin verzeichnet waren. Eine Möglichkeit immerhin, auch wenn es auf den ersten Blick keinen Sinn ergab, schließlich fiel den beiden ebenfalls die Opferrolle zu. Aber er befand sich ja auch erst am Anfang seiner Untersuchung. Bis zum ersten Bericht an Senator Versmann hatte er noch drei Tage Zeit.

&

Sören nahm das gesiegelte Couvert mit dem goldenen Rand, das auf seinem Arbeitstisch lag, näher in Augenschein. Es war als Depesche gesiegelt. Wer machte sich die Mühe, ihm via Boten eine Nachricht zukommen zu lassen? Neugierig riss er das Siegel auf und öffnete den Umschlag. *... Die Ehre eines kleinen Empfangs ... bitte ich Sie, verehrter Herr Dr. Bischop, am kommenden Sonntag um 11 Uhr c. t. zu einer kleinen Matinee nebst Umtrunk in mein bescheidenes Heim in der Schwarzen Straße 1 in Hamm. In tiefem Dank verpflichtet, ehrerbietigst, Heinrich von Ohlendorff.*

«Bescheidenes Heim», wiederholte Sören und lächelte grimmig – sollte das etwa britisches Understatement sein? Martin hatte ihm von Ohlendorffs Haus erzählt, das angeblich mehr an eine fürstliche Residenz als an ein Wohnhaus erinnerte. Er steckte den Brief in die oberste Schublade des kleinen Sekretärs, mit dem er die spärliche Einrichtung seines Refugiums im Hellwege'schen Kontor ergänzt hatte, und verteilte die Aktenordner der Dringlichkeit nach sortiert auf dem großen Arbeitstisch. Erfreut nahm er zur Kenntnis, dass die Stromleitung des Stadttelefons inzwischen in diesen Teil des Kontors verlängert worden war. Auch einen eigenen Sprechapparat hatte er bekommen, sodass er seine Gespräche nicht mehr unter den neugierigen Augen und Ohren von Miss Sutton zu führen brauchte. Er nahm die Hörmuschel ab und drehte mehrmals an der Kurbel, welche die Verbindung zur Vermittlung herstellte.

«Der Apparat 8137 ist nicht besetzt!», teilte ihm eine metallisch verzerrte Frauenstimme nach ein paar Minuten mit, nachdem er eine Verbindung mit Adolph Woermanns Anschluss angefordert hatte.

«Versuchen Sie es doch bitte mit der Nummer 8755!», bat Sören und wartete erneut einige Minuten.

«Woermann-Linie, guten Tag!», krächzte es nach einem Knacken am anderen Ende.

Das Rauschen in der Leitung war so laut, dass Sören nicht heraushören konnte, ob sie zu einer Frau oder einem Mann gehörte. Er verlangte nach Adolph Woermann, worauf ihm die Stimme mitteilte, Herr Woermann befinde sich zu Tisch, ob man etwas ausrichten könne. Sören nannte seinen Namen und diktierte im Telegrammstil, er hätte ein Schiff, das bis Ende September fertig sei, und er würde auch selbst steuern ...

«Hallo, hallo!!», krächzte die Stimme aus der Hörmuschel, die an den geflochtenen Stromkabeln in der Luft hin und her baumelte, aber Sören nahm es nicht mehr wahr.

Der Schrei von Miss Sutton war so durchdringend gewesen, dass er die Muschel einfach fallen gelassen hatte und Richtung Vorzimmer gerannt war. Oltrogge hatte vor Schreck sein Tintenfass umgeworfen und stand nun, hektisch um Schadensbegrenzung bemüht, über seinen Büchern, wie Sören im Vorbeilaufen erkennen konnte. Miss Sutton saß kreidebleich hinter ihrem Schreibtisch und starrte mit weit aufgerissenen Augen auf einige Blätter, die sie fest umklammert hielt.

«That's horrible!», schnaufte sie atemlos und vergaß vor

Entsetzen zu stottern. Miss Sutton atmete einmal tief durch und reichte Sören die Blätter. «F... f... for you! Entsch... sch... schuldigung! F... f... für S... Sie!»

«Ja, die hatte ich bereits erwartet.» Sören nahm die Bilder entgegen und warf einen besorgten Blick auf Miss Sutton, die immer noch völlig verstört wirkte. Aber da sie wieder angefangen hatte zu stottern, schloss Sören, dass das Schlimmste bereits überstanden war. «Danke, dass Sie die Bilder angenommen haben. Ich hatte einen Lichtbildner beauftragt, Fotografien von den Toten zu machen.»

Oltrogge kam hinzu und reichte Miss Sutton, deren Gesicht langsam wieder Farbe annahm, ein Glas Wasser.

«Ist Düsterhoff mit Herrn Hellwege zusammen nach Bremen gefahren?», fragte Sören, als sich die Situation entspannt hatte.

Oltrogge zuckte mit den Schultern. «Bremen? Davon weiß ich nichts. Herr Hellwege sagte gestern nur, er wäre wohl erst in zwei Tagen zurück. Kann ich Ihnen helfen?»

«Ach so. Nein, vielen Dank.» Sören warf einen flüchtigen Blick auf die Fotografien und ging in sein Zimmer zurück, wo er die Bilder an eine Leiste über seinem Arbeitstisch heftete. Erst jetzt nahm er die Hörmuschel wahr, die immer noch hin und her baumelte.

«*Die Verbindung wurde getrennt!*», antwortete die Telefonistin am anderen Ende der Leitung auf Sörens Nachfrage. «*Wünschen Sie ein weiteres Gespräch?*»

«Ja. Verbinden Sie mich doch bitte mit der Polizeiwache Hütten!», bat Sören. «Die Anschlussnummer habe ich leider nicht parat.»

«*Da brauch ich gar nicht im Wachbuch nachzuschauen*», meinte der zuständige Constabler, nachdem Sören ihm sein Anliegen geschildert hatte. «*Bäckerbreitergang 19 – das war gestern. Ich war selber mit vor Ort.*»

«Gestern? Auf wessen Veranlassung geschah das?», fragte Sören konsterniert.

«*Die Hausbesitzerin hat sich bei uns gemeldet. Es handelte sich um einen Einbruch.*»

«Ein Einbruch?», wiederholte Sören. «Nein, darum geht es nicht ... Es ist ... Moment mal!», rief er plötzlich in den Trichter des Telefongerätes. «Verstehen wir uns richtig? Bäckerbreitergang 19, Hinterhof rechts?»

«*Ja, genau!*»

«Der Name Tobias Schnauff?», fragte Sören, der inzwischen ahnte, was vorgefallen war.

«*So heißt wohl der Mieter, ja. Aber der war nicht anwesend!*», antwortete der Constabler.

«Ja, das kann ich mir denken», meinte Sören mehr zu sich selbst.

«*Bitte?*»

«Gar nichts. – Sagen Sie, lesen Sie eigentlich keine Zeitung?»

«*Zeitung? Hin und wieder. Wieso?*»

«Na, der Name, Mann!! Tobias Schnauff! Ist Ihnen der nicht aufgefallen?», schrie Sören zornig.

«*Nö. Was ist mit dem Namen?*»

Sören atmete einmal mehr durch und gab sich alle Mühe, die Beherrschung nicht zu verlieren. «Das ist der Mann, der im Dovenhof abgestochen wurde. Die Zeitungen waren doch voll mit der Geschichte ...»

«*Ach du heilige Sch...*» Die Stimme am anderen Ende der Leitung erstickte.

«Was wurde entwendet?»

«*Das wird nur der Mieter ...*» Der Constabler hielt inne. «*Äh, na ja. Nun ja wohl nicht mehr*», bemerkte er verlegen. «*Also, alles lag drunter und drüber. Die Schubladen waren auf dem Boden ausgeleert, Bett und Kissen hatte man aufgeschlitzt, ja sogar einige Fußbodendielen waren teilweise angehoben. Sah ganz so aus, als wenn jemand sehr gründlich gesucht hätte.*»

«Ja, das kann ich mir vorstellen. Geben Sie sich keine Mühe, nichts anrühren. Ich komme nachher selbst vorbei!

Auf Wiederhören! – Verbindung trennen!», rief Sören der Telefonistin wütend zu und hängte im gleichen Augenblick die Hörmuschel an den Apparat.

Ärgerlich schritt er im Raum auf und ab. «Verdammt, verdammt, verdammt!», murmelte er unentwegt und blieb vor den Akten der Feuerkassendeputation stehen. «Wonach gesucht?», fragte er sich selbst und schlug wahllos eine Seite von Burmesters Handbuch auf. «Nach Geld bestimmt nicht!» Sein Finger streifte auf der Suche nach einem Anhaltspunkt durch die Namen im Register. Wie bereits vermutet, waren jedoch weder die Namen Dannemann noch Lutteroth darin aufgeführt. Falls Schnauff tatsächlich jemanden erpresst hatte, dann musste der Name des Betreffenden zwangsläufig in der Liste der Unternehmen auftauchen, die Schnauff bei seinen Stichproben kontrolliert hatte. Sören schlug den entsprechenden Ordner auf und fing an, sich Notizen zu machen. Nach dem vierzigsten Namen schloss er resigniert die Akte. Es waren zu viele. Auf diese Weise kam er auch nicht weiter. «Es ergibt einfach keinen Sinn!», fluchte er und schlug mit der Hand auf den Tisch.

«Was ergibt keinen Sinn?», fragte jemand hinter ihm, und Sören drehte sich erschrocken um. Im Türrahmen stand Hendrik und blickte ihn erwartungsvoll an.

«Hallo, Vater – ich habe dich heute gar nicht erwartet.»

«Die Neugierde trieb mich», erklärte Hendrik. «Ich wollte einfach mal hören, ob's was Neues gibt.»

«Das kann man wohl sagen», meinte Sören seufzend.

«Dem sorgenvollen Unterton nach zu schließen, kommst du wohl nicht weiter.»

&

«Hört sich kompliziert an», meinte Hendrik mit ernstem Gesicht, nachdem Sören ihm die Neuigkeiten dargelegt und ihn über das vorläufige Ergebnis der Leichenschau unterrichtet hatte. «Du solltest versuchen, deine bisherigen Erkenntnisse etwas zu ordnen. Ich habe früher immer ein Schaubild angefertigt, auf dem ich ...»

«Deine Kartenspiele?» Sören lächelte. «Ich erinnere mich noch gut an diese Kunstwerke – diese ganzen auf einem Brett mit Fäden versponnenen Kärtchen, auf denen du alle Namen und Orte verzeichnet hattest. Das Beziehungsgeflecht war am Ende meistens so undurchschaubar und verwirrend, dass selbst du manchmal die Orientierung verloren hast.»

«Nicht nur manchmal», entgegnete Hendrik. «Aber so ist das nun einmal bei komplizierten Fällen. Der Anfang ist immer das Schwerste – und mit Geduld und ein wenig Glück löst sich zum Ende hin alles ganz einfach auf.»

«Mit dem Anfang magst du Recht haben. Ich kann einfach keine Gemeinsamkeiten zwischen den drei Opfern erkennen. Zugegeben, mit Lutteroth habe ich noch nicht gesprochen, und die Informationen über Schnauff sind auch erst wenige Stunden alt. Ich bin eben immer noch am Sammeln», erklärte Sören fast entschuldigend.

«Beiß dich da mal nicht fest, mein Junge», mahnte Hendrik und schaute auf die Fotografien der Leichen. «Schnauff wurde übrigens im Keller ermordet», fügte er beiläufig hinzu.

«Was sagst du? Woher weißt du das?»

«Na ja, ich war auch nicht ganz untätig», erklärte Hendrik mit gespielter Bescheidenheit. «Ich habe mir die Mühe gemacht und mal die Damen, die hier im Dovenhof putzen, gefragt. Und siehe da: Auf dem Kellerboden waren tatsächlich Blutreste. Was hatte Schnauff also hier im Keller zu suchen?»

«Keine Ahnung – soweit ich weiß, befindet sich dort außer den Betriebsräumen nur die Wohnung des Kastellans.»

«Vielleicht war Schnauff hier mit jemandem verabredet?», spekulierte Hendrik. «Hast du dich unter den Mietern schon umgehört?»

«Nein», entgegnete Sören kleinlaut und ärgerte sich maßlos, dass er an eine solche Banalität bisher nicht gedacht hatte.

«Nun, das mag Zeit haben. Was viel wichtiger ist», sagte Hendrik und deutete auf die Fotografien an der Wand: «Hast du dich eigentlich schon mal gefragt, warum jemand ein Gesicht zerschneidet?»

Sören blickte seinen Vater fragend an. «Natürlich. Da können verschiedene Gründe vorliegen. Man will etwa das Antlitz eines Menschen zerstören, weil man ihn unmäßig hasst. In nicht allzu ferner Vergangenheit markierte man Diebe und andere Verbrecher auch mit für jedermann sichtbaren Zeichen. Man brannte ihnen ein Mal auf die Stirn, schnitt ihnen die Zunge heraus, stach die Augen aus und ähnliche Grausamkeiten.»

«Hmm.» Hendrik nickte nachdenklich. «Aber man hat sie nicht vorher oder hinterher auch noch umgebracht», stellte er fest.

«Jetzt weiß ich, worauf du hinauswillst», sagte Sören und nahm die Fotografien genauer in Augenschein. «Du meinst, der Mörder will uns etwas mitteilen? Es genügt ihm nicht, die Menschen zu töten?»

Hendrik stellte sich neben seinen Sohn, und gemeinsam betrachteten sie die zerschnittenen Gesichter der Toten.

«Das rechte Auge ist bei allen Opfern unversehrt», stellte Sören nach einer Weile fest. «Aber das kann Zufall sein.»

«Ich glaube nicht an Zufälle», entgegnete Hendrik leise.

«Sechs!», rief jemand, und beide drehten sich erschrocken um.

Hinter ihnen stand Oltrogge und balancierte ein Teeservice auf einem Tablett. «Miss Sutton lässt fragen, ob Sie einen Tee wünschen.»

«Äh, ja!», antwortete Sören verblüfft. «Was sagten Sie eben?»

«Miss Sutton lässt fragen, ob Sie ...»

«Nein, vorher!», unterbrach Sören. «Was sagten Sie vorher?»

«Sechs, sagte ich. Dort in den Gesichtern. Es ist eine Sechs. Eine römische Sechs.»

Sören stellte sich neben Oltrogge und betrachtete die Fotografien aus größerem Abstand. Tatsächlich konnte man zumindest auf zwei Gesichtern ohne viel Phantasie aus den Schnitten eine lateinische Sechs erkennen. Das V führte vom rechten Schläfenbein hinab zum Mundwinkel und wieder hinauf bis zum oberen Nasenflügel, weswegen die rechten Augen jeweils unversehrt schienen. Die folgende I begann seitlich versetzt auf der linken Braue, durchschnitt das Auge und führte parallel zur Nase über die Wange zum linken Lippenrand. Darüber hinaus waren die Gesichter jedoch noch von weiteren Schnitten verunstaltet, die sich vornehmlich auf die linke Gesichtshälfte konzentrierten.

«Mensch, Oltrogge! Sie haben Recht!», rief Sören voller Begeisterung.

«Fragt sich nur, was die VI bedeuten soll», erklärte Hendrik bedächtig und warf Sören einen fragenden Blick zu. «Auch wenn das bestimmt kein Zufall ist. Viel weiter sind wir damit nicht.»

↭ Ein Plan ↭

Martin war, wie angekündigt, über Nacht in Bremen geblieben – zumindest lag die Nachricht für ihn, die Sören spät in der Nacht auf die unterste Treppenstufe gelegt hatte, am folgenden Morgen noch an ihrem Platz. Er hob den Zettel auf und ergänzte den Text, indem er ein gemeinsames Mittagsmahl in der Harmonie um zwei Uhr vorschlug. Dann verließ Sören das Haus und machte sich auf den Weg zu Arthur Lutteroth. Die Fahrt über ließ er den gestrigen Abend noch einmal Revue passieren.

Zusammen mit Constabler Weimann, dem die ganze Angelegenheit sichtlich peinlich war, hatte Sören noch einmal die Wohnung von Tobias Schnauff am Bäckerbreitergang inspiziert. Aber die wenigen persönlichen Sachen des Verstorbenen, die immer noch verstreut auf dem Boden lagen, hatten auch kein Licht ins Dunkel gebracht. Wahrscheinlich hatte der Einbrecher nicht gefunden, wonach er gesucht hatte, wie Sören aus der Vollständigkeit des Durcheinanders schloss. Wäre er fündig geworden, so hätte er zumindest einen kleinen Teil der Wohnung unangetastet gelassen. Allerdings wusste Sören auch nicht genau, um was für eine Sache es sich handelte, obwohl es nahe lag, dass es ein Schriftstück war – und für ein Papier gab es schier unendlich viele Verstecke.

Bevor er zur Wache Hütten gefahren war, hatte Sören vorausschauend noch im Allgemeinen Krankenhaus Eppendorf angerufen. Aber bei den Kleidungsstücken des Toten, der nach wie vor in der Leichenhalle aufgebahrt lag, da Sören den Leichnam noch nicht zur Bestattung freigeben wollte, hatte man auch nichts von Bedeutung gefunden. Auch die Befragung der Nachbarn war ergebnislos verlaufen. Gehört oder gesehen hatte jedenfalls niemand etwas, was auch nicht weiter verwunderte, denn die Wohnung von Schnauff lag abseits eines schmalen Treppenhauses auf der Endetage.

Je mehr Sören darüber nachdachte, umso mehr verfestigte sich das Bild des Täters, das er gedanklich zu skizzieren versuchte. Der Kerl musste ein ganz abgebrühtes Schlitzohr sein, denn eigentlich beging niemand erst einen Mord und suchte kurz danach noch die Wohnung des Opfers auf. Das war schon dreist und ließ darauf schließen, dass sich der Kerl entweder absolut sicher war, unentdeckt zu bleiben, oder ... – ja, oder es ging für ihn selbst bei der Angelegenheit um einen sehr hohen Einsatz.

Die Droschke hielt vor einer stattlichen Villa, und Sören bat den Kutscher, auf ihn zu warten. Dann nahm er Lutteroths Grundstück in Augenschein. Das Gelände war nur durch eine schmale Hecke von der Straße getrennt, und es war sicher ein Leichtes, eine Durchschlupfmöglichkeit zu finden.

Nein, die Sergeanten würden nur während der Nacht patrouillieren, erklärte der Butler und bat Sören herein, nachdem er seine Karte entgegengenommen hatte. «Wenn Sie bitte hier warten würden?»

Arthur Lutteroth erschien nach wenigen Augenblicken. Er sah müde aus und es machte den Anschein, als hätte er seit längerem keinen Schlaf mehr gefunden. Lutteroth trug einen violetten Hausmantel, dessen Aufschläge mit Brokat verziert waren. Er schien nur unwesentlich älter als Sören, und wären seine Gesichtszüge nicht von Erschöpfung gezeichnet gewesen, hätte man seine Erscheinung als elegant bezeichnen können. Die kurzen Haare waren mit

Pomade geglättet, und entgegen der Mode trug er, wie Sören auch, das Gesicht glatt rasiert.

«Herr Bischop? Kommen Sie doch bitte herein. Darf ich Ihnen etwas zu trinken anbieten?»

Sören lehnte dankend ab, und Lutteroth gab dem Butler einen Wink, sie allein zu lassen.

«Herr Lutteroth, es tut mir ausgesprochen Leid, Sie damit behelligen zu müssen, aber ich ermittele im Auftrag der Stadt in der Sache der drei tödlichen Messerangriffe, und mir stellen sich viele Fragen ...»

Lutteroth verschränkte die Hände hinter dem Rücken. «Natürlich. Glauben Sie mir, ich bin der Letzte, der nicht an einer raschen Aufklärung interessiert wäre. Meine Familie leidet außerordentlich unter den gegenwärtigen Umständen – jeder Schritt auf die Straße ist, wie Sie sich vorstellen können, mit einem Gefühl ernster Gefährdung behaftet.»

«Zuerst würde mich interessieren, warum Sie der Meinung sind, der Anschlag könne Ihnen gegolten haben.»

«Es gibt gar keine andere Erklärung», antwortete Lutteroth. «Der arme Lüser trug eine alte Wolljacke von mir. Ich hatte sie ihm vor einiger Zeit geschenkt, da seine verschlissen war. Eigentlich ein viel zu teures Stück für einen Hilfsgärtner. Der Mörder muss ihn in der Dunkelheit für mich gehalten haben ...»

«Und was könnte Ihrer Ansicht nach der Grund für ein solches Verbrechen sein?», fragte Sören.

«Was weiß denn ich!», entfuhr es Lutteroth, der nun gereizt die Arme in die Luft warf. «Ich habe keine Ahnung! Ich kenne niemanden, der einer solchen Tat fähig oder nur willens wäre.»

«Sie hatten also in letzter Zeit keine Auseinandersetzungen oder Streitereien ...?»

Lutteroth schüttelte den Kopf. «Ach was. Zumindest nichts, was jemandem einen Grund gegeben haben könnte, mich zu töten. – Und außerdem bin ich ja anscheinend nicht der Einzige, auf den es der Mörder abgesehen hat!» Er blickte Sören eindringlich an. «Ich habe jetzt auch mal eine Frage», meinte er schließlich. «Auf Ihrer Karte steht: im Auftrage des Senats. Darf ich mir also die Frage erlauben, welcher unserer ehrwürdigen Senatoren auf diese Idee gekommen ist? – Nein, lassen Sie mich raten – es war Senator Versmann! Habe ich Recht?»

Sören nickte. «Ja, Bürgermeister Petersen und Senator Versmann baten mich, die Ermittlungen zu übernehmen. Die Angelegenheit bereitet ihnen zunehmend Sorge.»

«Ja, das kann ich mir denken.» Lutteroth lächelte, als kenne er noch einen ganz anderen Grund; er machte aber keine Anstalten, das Thema zu vertiefen.

«Sie wiesen ja schon darauf hin, dass Sie womöglich nicht der Einzige sind, auf den es der Täter abgesehen hat. Kannten Sie Dannemann eigentlich näher?», fragte Sören.

«Näher?» Lutteroth hob die Augenbrauen. «Nein. Ich kannte ihn natürlich aus der Bürgerschaft.» Er machte ein nachdenkliches Gesicht und knetete seine Lippen zwischen Daumen und Zeigefinger. «Außerdem war Dannemann, soweit ich mich erinnere, in der Schätzungskommission tätig.»

«Schätzungskommission? Was hat es damit auf sich?»

«Es ging um die Grundstücksankäufe damals», erklärte Lutteroth. «Die Flächen auf der Kehrwieder-Wandrahm-Insel mussten ja für die Zollanschlussbauten expropriiert werden. Es gab eine Kommission für freihändigen Grunderwerb, die direkt der Finanzdeputation unterstand, und eben die Schätzungskommission, die dann eingesetzt wurde, wenn man sich über den Wert der Grundstücke und gegebenenfalls der darauf befindlichen Gebäude nicht einigen konnte.»

«Was geschah denn, wenn jemand nicht verkaufen wollte?»

Lutteroth lächelte. «Jeder musste am Ende verkaufen – Expropriation und Niederlegung waren schließlich beschlossene Sache. Meine Familie ist selbst betroffen. Auch unser altes Haus am Wandrahm wird der Spitzhacke zum Opfer fallen.»

«Fiel es Ihnen nicht schwer, den Familiensitz so einfach aufzugeben?»

«Ja, wissen Sie, man muss schon zu gewissen Opfern bereit sein. Was zählt der Wert eines noch so schönen Hauses im Vergleich zur Dringlichkeit des Zollanschlusses. Und nebenbei bemerkt: Ich kann ja wohl als einer der Antragsteller, die sich für die kompromisslose Niederlegung des ganzen Kehrwieder-Wandrahm-Viertels eingesetzt haben, nicht einfach mein eigenes Haus von dem Vorhaben ausschließen. Das ist ja auch eine Sache der Glaubwürdigkeit ...»

«Um welche Summen ging es bei der Expropriation?»

«Das entzieht sich meiner Kenntnis», erwiderte Lutteroth recht einsilbig. Aber Sören wollte nicht weiter nachhaken, schließlich kostete es ihn nur einen Anruf bei der Finanzdeputation, und man würde ihm zu diesem Punkt Auskunft erteilen.

«Sagt Ihnen im Zusammenhang mit den Gewalttaten die römische Ziffer VI eigentlich etwas?»

«Was soll die Frage?», fragte Lutteroth verdutzt.

Sören zog die Fotografie des toten Otto Lüser hervor und hielt sie Lutteroth entgegen.

«Das ist ja furchtbar!» Er wendete sich ab.

«Wenn Sie der Meinung sind, der Mörder hat es auf Sie abgesehen, dann sollte das Ihnen gelten», sagte Sören. «Sehen Sie, die Schnitte verlaufen in Form einer lateinischen VI durch das Gesicht.»

Lutteroth musste sich überwinden, einen erneuten Blick auf das Foto zu werfen. «Und was sollen diese kleineren Schnitte unten rechts?» Dann schnappte er plötzlich nach Luft. «VI a, ja natürlich. – Der Plan VI a», stammelte er fassungslos.

«Was für ein Plan?»

«Du meine Güte», sagte Lutteroth. «Aber das ist doch schon so lange her.»

«Klären Sie mich bitte auf, Herr Lutteroth.»

«Die VI betrifft die Niederlegung auf dem Kehrwieder. Das Wandrahm-Viertel. Der Verlauf des Zoll-Kanals. Die ganzen Projekte waren mit römischen Ziffern gekennzeichnet.»

«Und VI a hieß eines der Projekte?» Sören blickte auf die Fotografie. Mit etwas Phantasie konnte man in den Schnitten zwischen Ohr und linker Wange tatsächlich ein kleines a erkennen.

«Ja!», bestätigte Lutteroth. «Das hat damals die Gemüter sehr erhitzt. Aber VI a ist doch längst vom Tisch. Auch wenn die jetzige Lösung nahe an die damalige Planung heranreicht.»

«Worum ging es genau?», fragte Sören interessiert.

«Also ...» Arthur Lutteroth holte tief Luft. «Projekt VI a war das umfangreichste Projekt zur Schaffung von Speicherfläche im Freihafengebiet. Die Idee kam etwa vor drei Jahren auf. Als Alternativen wurden auch die Projekte VII a und VIII a diskutiert – die einzelnen Vorhaben unterschieden sich allerdings nur bezüglich der Größe des nördlichen Freihafengebietes. Die genauen Zahlen sind mir nach so langer Zeit nicht mehr geläufig, allerdings war es so, dass VI a gegenüber den Alternativvorschlägen mehr als die doppelte Bodenfläche betraf – wohlgemerkt bei nur unerheblich höheren Kosten und einer nur unwesentlich größeren Zahl zu dislozierender Einwohner ...»

«Um welche Größenordnung ging es bei der geplanten Umsiedlung in etwa?»

«Wie gesagt, genau erinnere ich mich nicht mehr, aber es betraf so etwa fünfzehn- bis zwanzigtausend Menschen.»

«Fünfzehn- bis zwanzigtausend?», wiederholte Sören und konnte angesichts der Zahl vor Erstaunen einen Pfiff nicht unterdrücken. Es war ihm nie bewusst gewesen, dass so viele Menschen auf der Kehrwieder-Insel gelebt hatten. «Was haben Sie bei den Planungen damals genau für eine Rolle gespielt?», fragte er.

«Ich war Präses der Handelskammer und einer der Antragsteller für die Gesamtniederlegung», erklärte Lutteroth. «Wissen Sie, die Kosten des Freihafenausbaus wären doch früher oder später ohnehin auf die Stadt zugekommen. Ich war noch nie ein Freund von Halbheiten ...»

Sören überlegte, ob Lutteroth mit *Halbheit* die kleinere der genannten Zahlen meinte. Aber dies war nicht der Augenblick für eine Grundsatzdebatte über die Folgen politischer Entscheidungen. Wer mit Menschenschicksalen in Dimensionen jonglierte, als ginge es dabei um Kartoffeln oder Eier, der musste sich entweder aller möglichen Folgen bewusst sein, oder er hatte den Bezug zur Realität verloren.

«Ich war als einer von neun Bürgerschaftsmitgliedern in der Generalplankommission», erklärte Lutteroth weiter, «einer Beratungskommission, die 1882 per Senatsantrag eingerichtet wurde. Außerdem war ich in der Vertrauenskommission der Bürgerschaft tätig ... Aber das ist doch nach so langer Zeit alles kalter Kaffee ...»

«Hmm.» Sören schürzte die Lippen und blickte erneut auf die Fotografie. «Wenn Ihre Interpretation der Messerschnitte zutrifft, ist das, was damals beschlossen wurde, oder werden sollte, für irgendjemanden in der Stadt alles andere als kalter Kaffee. Wie ist es mit Schnauff?», fragte er. «Tobias Schnauff! Was hatte der mit dem Plan VI a zu tun?»

Arthur Lutteroth hob die Schultern. «Ich habe den Namen natürlich in der Zeitung gelesen. Aber vorher hatte ich noch nie von ihm gehört.»

«Hmm.» Sören machte ein nachdenkliches Gesicht. «Hat dieser Plan VI a denn damals die Öffentlichkeit wirklich so sehr beschäftigt?»

«Das, lieber Herr Bischop, lassen Sie sich am besten vom guten Versmann selbst erklären. Der kennt die Zusammenhänge und die Bedeutung von VI a besser als sonst jemand, schließlich ist Senator Versmann der direkte Verhandlungspartner von Bismarck.» Lutteroth wandte sich der Tür zu und streckte Sören sehr demonstrativ die Hand zum Abschied entgegen.

Diese bei aller Wahrung der Formen heftige Reaktion ließ Sören stutzig werden. Bislang hatte sich Arthur Lutteroth mehr als kooperativ verhalten. Warum hatte sich sein Verhalten so plötzlich gewandelt? Sören machte sich zum Gehen bereit, hielt aber noch einmal inne. «Eine Frage hätte ich noch. Woher wussten Sie, dass Senator Versmann mich beauftragt hat?»

«Versmann? Der hat gut reden. Hat er des Nachts denn keine Sergeanten vor der Tür?» Ein finsteres Grinsen breitete sich auf Lutteroths Gesicht aus.

«Wieso sollte er?», fragte Sören.

«Hat er Ihnen das nicht erzählt? Na ja ...» Lutteroth zögerte. «Vor etwa drei Jahren hatte es wohl auch so ein Verrückter auf ihn abgesehen. Offiziell war es ein Unfall, ein Sturz auf der Treppe. Versmann hat sich monatelang nicht aus dem Haus getraut. Er weiß also genau, wie man sich fühlt, wenn ...»

«Hat man den Täter gefasst?»

«Ach was!» Lutteroth machte eine abfällige Handbewegung. «Vielleicht ist es ja jetzt sogar derselbe. Es wundert mich aber sehr, dass Versmann die Geschichte Ihnen gegenüber nicht erwähnt hat.»

«Und wann willst du Senator Versmann darauf ansprechen?», fragte Martin, nachdem Sören ihm alle Neuigkeiten erzählt hatte.

«So schnell wie möglich. Ich war auf dem Weg hierher schon in der Admiralitätsstraße, aber Versmann war in einer Senatssitzung und unabkömmlich. Man sagte mir, ich könne ihn heute Nachmittag bei der Ausführungskommission an der Bleichenbrücke antreffen.» Sören zupfte sich nervös am Kinn. «Meine Güte. Wenn die Morde wirklich im Zusammenhang mit diesem ominösen Plan VI a stehen, dann ist Senator Versmann selbst vielleicht auch in Gefahr.»

«Meinst du, er ist sich der Gefahr bewusst und hat dich deswegen mit der Sache beauftragt?» Martin gab dem Kellner durch ein Zeichen zu verstehen, dass sie fertig gespeist hatten und er den Tisch abräumen könne.

Der Kellner stapelte die Teller geschickt auf dem linken Unterarm. «Wünschen die Herren noch ein Dessert? Einen Kaffee?»

«Ja. Zweimal die Birnen mit Sahne bitte. Und ...» Martin warf Sören einen Blick zu.

«Zwei Kaffee bitte auch.» Sören wartete, bis sich der Kellner entfernt hatte. «Ich habe diese Möglichkeit auch schon in Erwägung gezogen», fuhr er fort, «auch wenn ich mir nur schwer vorstellen kann, dass Versmann sozusagen aus Eigeninteresse ...»

«Aus Angst!», korrigierte Martin.

«Wenn das der Hintergrund des Auftrags ist, dann müssten Bürgermeister Petersen und Sekretär Roeloff eingeweiht sein. – Wie dem auch sei», setzte Sören hinzu, «ich muss ihn jedenfalls warnen. Bei dieser Gelegenheit werde ich auch herausfinden, was es genau mit dem Plan VI a auf sich hatte und wie er dazu stand. Lutteroth konnte nicht genug betonen, dass niemand besser über den Plan VI a Bescheid wisse als Senator Versmann.»

Martin nickte bedächtig. «Er und Senator O'Swald haben die Verträge des Zollanschlusses 1881 unterzeichnet, und Versmann kann man in jeder Hinsicht als Verhandlungsführer bezeichnen. Er ist Vorsitzender der Senatskommission. Aber warum Arthur Lutteroth behauptet, Versmann wisse mehr als er selbst, ist mir schleierhaft. Schließlich sitzt er zusammen mit Versmann, Petersen und O'Swald in der Generalplankommission und in der Vertrauenskommission der Bürgerschaft. Da muss er ebenfalls über alle wichtigen Entscheidungen informiert sein.»

«Dieser Plan, oder etwas, das mit ihm im Zusammenhang steht, birgt jedenfalls ein Geheimnis, das es zu lüften gilt. Ich habe das Gefühl, Lutteroth weiß mehr, als er sagt ... – da sind ja Nelken drin.» Angewidert schob Sören das Dessert zur Seite. «Ich habe Nelken noch nie etwas abgewinnen können.»

«Was er dir über sein Elternhaus am Wandrahm erzählt hat, stimmt jedenfalls nicht. Das ist schon lange nicht mehr im Besitz der Familie Lutteroth. Wir waren ja fast Nachbarn, und ich weiß ziemlich genau, dass Lutteroths da nicht mehr wohnten, als ich mein Studium beendet hatte. Das war kurz nach dem Krieg. Zuletzt war ein Architektenbüro darin untergebracht. – Du erlaubst doch?» Martin zeigte auf Sörens Dessertteller.

«Ja, wenn es dir schmeckt – bitte!» Er schob Martin den Teller hin – «Warum sollte er lügen?»

«Nun, als Lüge würde ich das nicht bezeichnen. Es gilt unter Kaufleuten als reputabel, die alten Familiensitze für den Zollanschluss zu opfern. Man brüstet sich gerne mit diesem Verzicht zum Wohle der Allgemeinheit. Glaub mir, ich kenne mich da bestens aus. In Wirklichkeit hat man seit den sechziger Jahren, als es mit den Hafenbecken und der Eisenbahn auf dem Grasbrook losging, keine müde Mark mehr in die Häuser investiert. Das Ende des Wandrahm-Viertels war doch absehbar. Meine Eltern machen da keine Ausnahme. Entsprechend sind die Häuser völlig heruntergewirtschaftet und ähneln mehr baufälligen Bruchbuden als den noblen Palais, die sie einmal waren. Du kannst dich selbst überzeugen – einige wenige stehen ja noch. Aber Lutteroths können sich eben nicht einmal damit brüsten, denn die Familie hat verkauft, als es sich noch lohnte.»

«Verstehe. Wie hoch war denn die Entschädigungszahlung, die ihr für euer Haus bekommen habt?»

Martin schob die restliche Sahne mit dem letzten Stück Birne zusammen. «Um das Haus ging es ja gar nicht. Nur um das Grundstück. Ich müsste nachschauen. Jedenfalls nicht sehr viel – das Grundstück war ja sehr schmal geschnitten. Meinst du denn, beim Grunderwerb ist es vielleicht nicht mit rechten Dingen zugegangen? Das kann ich mir nicht vorstellen. Alles lief über die Finanzdeputation ...»

«Gustav Dannemann war in der Schätzungskommission tätig. Ich muss die Sache zumindest prüfen.»

«Was mir bei Dannemann einfällt: Erinnerst du dich an Rudolf Crasemann? Ich habe euch neulich beim Billardspiel miteinander bekannt gemacht.»

Sören nickte. «Crasemann und Michahelles, die beiden Kaffeehändler.»

«Genau. Crasemann ist auch langjähriges Mitglied in der Harmonie, und ich traf ihn zufällig in Bremen. Wir kamen kurz ins Gespräch, und nach wenigen Minuten ging es natürlich auch um die Morde in der Stadt. Jeder in der Harmonie weiß ja inzwischen, dass du praktisch Zeuge des Mordes im Dovenhof warst ...»

«Und dass ich mit der Ermittlung beauftragt wurde?»

«Nun, nennen wir es ein offenes Geheimnis», sagte Martin und es klang, als wolle er Sören, was Klatsch und Gerede innerhalb der Harmonie betraf, um Nachsicht bitten. Natürlich war es niemandem der Anwesenden entgangen, dass der Gast, den Dr. Hellwege da mitgebracht hatte, bei seinem ersten Besuch gleich vom Bürgermeister persönlich aufgesucht worden war. So etwas verbreitete sich innerhalb einer ehrwürdigen Gesellschaft genauso schnell wie Tratsch unter Waschfrauen. «Aber darum geht es gar nicht», wiegelte er ab. «Was ich sagen wollte: Crasemann erwähnte, Dannemann sei vor sechs Jahren an ihn herangetreten und habe ihm einen äußerst merkwürdigen Vorschlag unterbreitet. Damals hatte Rudolf Crasemann gerade zusammen mit Julius Mestern, dem jetzigen Präses der Handelskammer, einen Forderungskatalog für den Fall des Zollanschlusses aufgestellt, in dem vor allem eine angemessene Kostenbeteiligung durch das Reich eingeklagt wurde. Die ganze Zollanschlussdebatte setzte damals ja gerade erst ein. Dannemann hatte anscheinend vor, die Speicher im zukünftigen Freihafengebiet privat zu finanzieren. Für dieses Projekt suchte er Investoren und wandte sich zuerst an die Kaffeehändler, die ja erwartungsgemäß auch Nutznießer der späteren Speicher sein würden.»

«Das ist ja interessant», sagte Sören. «Aber das Thema ist doch, wenn mich meine Eltern richtig informiert haben, vom Tisch. Wie mir vor zwei Jahren zu Ohren kam, hat doch ein Bürgerschaftsausschuss die Überlassung des Baugrundes an Privatinteressenten abgelehnt.»

«Weswegen dann im letzten Jahr die Freihafen-Lagerhaus-Gesellschaft gegründet wurde, richtig.»

«Und das ist ja wohl auch gut so», fügte Sören hinzu. «Stell dir vor, wie die Spekulanten sonst Schlange gestanden hätten … Aber du hast Recht. Es ist schon auffällig, dass Dannemann wenige Jahre später in der Schätzungskommission sitzt, die den Wert der Grundstücke festsetzt. Ich werde der Sache auf jeden Fall nachgehen.»

&

Das Verwaltungsgebäude an der Bleichenbrücke lag nur eine Straßenecke entfernt. Während Sören die Große Bleichen in Richtung Fuhlentwiete entlangschritt, überkam ihn ein ungutes Gefühl. Er fragte sich, wie Senator Versmann reagieren würde, wenn er erfuhr, dass der Mörder es möglicherweise auch auf ihn abgesehen hat? Oder ahnte er das tatsächlich bereits? Wie würde Versmann sich verhalten, wenn Sören aufgrund seiner Ermittlungen begann, die bisherigen Entscheidungen des Senators in Sachen des Zollanschlusses und der Standorte im Freihafen zu überprüfen? Schließlich hatte Versmann Sören mit der Untersuchung der Morde beauftragt und ihm alle nur erdenklichen Befugnisse erteilt – und jetzt rückte er plötzlich selbst ins Zentrum der Recherche. Würde er Verständnis für Sörens Vorgehen aufbringen? Bevor Sören auch nur eine Antwort auf diese Fragen gefunden hatte, stand er bereits vor der Hausnummer 17. Für einen Moment zögerte er, dann öffnete er die große Flügeltür und erkundigte sich beim Kastellan nach den Räumen der Ausführungskommission.

Im großen Sitzungssaal stand man in lockerer Runde beisammen, als warte man noch auf dieses oder jenes Kommissionsmitglied. Der größte Teil der Anwesenden war Sören namentlich nicht bekannt, und niemand schenkte ihm sonderliche Beachtung, als er den Raum betrat. An einer Tafel hatte man die Programmpunkte des Tages in knapper Form aufgeschrieben. «*Speicheranlagen der Herren Jebens und Lorenz-Meyer*» und «*Antrag der Anwälte Kleinschmidt & Partner als Vertreter des Vereins Hamburgischer Quartiersleute*». Sekretär Roeloff stand zusammen mit Senator Lehmann, dem gegenwärtigen Präses der Baudeputation, über einen großen Tisch gebeugt, und gemeinsam begutachteten sie die darauf ausgebreiteten Pläne.

Inmitten der Menge entdeckte Sören die hagere Gestalt von Johann Heinrich Burchard, der im letzten Jahr anstelle des alten Cropp in den Senat berufen worden war. Die geschwungene Adlernase und die tiefblauen Augen waren ein unverwechselbares Charakteristikum und verliehen Burchard ein aristokratisches Äußeres. Zusammen mit Bürgermeister Petersen hatte Heibu, so sein Spitzname unter den Alsterseglern, zudem den Vorsitz in der Rathausbaukommission, wie Sören erfahren hatte. Burchard war ebenfalls ein ausgezeichneter Segler und einer der wenigen, die Sören auf dem Wasser der Alster Paroli geboten hatten. Für einen Augenblick überlegte Sören, ob er Burchard nicht für seine Crew auf Adis Schiff anheuern solle – gemeinsam wären sie sicher ein unschlagbares Team –, aber dann verwarf er den Gedanken. Burchard war nicht seine Kragenweite.

Schon zu Schulzeiten hatte Burchard, obwohl vier Jahre jünger und als Streber verschrien, für Sören nur mitleidig-überhebliche Blicke übrig gehabt. Auch das gemeinsame Interesse für die Segelei hatte die Standesunterschiede nicht überbrücken können.

Für einen kurzen Moment trafen sich ihre Blicke, dann wandte sich Burchard wieder seinem Gesprächspartner zu. Natürlich hatte er Sören erkannt – aber es hatte sich nichts geändert.

Senator Versmann stand in der hinteren Ecke des Raumes und unterhielt sich mit einem Sören nicht näher bekannten Mann. Als er Sören erkannte, kam er ihm auf halber Strecke entgegen. «Mein lieber Bischop. Man richtete mir bereits im Rathaus aus, Sie hätten nach mir verlangt ...»

«Hätten Sie denn einen Moment Zeit für mich, Herr Senator?»

Versmann rieb sich die Hände. «Ich habe Ihren Bericht zwar erst morgen erwartet, aber wenn Sie schon einmal hier sind ... Die Kommission wartet noch auf die Anwälte der Kanzlei Kleinschmidt sowie auf Adolf Götting, den kaufmännischen Direktor der Freihafen-Lagerhaus-Gesellschaft. Bis zu ihrem Eintreffen können wir uns sicherlich für einen Augenblick zurückziehen.»

Nachdem er Roeloff über seine kurze Abwesenheit informiert hatte, führte der Senator Sören in ein kleines Besprechungszimmer, das drei Türen weiter den Flur hinunter lag und, wie er Sören mitteilte, für vertrauliche Gespräche reserviert war.

«Ich muss gestehen, dass der Bericht noch nicht fertig ist», erklärte Sören einleitend, nachdem er hinter einem kleinen Tisch Platz genommen und Versmann die Tür geschlossen hatte. «In den letzten zwei Tagen haben sich so viele Neuigkeiten ergeben, dass daran momentan auch gar nicht zu denken ist ...»

Versmann hatte Sören den Rücken zugewandt und blickte durch ein schmales Fenster auf den Hof des Gebäudes hinunter. «Es freut mich zu hören, dass Sie mit Ihren Ermittlungen vorankommen, mein lieber Bischop. Ehrlich gesagt war ich anfangs etwas skeptisch – aber anscheinend haben wir uns für den richtigen Mann entschieden. Mit dem Schreiben eines Berichts können Sie sich Zeit lassen. Es ist durchaus erfreulich, wenn Sie mir zu so einem frühen Zeitpunkt bereits Fakten, wie ich hoffe, präsentieren können.» Er drehte sich abrupt um und blickte Sören erwartungsvoll an.

«Es ist ... ich muss etwas ausholen, wenn Sie gestatten. Zuerst muss ich um Auskunft darüber bitten, was sich vor etwa drei Jahren vor Ihrer Haustür abgespielt hat.»

Für einen kurzen Augenblick setzte Versmann eine verdutzte Miene auf, die sich jedoch, bevor Sören sein Anliegen präzisieren musste, erhellte. «Ach, das meinen Sie!» Er machte eine geringschätzige Handbewegung, als habe es sich bei dem Angriff auf seine Person um eine Lappalie gehandelt. «Über die Angelegenheit ist doch längst Gras gewachsen ... Den Floh hat Ihnen der gute Lutteroth ins Ohr gesetzt, habe ich Recht?»

Sören nickte. «Er erwähnte es mir gegenüber, ja. Auch wenn Sie der Meinung sind, der Vorfall sei Schnee von gestern, ist es für mich unverzichtbar, dass Sie mir darlegen, was damals genau geschah.»

Versmann zögerte einen Moment. «Es war wahrscheinlich irgendein Verrückter, der glaubte, ich sei für die Entscheidungen, die damals im Senat getroffen wurden, alleine verantwortlich. Die ganze Stadt war ja in Sachen Zollanschluss unglaublich polarisiert ...»

«Was genau ist passiert? Konnten Sie den Angreifer erkennen?»

«Nein!» Versmann schüttelte den Kopf. «Es war dunkel und regnerisch, und ich habe ihn nicht erkennen können. Der Schlag traf mich völlig unerwartet. Ich stürzte unglücklich über das Geländer und fiel auf die Treppen des Kellerabgangs.» Es klang fast entschuldigend. So, als hätte Versmann Verständnis und wolle den Täter nachträglich in Schutz nehmen. «Den Sturz über das Geländer und die damit verbundenen Folgen hatte der Täter sicher nicht erwartet ...»

«Vielleicht hat Ihnen der Sturz aber auch das Leben gerettet!» Sören kramte die Fotografien aus der Innentasche seines Rocks und legte sie vor sich auf den Tisch.

Senator Versmann betrachtete die Bilder und wandte sich angeekelt ab. «Schrecklich! Haben *Sie* veranlasst, dass man diese Fotografien macht?»

Sören nickte. «Ja. Das ist Otto Lüser, der Gärtner von Arthur Lutteroth. – Ohne die Aufnahmen wäre ich nie darauf gekommen ... Hier! Der Mörder teilt uns ganz offensichtlich etwas mit!»

Der Blick des Senators folgte Sörens Finger zögerlich über das Antlitz des Toten.

«Eine römische VI!», erklärte Sören. «Und das hier auf der Wange», setzte er fort und zeigte erneut auf das Foto, «ist das dazugehörige a! – VI a!», wiederholte er. «Wollen Sie sich die Gesichter der anderen Opfer auch anschauen?»

Versmann sah Sören entgeistert an und schüttelte stumm den Kopf.

«Der Plan VI a!», präzisierte Sören, aber an Versmanns Gesichtsausdruck konnte er erkennen, dass der Senator begriffen hatte. «Soweit mir bekannt ist, fiel damals, das heißt kurz vor dem Angriff auf Sie, eine Entscheidung in ebendieser Angelegenheit.»

Senator Versmann brauchte einige Sekunden, bis er sich gefasst hatte. «Sie haben natürlich Recht! Wenn ich darüber nachdenke ... – Plan VI a stand zwar damals nicht mehr zur Debatte, aber die Ausmaße von Plan XII c waren mit denen von VI a nahezu identisch ... Und Sie meinen tatsächlich, dass der Täter von damals ...?»

«Wir müssen zumindest die Möglichkeit in Betracht ziehen, dass es sich um denselben Täter handelt, ja. – Erklären Sie mir bitte genau, worum es bei Plan VI a ging und was es mit diesem Plan XII c auf sich hat!»

Versmann ging unruhig im Raum auf und ab. «VI a war einer von vielen ... Es ging natürlich um die Standortfrage der Speicher im zukünftigen Freihafengebiet und damit um den Verlauf der Zollgrenze.» Theatralisch schlug er die Hände über dem Kopf zusammen. «Mein Gott, Bischop! Sie erwarten doch nicht etwa, dass ich Ihnen hier und jetzt die gesamte Planungsgeschichte des Zollanschlusses darlege ...!» Versmann blickte auf seine Taschenuhr und wiegte den Kopf. «Wir haben sechs Jahre lang jede nur erdenkliche Variante diskutiert – sogar die Möglichkeit eines Tunnels zur Erschließung des linken Elbufers wurde zeitweilig in Erwägung gezogen.»

«So, wie sich mir der Fall bis jetzt darlegt, scheint zumindest das ungefähre Verständnis des Gesamtkontextes für die vorliegenden Verbrechen von entscheidender Bedeutung zu sein. Ich bitte Sie also, mir zumindest in groben Zügen zu schildern, welchen Stellenwert Plan VI a einnahm, bevor ich mich der Akten annehme, um genau zu recherchieren, für wen die damaligen Entscheidungen möglicherweise von Nachteil waren oder einen solchen Schaden verursachten, dass eine so grausame Vergeltungstat die Folge war.» Sören hatte seine Wortwahl sorgfältig überdacht, und Versmann als seinem Auftraggeber blieb in dieser Situation nichts anderes übrig, als wenigstens ein Mindestmaß der geforderten Informationen preiszugeben.

«Also gut. Ich kann Ihnen einen groben Überblick geben.» Versmann stellte sich vor das Fenster und knetete nervös seine Hände. «Gegen Ende des Jahres 1880 kam zuerst die Idee auf, den Baakenhafen und den Magdeburger Hafen auszubauen und so Flächen für die notwendigen Speicher zu gewinnen. Kurze Zeit darauf wurden auch andere Standorte in Erwägung gezogen. Senator O'Swald etwa plädierte für eine Ausdehnung des Freihafengeländes nach Süden in Richtung Veddel. So ging es einige Zeit. Wir haben zusammen mit Oberingenieur Meyer und Wasserbauinspektor Buchheister alle nur denkbaren Variationen durchgespielt, aber das Ergebnis war immer dasselbe: Entweder lagen die Standorte zu weit von der Stadt entfernt, oder es war nicht genug Platz vorhanden. Dann begann die Debatte um den Zollcanal ...» Versmann entfuhr ein demonstrativer Seufzer. «Es wurde angeregt, den Fleetzug zwischen Oberhafen und Binnenhafen zu verbreitern, denn es sollte ja weiterhin eine schiffbare Verbindung zwischen Ober- und Unterelbe außerhalb des Freihafens, also eine zollfreie Passage, möglich bleiben. Dafür hätte jedoch die Bausubstanz an den Außenkajen, Bei den Mühren, Beim Zippelhause und am Dovenfleet, abgerissen werden müssen. Ungefähr Mitte des Jahres 1882 wurde dann vonseiten der Handelskammer – soweit ich mich erinnere, war es sogar Lutteroth selbst, der die Idee vortrug – der Vorschlag unterbreitet, die Wasserverkehrswege auszubauen und einen Schutenkanal durch die Speicherlandschaft zu legen. Diese Idee hatte zur Folge, dass man sich erstmals mit der

Die Niederlegung des Kehrwieder-Viertels am späteren Zollkanal. Baugruben Februar 1885.

Die schmiedeeiserne Gitterstützen-Konstruktion. Freihafenspeicher G während der Errichtung 1886.

Ursprüngliche Bebauung auf dem Kehrwieder, Ecke Auf dem Sande. Lichtbild von 1883 während der ersten Abrissarbeiten.

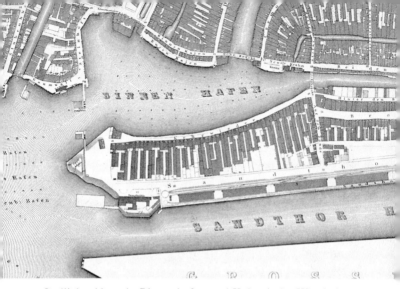

Südliche Altstadt, Binnenhafen und Kehrwieder-Wandrahm-Insel mit den Straßenzügen vor 1880.

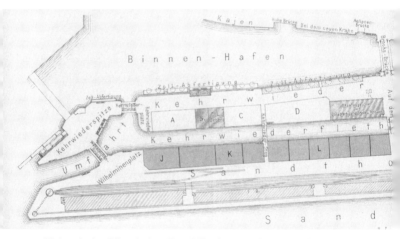

Kehrwieder-Wandrahm-Insel Ende 1885. Von den Speicherbauten (Blöcke A–O) sind bis Ende 1886 die Blöcke B, G. J, M, N, O errichtet; im Bau befinden sich die Blöcke A, C, D, E, K, L sowie der Staatsspeicher mit Post und Zollabfertigung Ecke

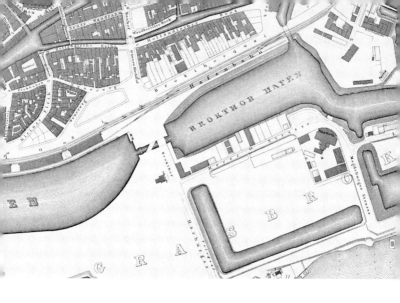

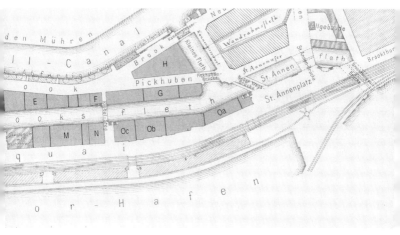

Kehrwieder/Auf dem Sande und das Kesselhaus mit zentraler Maschinenstation Ecke Sandtorkai/Auf dem Sande. Das Gebiet südöstlich des Neuen Wandrahm ist für den 2. Bauabschnitt reserviert.

Bautrupp beim Zusammenfügen der vorgefertigten schmiedeeisernen Gitterstützen von Freihafenspeicher G (1886).

Der Dovenhof, Lichtbild von 1901, Ecke Brandstwiete und Dovenfleet.

Der «Caffeespeicher» (Baublock O) am Sandtorkai, Fotografie nach 1888.

Das Palais Heinrich von Ohlendorff
an der Schwarzen Straße 1 in Hamm, Lichtbild um 1880.

Hamburg Altstadt, Hof Niedernstraße 22 im Gängeviertel des Jacobi-Kirchspiels (Barkhof-Viertel), Lichtbild nach 1890.

Hamburg Altstadt, Hof im Gängeviertel des Jacobi-Kirchspiels (Barkhof-Viertel), Lichtbild nach 1890.

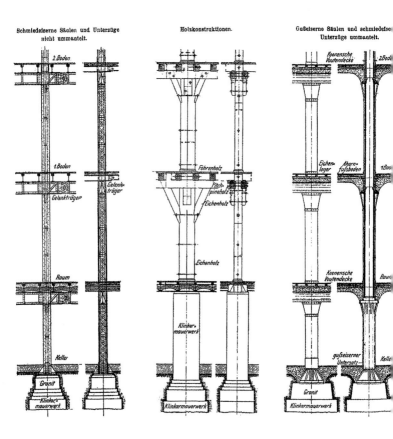

Konstruktionsunterschiede der Speicher im Freihafen.
Links: (erster Bauabschnitt 1885–89) schmiedeeiserne Gitterstützen und Deckenbalken aus Holz.
Mitte: Ab 1892 (zweiter Bauabschnitt 1890–97) Stützen aus Eichenkernholz und Deckenbalken aus Nadelhölzern.
Rechts: Ab 1904 (dritter Bauabschnitt 1899–1913 und 1927) gusseiserne Stützen, feuerfest ummantelt, sowie schmiedeeiserne Unterzüge und Decken aus armiertem Beton.

Niederlegung der vorhandenen Bebauung auf dem Kehr-wieder-Wandrahm-Viertel beschäftigen musste. Verschiedene Pläne wurden ausgearbeitet. Der umfangreichste davon war zweifelsohne der Plan VI a. Er sah den vollständigen Abriss aller Gebäude vor. Da aber die weitere Entwicklung und der zukünftige Bedarf an Speicherflächen noch nicht absehbar waren, schlug man vor, die Niederlegung den jeweiligen Bauphasen anzupassen. Im September desselben Jahres – ich erinnere mich noch genau – wurde dann der Plan X zu Papier gebracht. Er basierte auf einem flüchtigen Entwurf, den Oberingenieur Meyer im März desselben Jahres gezeichnet hatte. Der Plan unterschied sich von VI a dadurch, dass erst einmal nur das Wandrahm-Viertel, die bevorzugte Wohngegend der Kaufleute, niedergelegt werden sollte. Ich habe damals mit Senator von Melle, der der Baudeputation vorstand, nächtelange Gespräche geführt, und wir waren uns einig darüber, dass Plan X auch deswegen vorteilhaft sei, weil die hafennahen Arbeiterquartiere auf dem Kehrwieder vom Abriss verschont bleiben würden. Im Februar 1883 entstand dann indes der endgültige Plan XII c, der genau wie VI a die Niederlegung der gesamten Kehrwieder-Wandrahm-Insel vorsah, wenn auch in Etappen. Der Unterschied gegenüber Plan X bestand also vor allem darin, dass nicht im Osten, also auf dem Wandrahm, sondern am Kehrwieder mit der Niederlegung begonnen werden sollte. Die ersten Abbruchaufträge wurden dann im Herbst vor drei Jahren gestellt.» Versmann machte einen tiefen Atemzug. «Ja, so weit dazu!» Er blickte erneut zur Uhr. «Ich muss jetzt wirklich zurück in die Kommissionssitzung. Die Details entnehmen Sie dann bitte den Akten der Senatskommission, denn die Ausführungskommission wurde erst 1883 eingesetzt. Sie stehen Ihnen selbstverständlich jederzeit zur Verfügung.»

«Gestatten Sie mir noch eine Frage?», sagte Sören. «Wie standen Sie persönlich zu Plan VI a?»

«Ach, wissen Sie, Bischop. Als Politiker muss man Kompromisse schließen können. Wenn uns mehr Zeit zur Verfügung gestanden hätte ... Vielleicht hätten wir eine elegantere Lösung gefunden. Plan X zielte da schon in die richtige Richtung. Aber Sie sehen ja selbst, wie weit wir erst mit den Bauarbeiten sind; dabei sollen in zwei Jahren schon die Anschlussfeierlichkeiten stattfinden ...»

«Herr Senator ...?»

Versmann, der die Türklinke bereits in der Hand hielt, drehte sich noch einmal um. «Ja?»

«Geben Sie auf sich Acht», sagte Sören leise.

Akteneinsicht

Sören zog einen neuen Ordner hervor und legte ihn auf seinen Sekretär. Ihm flimmerte es bereits vor den Augen. Seit zwei Tagen stapelte sich ein knapper Meter Aktenmaterial auf dem großen Tisch in seinem Arbeitszimmer, den es zu sichten galt – und das war erst der Anfang. Unaufhörlich machte sich Sören Notizen, schrieb Namen in lange Tabellen und verglich die Zugehörigkeit der jeweiligen Kommissionsmitglieder mit den Listen anderer Kommissionen und Institutionen. Überall dort, wo man auf Schriftstücke anderer Deputationen verwies, legte er schmale Papierstreifen zwischen die Blätter, um weiterführende Akten aus den entsprechenden Deputationen anzufordern. Inzwischen hatte er fast den Eindruck, dass die ganze städtische Verwaltung sich in den letzten sechs Jahren um nichts anderes als um den Zollanschluss und die damit verbundenen baulichen Projekte gekümmert hatte. Seite für Seite kämpfte er sich der Hoffnung entgegen, irgendwo hier dem Geheimnis auf die Spur zu kommen, was die drei Opfer miteinander verband.

Am Vortag hatte Adi ihn angerufen und ihm zu seiner Entscheidung gratuliert, für ihn zu segeln. Für einen Moment war Sören in Versuchung geraten, die Arbeit Arbeit sein zu lassen und zu Jonas auf die Werft zu fahren. Adis Stimme hatte sich vor Begeisterung fast überschlagen, und er selbst hatte das Boot immer noch nicht in Augenschein genommen. Vielleicht würde sich morgen nach dem Besuch bei Ohlendorff eine Möglichkeit ergeben, heute aber bestimmt nicht mehr. Selbst Oltrogge, der für gewöhnlich als Letzter das Kontor verließ, war längst gegangen, und auch Miss Sutton hatte sich vor einer guten Stunde verabschiedet, nicht ohne Sören vorher noch eine Kanne Tee ins Zimmer zu bringen.

Sören schlug den Ordner auf. Es waren nicht mehr allein die Namen Lutteroth, Dannemann und Schnauff, die er suchte. Hinzu gekommen waren auch mehrere Namen von Persönlichkeiten, die sich offen gegen das ganze Kehrwieder-Wandrahm-Projekt gestellt hatten. Senator Stahmer war einer von ihnen. Als Mitglied der Senatskommission von 1881 war ihm das ganze Wandrahm-Projekt zu aufwendig gewesen, und er hatte den Vorschlag gemacht, die nötigen Speicherflächen weiter außerhalb auf der Veddel bereitzustellen. Stahmer war Präses der Deputation für Handel, Schifffahrt und Gewerbe und außerdem Präses der zweiten Sektion der Baudeputation und damit Vorgesetzter von Nehls, dem Nachfolger von Wasserbaudirektor Dalmann. Interessanterweise tauchte der Name Stahmer ab Mitte des Jahres 1882 nicht mehr in den Akten auf. Genau wie die Senatoren Kirchenpauer, Mönckeberg und Octavio Schroeder, die ebenfalls gegen das Projekt Stellung bezogen hatten, war auch Stahmer danach nicht mehr in den Kommissionen vertreten. Nur Octavio Schroeder fand sich noch einmal in den Akten, aber nicht in seiner Funktion als stimmberechtigtes Senatsmitglied und als Präses der Finanzdeputation, sondern nur als Mitglied der Kommission für freihändige Grundstücksankäufe auf dem Kehrwieder.

Bei den Abstimmungen hatte die Deputation für Handel und Schifffahrt eindeutig für den Abriss der Kehrwieder-Wandrahm-Insel gestimmt, in der Baudeputation hatte man sich aber ebenso wie in der Finanzdeputation nur ganz knapp für die Niederlegung entschieden. Was war mit den öffentlich hervorgetretenen Widersachern geschehen? Hatte man sie mundtot gemacht, indem man ihre Mitgliedschaft in allen entscheidenden Kommissionen verhinderte? Was die Senatsmitglieder in den gemischten

Kommissionen betraf, konnten das eigentlich nur Senator Versmann und Bürgermeister Petersen in die Wege geleitet haben. Aber was war mit den anderen Gegnern des Projektes?

Im Juni 1882 hatte der Privatingenieur Georg Westendarp einen Tunnel mit einer Personenbahn unter der Elbe vorgeschlagen, um so das linke Elbufer zu erschließen. Entsprechende Pläne hatte er gleich mit eingereicht. Aber dieses Projekt, so verlockend es auch war, fand in den Kommissionen kaum Fürsprecher und wurde mit dem Hinweis ad acta gelegt, dass ein solches Bauvorhaben nicht termingerecht fertig gestellt werden könne. Sören machte sich trotzdem eine kurze Notiz, denn der Name Westendarp tauchte noch an anderer Stelle auf. Westendarp hatte bereits im Jahr 1872 im Auftrag des späteren Senators Mönckeberg Pläne für Hafenbassins und Speicherbauten auf Steinwärder erstellt, was Sören erstaunte, denn das Vorhaben konnte zu dem damaligen Zeitpunkt ja kaum in Zusammenhang mit dem Zollanschluss gestanden haben. Des Weiteren gehörte Westendarp einem Konsortium an, das vor etwa drei Jahren die Errichtung einer Aktiengesellschaft ähnlich der jetzigen Freihafen-Lagerhaus-Gesellschaft angestrebt hatte – jedoch mittels Einsatz von Privatkapital. Sören machte ein großes Fragezeichen hinter die Namen Mönckeberg und Westendarp, schließlich war Senator Mönckeberg als bekennender Gegner des Wandrahm-Projektes aufgetreten.

Ein weiterer Kritiker des Vorhabens war der Ingenieur Franz August Fölsch gewesen, der Bedenken gegen die Projekte der Staatstechniker öffentlich gemacht hatte. Aber anders als die übrigen Kritiker war Fölsch sowohl Bürgerschaftsabgeordneter als auch Mitglied der 1882 eingesetzten Generalplankommission, in der als Vertreter der Bürgerschaft auch Lutteroth und Adolph Woermann gesessen hatten. Neben den technischen Bedenken zielte die

Hauptkritik von Fölsch auf die zu erwartenden Enteignungen und die damit einhergehenden Bodenspekulationen im gesamten Stadtgebiet. Schließlich musste ja neuer Wohnraum für Zehntausende geschaffen werden. Fölsch verwies auf die Jahre nach dem großen Brand von 1842, als es in der Baubranche stellenweise zu unannehmbaren Zuständen gekommen war. Die technischen Bedenken konnten von Oberingenieur Franz Andreas Meyer und Wasserbaudirektor Nehls, die beide seit 1881 als Berater der Vorbereitungskommission an der gesamten Projektentwicklung beteiligt waren, entkräftet werden, und Fölschs sozialpolitische Argumente wurden in dem Moment unglaubwürdig, als er die zukünftigen Zollgesetze des Reiches in diesem Zusammenhang öffentlich als Übergangslösung bezeichnete.

Nur der Reeder Robert Miles Sloman griff im Herbst 1882 die von Fölsch genannten Kritikpunkte noch einmal auf, als er das gesamte Kehrwieder-Wandrahm-Projekt als zu kostspielig bezeichnete. Ihm stieß dem Vernehmen nach vor allem die maßlose Verschuldung und die Dimension des Vorhabens auf. Aber auch sein skizzenhafter Gegenvorschlag, Speichergrund ohne nennenswerte Expropriationen auf dem großen Grasbrook zu schaffen, fand bei den zuständigen Kommissionen keine Zustimmung.

Sören trug den Namen Sloman in die Liste mit den Widersachern des Projekts ein und schloss die Akte. Es war schon erstaunlich, wie man alle Kritik eisern abgeschmettert und welche Energie man aufgebracht hatte, um die teils begründeten Einwände der Kritiker abzuweisen. Neben den in der Ausführungskommission verbliebenen Senatoren Versmann, Petersen, O'Swald, Carl August Schröder und Lehmann war Arthur Lutteroth nach Sörens bisherigen Erkenntnissen jedenfalls der Hauptbefürworter der Gesamtniederlegung des Kehrwieder-Wandrahm-Viertels gewesen. Und Gustav Dannemann war einer von Lutteroths 51 Gesinnungsgenossen gewesen, die den Antrag mit unterschrieben hatten. Aber wie verhielt es sich mit Tobias Schnauff? Er war weder ein Entscheidungsträger gewesen, noch fand sich sein Name irgendwo in den Akten. Seine Arbeit betraf nicht die Gebäude am Wandrahm und am Kehrwieder, sondern die Lager der Firmen, die in diesem Gebiet neue Speicher beziehen würden.

Aus den Akten der Feuerkassendeputation ging immerhin hervor, dass Schnauff Kontakt zu Oberingenieur Franz Andreas Meyer gehabt hatte. Und Meyer hatte den Kommissionen beratend zur Seite gestanden – ihm als dem Leiter des Ingenieurwesens der Baudeputation lag die ganze technische Ausführung jetzt in den Händen. Aus diesem Grunde war er auch namentlicher Auftraggeber des Gutachtens über den Feuerschutz bei den Neubauten, das Schnauff für die Baudeputation erstellt hatte. Ob die beiden wirklich persönlichen Kontakt miteinander gehabt hatten, war aber nicht festzustellen.

Sören trommelte nervös mit den Fingern auf der Tischkante. Warum hatte der Mörder die Wohnung von Tobias Schnauff durchsucht, nicht aber die Häuser von Lutteroth und Dannemann? War Schnauff im Besitz von etwas gewesen, das den Täter entlarven konnte? Das Aufflackern der Glühlampe an der Decke riss Sören aus seinen Gedanken.

Martins Gesicht lugte zur Tür herein. «Na, du wirst ja noch zur Nachteule ... Immer noch bei der Arbeit?»

Sören entfuhr ein Seufzer. «Guten Abend, Martin. Komm doch rein.»

Martin kam näher und warf einen flüchtigen Blick auf Sörens Notizen, die in erster Linie aus Papierbögen mit endlosen Namenlisten bestanden. «Da hast du dir ja mächtig was vorgenommen. Willst du die alle überprüfen?» Ein Grinsen machte sich auf seinen Lippen breit.

«Wo denkst du hin? Nein. Ich versuche mir nur ein Bild

davon zu machen, wer die Befürworter und wer die Gegner der einzelnen Projekte zum Bau der Speicheranlagen waren. Ist schon ganz erstaunlich, mit welcher Einstimmigkeit man damals gegen die Kritiker vorgegangen ist.»

«Und?»

«Man hat sie eiskalt abserviert. Die Senatoren, die gegen den Zollanschluss und gegen die Niederlegung der Kehrwieder-Wandrahm-Insel waren, sind in den Kommissionen ab Mitte des Jahres 1882 nicht mehr vertreten. Ich kann mir vorstellen, dass Senator Versmann da etwas, sagen wir mal, *arrangiert* hat.»

Martin nickte. «Natürlich. Versmann hat ja nie einen Hehl daraus gemacht, dass seine Überlegungen für den Zollanschluss bis weit in die sechziger Jahre zurückreichen. Ich gehe jede Wette ein, dass alle Verhandlungspunkte für ihn bereits feststanden, als er die Gespräche mit Bismarck aufnahm. Dann ist es doch verständlich, dass Versmann bemüht war, zumindest die Widersacher aus den Reihen der Senatoren nicht mehr in den Kommissionen zu haben. Das Gespann Versmann und Petersen hat sich dabei ideal ergänzt – Versmann aus tiefster Überzeugung und Petersen aus Angst vor einer militärischen Auseinandersetzung mit Preußen.»

«Du magst Recht haben. Ich war die entscheidenden Jahre nicht in der Stadt und habe das politische Geschehen hier nur über Zeitungsberichte verfolgen können. Es wäre einfacher gewesen, Versmann hätte jemanden beauftragt, dem die Details zur Sache mehr vertraut sind.»

Martin schüttelte demonstrativ den Kopf. «Einfacher vielleicht – aber erst dadurch, dass du die Geschehnisse der letzten sechs Jahre rekonstruieren musst ...»

«... erst dadurch vergegenwärtige ich mir die Zusammenhänge, die vielleicht zum Täter führen, meinst du? – Ich hoffe! Ich hoffe es!» Sören begann mechanisch die Blätter mit seinen Notizen zu sortieren. «Was mir aber partout nicht in den Kopf will, ist, warum die Verbrechen erst jetzt geschehen, wo der Plan VI a doch so weit zurückliegt.»

«Vielleicht wirkt sich irgendetwas, das mit dem Projekt VI a zusammenhängt, erst jetzt aus?» Martin zuckte mit den Schultern, dann griff er nach einer der Listen auf dem Tisch und studierte die Namen.

«Die Mitglieder der Schätzungskommission ...», erklärte Sören. «Dannemann war übrigens auch einer von denen, die Arthur Lutteroths Antrag zur Niederlegung der gesamten Kehrwieder-Wandrahm-Insel mit unterschrieben haben.»

«Interessant», murmelte Martin abwesend.

«Was meinst du?»

«Die Zusammensetzung der Kommission. Hier, beispielsweise Krogmann. Carl Johann Krogmann vom Handelshaus Wachsmuth & Krogmann. Wollte Krogmann nicht damals mit Sloman und Münchmeyer gemeinsam eine Aktiengesellschaft zum Bau und Betrieb des Kaiserquaispeichers gründen? Das Vorhaben scheiterte damals, soweit ich mich entsinne, an Senator O'Swald, der darauf bedacht war, dass der Betrieb des Speichers unter Staatsaufsicht blieb.»

«Kann schon sein. Worauf willst du hinaus?», fragte Sören.

«Mir fällt nur auf, dass Dannemann in dieser Kommission scheinbar nicht der Einzige war, der schon früher bestimmte Interessen auf dem Kehrwieder und dem Grasbrook verfolgte.»

Sören nickte. «Das ist mir auch aufgefallen. Es sind immer dieselben Namen, die wieder auftauchen – aber aus völlig unterschiedlichen Gründen. Sloman trat beispielsweise als energischer Gegner der Abrisspläne auf. Oder nimm Senator Mönckeberg. Bereits 1872 plante Mönckeberg Speicher und Hafenbecken zum Ausbau des Hafens

137

auf Steinwärder. Mönckeberg wird dann zum entschiedenen Gegner der Kehrwieder-Niederlegung und lässt von Westendarp, der für ihn bereits damals die Pläne für das Steinwärder-Projekt ausgearbeitet hatte, ein Tunnelprojekt zur Erschließung des linken Elbufers vorlegen.»

«Fast könnte man den Eindruck haben, als wollte da manch einer seine ganz persönlichen Schäfchen ins Trockene bringen?» Martin warf Sören einen unmissverständlich Blick zu. «Also Mönckeberg war damals ja Syndicus und Aufsichtsratsmitglied der Berlin-Hamburger Eisenbahn-Gesellschaft. Ich kann mir durchaus denken, dass es einen guten Grund für ihn gegeben haben mag, die Speicher und Hafenbecken auf der anderen Elbseite zu wissen ...» Er zwinkerte Sören zu. «Vor allem wenn die Schienenanbindung der Hafenanlagen über dieselbe Eisenbahn-Gesellschaft abgewickelt worden wäre, die er als Rechtsbeistand vertrat ...»

«Willst du damit sagen ...»

«Nee, nee!», unterbrach Martin. «Will ich nicht. Denn im Zusammenhang mit deinen Ermittlungen und deinem Auftrag würden solche Spekulationen schnell in einem Teufelskreis enden – soweit mir bekannt ist, war Senator Versmann nämlich auch an dem damaligen Steinwärder-Projekt beteiligt. Er und Jaques Nölting von der Commerz- und Disconto-Bank. Nölting erwähnte es mir gegenüber mal auf einer Verwaltungsratssitzung.»

«Womit der Kreis geschlossen wäre – zumindest, was Versmanns Beweggründe als damaliger Befürworter des Zollanschlusses betrifft!»

Martin nickte. «Genau. Viele Beteiligte, deren Namen ich hier lese, mögen jedoch weniger weitsichtige und gemeinnützige Beweggründe gehabt haben als Versmann ... Die Zusammensetzung der Kommission ist ja ein Sammelsurium unterschiedlicher Interessen: Julius Prahl etwa als Vorstand des Grundeigentümervereins oder Emil Wentzel von der *Hanseatischen Baugesellschaft* und der *Hotel-Actien-Gesellschaft Hamburger Hof ...*»

«Wo du den Grundeigentümerverein erwähnst ... Hatte sich Dannemann mit dem Verein nicht irgendwie angelegt? Du hast mir doch neulich in der Harmonie erzählt, Gustav Dannemann wäre vor etwa sechs Jahren an den Kaffeehändler Crasemann herangetreten.»

«An mehrere Kaffeehändler, ja. Dannemann hatte wohl Ähnliches vor, wie Krogmann, Sloman und Münchmeyer es bereits mit der Finanzierung des Kaiserquaispeichers versucht hatten.»

«Weißt du, was aus der Sache geworden ist?»

Martin schüttelte den Kopf. «Ich kann Crasemann gerne fragen, wenn du möchtest. Aber ich nehme an, die Sache ist aus genau denselben Gründen gescheitert wie zuvor beim Kaiserquaispeicher auch.»

«Mich würde trotzdem interessieren, was Dannemann ihm damals genau angeboten hat.»

«In Ordnung – ich werde ihn bei nächster Gelegenheit fragen. Und nun lass uns aufbrechen. Es ist bereits nach elf, und soweit mir bekannt ist, hast du morgen früh eine Verabredung mit Ohlendorff.»

Sören zog die Augenbrauen hoch. «Eine Verabredung mit Ohlendorff! – Ich nehme doch wohl zu Recht an, dass du an diesem Arrangement nicht ganz unschuldig bist, oder?»

Martin grinste. «Ein bisschen Abwechslung wird dir gut tun. Los, komm jetzt!»

❧ Skatrunde ❦

*B*is zum Hammerbrook ging die Fahrt nur stockend voran. Entlang des alten Wehrhofs waren Arbeiter damit beschäftigt, die Straße mit Granit und Basalt zu pflastern, und auf dem harten Untergrund der bereits fertig gestellten Abschnitte waren die Pferde nur schwer in Trab zu halten. Kein Seglerwetter heute, dachte Sören und lenkte den offenen Zweispänner um eine Gruppe von Steinsetzern herum, die der staubigen Hitze mit freiem Oberkörper zu trotzen versuchten. Bereits am frühen Morgen hatte sich eine gelbbraune Dunstschicht über der ganzen Stadt ausgebreitet, die inzwischen wie unter einer Glocke gefangen schien, und die Schlote der Hafenbetriebe und Dampfer taten das ihre dazu, dass der gelbe Schleier nicht dünner wurde. Jeder in der Stadt wartete auf die erlösende Brise, mit der die trübe Blake vom Himmel verschwinden würde, aber kein Grashalm bewegte sich.

Vor dem Berliner Thor mischte sich der beißende Geruch von Ammoniak mit penetrantem Hefegestank, der von den dort ansässigen Fabrikationsstätten stammte, und erst nachdem Sören den Hammerbrook passiert hatte und in die Borgfelder Chaussee eingebogen war, verflüchtigten sich die lästigen Gerüche der Großstadt. Die Häuser links und rechts der Chaussee hatten hier selten mehr als zwei Geschosse, und nur hin und wieder ragten noch die Schornsteine kleinerer Betriebe in die Höhe.

Nach wenigen Minuten Fahrt erinnerte allein die Breite der Straße noch an die Nähe zur Stadt. Die Bebauung drängte sich an den wenigen Kreuzungen und nahm mehr und mehr dörflichen Charakter an. Traufständige Handwerkerhäuser mit kleinen Vorgärten und schmiedeeiser-

nen Zäunen bildeten endlose Reihen der Eintönigkeit.
Wer im Bauhandwerk arbeitete oder es sich leisten konnte, hatte seine Hauswände inzwischen verputzt und
Fenster und Türen mit Bauschmuck in Form von Gesimsen, Pilastern und Baldachinen geschmückt, was den be-
scheidenen Häusern ein merkwürdig überfrachtetes Erscheinungsbild verlieh: Die Abstände der Fenster und
Geschosse zueinander waren doch meist so gering, dass
zwischen den Schmuckelementen kaum eine Handbreit
Platz blieb.

Sören steuerte den Wagen nach links in die Heerstra-
ße, die er noch unter dem Namen Unten im Hamm kannte, und drosselte das Tempo. Von hier aus waren es nur
noch wenige Minuten bis zu den Ohlendorff'schen Besitzungen, die sich jenseits der Schwarzen Straße ausdeh-
nen mussten. Als Sören die Pferde behutsam durch das
Gartenportal dirigiert hatte, schoss hinter einem großen
Rhododendron urplötzlich ein Reiter in vollem Galopp
querab über den Weg, und Sören musste die Zügel her-
umreißen, um eine Kollision zu verhindern. Der Reiter
hatte die Situation durchaus erkannt, winkte kurz entschuldigend mit der schwarzen Reitkappe und setzte seinen Weg fort, ohne sich auch nur noch einmal umzudre-
hen. Sören konnte einen Fluch nicht unterdrücken. Dann
stieg er ab und widmete seine Aufmerksamkeit den Pferden, die kurz gescheut hatten und nun unruhig auf der
Stelle traten.

Nachdem sich die Tiere beruhigt hatten, setzte Sören
die restlichen Meter des Kiesweges in sanftem Schritttempo fort. Er musste seine Vorstellung von der Größe des
Anwesens, die er sich angesichts Martins Schilderungen
gemacht hatte, revidieren. Eigentlich hatte er eine ausgedehnte Parkanlage erwartet, aber das Grundstück war doch
kleiner als vermutet. Die Villa, die hinter einer kleinen
Wegbiegung kurz zum Vorschein kam, war dafür umso im-

posanter. Wenn Sören bereits von den städtischen Villen beeindruckt gewesen war, die in den letzten zehn Jahren entlang des Alsterufers entstanden waren – das Gemäuer, das sich Heinrich von Ohlendorff hier hatte erbauen lassen, stellte die meisten von ihnen weit in den Schatten. Der Wagen bewegte sich auf die kleine Anhöhe zu, und Sören passierte ein Viehgatter, an dessen Zaun sich Damwild rieb und den Besucher neugierig beäugte. Hinter dem Gatter lagen Stallungen von beachtlichen Ausmaßen. Sören zählte mehr als dreißig Pferdeboxen, und die Front der Remise war ungefähr doppelt so lang wie das Wohnhaus, das am Ende der Auffahrt stand. Aber dieses Gebäude, dessen Ausmaße ohne weiteres einer städtischen Villa Konkurrenz gemacht hätten, war lediglich das Wohnhaus der Bediensteten, des Gärtners und des Kutschers. Das Ohlendorff'sche Palais befand sich auf der anderen Seite des Weges und versteckte seine gewaltigen Ausmaße bis zuletzt hinter den Eichen, welche die Auffahrt säumten.

Die Fassade des zweigeschossigen Baus war von immenser Höhe und wurde von einem schiefernen Mansarddach bekrönt. Säulenvorbauten betonten die Mittelachse des Gebäudes, und die Mauerflächen waren bis auf den letzten Winkel mit Bauschmuck aus Barock und Renaissance übersät. Es wirkte, als hätte der Baumeister alle architektonischen Zierelemente zusammengetragen, die Pracht und Eleganz repräsentierten. Die ganze Fassade war mit Gesimsen, Balustern und Ziergittern übersät, und die außergewöhnlich reich gegliederte Dachlandschaft fand in einem seitlich versetzten oktogonalen Turm, der es an Höhe spielerisch mit den Gipfeln der mächtigen alten Eichen aufnahm, ihren fulminanten Höhepunkt. Die Flagge an der hohen Fahnenstange hing schlaff herab. Knirschend kamen die Räder des Wagens auf dem marmorweißen Kies der Auffahrt zum Stehen.

Kein Bediensteter, sondern der Hausherr höchstpersönlich empfing Sören am Eingang. Raschen Schrittes und mit ausgebreiteten Armen kam Heinrich von Ohlendorff ihm entgegen. «Wie schön, dass Sie sich die Zeit nehmen konnten. Seien Sie begrüßt in meinem Heim, Herr Dr. Bischop.»

Ohlendorffs Worte klangen etwas gestelzt, aber Sören wusste sie richtig einzuordnen. Wie er bereits bei der Einweihungsfeier des Dovenhofs erfahren hatte, war der Unternehmer kein Mann des Wortes. Man merkte nur zu genau, dass er sehr plötzlich zu Reichtum und Ansehen gekommen war. Sosehr sich Ohlendorff auch Mühe gab – die Umgangsformen konnten seine Herkunft nicht verschleiern.

«Ich danke für die freundliche Einladung.» Sören erwiderte den etwas zu kräftigen Handschlag des Hausherrn. «Ein wahrhaft fürstliches Anwesen, das Sie Ihr Eigen nennen.»

«Jaja, es lebt sich ganz komfortabel.» Ohlendorffs Geste der Bescheidenheit wirkte angesichts der baulichen Dimensionen etwas albern. Schon im Parterre, so schätzte Sören, reihten sich bestimmt mehr als ein Dutzend Gesellschaftsräume aneinander. «Und bei den Verpflichtungen, die meine gesellschaftliche Stellung mit sich bringt, erfüllt es seinen Zweck. Baumeister Haller hat sich größte Mühe gegeben. Aber gehen wir doch hinein. Hier draußen ist es ein wenig zu warm. Ich glaube, wir sollten die Markisen herablassen ...»

Gemeinsam gingen, nein: schritten sie durch das Eingangsportal und gelangten durch einen geradezu saalförmigen Windfang ins Vestibül, das mit einem großen Glasdach überwölbt war und von einer zweiflügeligen Marmortreppe flankiert wurde. Zu beiden Seiten der Treppe standen Bedienstete Spalier und warteten auf Anweisungen, aber Ohlendorff ignorierte sie. Sörens Blick fiel auf das monumentale Wandgemälde zwischen den Treppenflügeln der Halle – ein überlebensgroßes und romantisch verklärtes Familienportrait.

«Unser *Familienglück*», erklärte Ohlendorff voller Stolz. «Ich habe es bei Professor Bruno Piglhein in Auftrag gegeben. Gefällt es Ihnen?»

Sören legte den Kopf etwas zur Seite und betrachtete die Szenerie auf dem Bild. Eine heiter lächelnde Kinderschar in unbequem vornehmen Kleidern zu Füßen eines sich emporreckenden Patriarchen nebst sorgend-besinnlicher Gattin und Mutter. Was sollte er sagen? Dass es solche Familien anscheinend nur auf Gemälden gab?

Bevor Sören sich passende Worte zurechtlegen konnte, kam Ohlendorff ihm zuvor. «Warten Sie, bis Sie erst den Festsaal gesehen haben, mein Lieber.»

Die Ausstattung des großen Festsaals übertraf tatsächlich alles, was Sören bislang in einem Privathaushalt gesehen hatte. Hinter einem schweren Samtvorhang und zwei großen Flügeltüren erstreckte sich ein Raum, dessen Ausmaße und Proportionen an ein Kirchenschiff erinnerten. Sören schätzte die Länge des Saals auf mehr als fünfzehn Meter. Zu beiden Seiten wurde der Raum von Galerien flankiert, die auf kannelierten Säulen mit korinthischen Kapitellen ruhten. Von der Decke, deren Höhe sicher sieben Meter betragen musste, hingen drei gewaltige Kristallkronleuchter herab, deren Glitzern von hohen Wandreliefs reflektiert wurde und den ganzen Raum in ein Meer von funkelnden Lichtstrahlen tauchte. Möbelstoffe und Vorhänge waren aus violetter und gelber Seide. Vor allem das Parkett und die Intarsienarbeiten waren von überwältigender Schönheit, und Sören wagte kaum, den kostbaren Boden zu betreten, zumal die Bediensteten, die auf der anderen Seite des Saals damit beschäftigt waren, eine festliche Tafel zu arrangieren, Filzpuschen trugen.

Sören betrachtete das feine Porzellan, das zwischen silbernen Leuchtern auf den Tischen verteilt wurde, und er hoffte im Stillen, dass Ohlendorff diese Pracht nicht seiner Anwesenheit zu Ehren inszenieren ließ. Aber dann hätte der Hausherr in seiner Einladung sicher um entsprechende Garderobe gebeten, und Ohlendorff selbst trug eine einfache Leinenjacke und ein ungestärktes Hemd.

«Sie entschuldigen das Durcheinander hier, aber morgen ist Rennfrühstück; der Reichskanzler hat sich mal wieder angekündigt. Da soll man sich ordentlich Mühe geben.» Ohlendorff klatschte in die Hände. «Ein bisschen mehr Disziplin und Ruhe, wenn ich bitten darf! Johannes!! Das mit der Sitzordnung geht so nicht! Am Kopfende dahinten zwei Stühle! Ich werde Bismarck gegenübersitzen! Also bitte!!» Er lächelte Sören an. «Um alles muss man sich selber kümmern. Normalerweise ist meine Gattin für die Arrangements zuständig, aber sie weilt mit den Kleinen zurzeit auf unserem Landgut in Volksdorf, wo wir für gewöhnlich den Sommer verbringen. Am liebsten täte ich es ihr gleich, aber wenn Rennfrühstück ist ... Als Vorstandsvorsitzender des Hamburger Renn-Clubs habe ich natürlich Verpflichtungen. Zumal in Erwartung solch hohen Besuchs ... Sie verstehen natürlich ...?»

Sören setzte eine pflichtbewusst-ernste Miene auf. «Selbstverständlich.»

«Ich habe mir erlaubt, im Roten Salon für uns decken zu lassen. In einer guten Stunde hat sich mein Bruder Albertus zum Essen angemeldet. Wenn wir bis dahin warten könnten ...?»

«Aber natürlich.»

«Vielleicht ergibt sich im Anschluss ja sogar noch die Möglichkeit, einen guten Skat zu kloppen. Spielen Sie Skat?»

«Ein wenig», antwortete Sören zögernd. Zusammen mit seinen Kommilitonen in Heidelberg hatte er nächtelang Karten gedroschen – natürlich auch Skat, obwohl dieses Spiel in den höheren Gesellschaftskreisen als verpönt galt.

«Ein ausgezeichnetes Spiel», meinte Ohlendorff mit leuchtenden Augen. «Und ich muss gestehen: meine große Leidenschaft. Die leider nur so wenige teilen. Das Skatspiel gilt ja gemeinhin als etwas anrüchiges Pläsier ...»

«Grundlos, wie ich meine. Ist es dem Rang nach doch einem Billard oder dem Kegeln ebenbürtig», erklärte Sören.

«Das ist es ja gerade», meinte Ohlendorff und senkte die Stimme, als wolle er Sören ein Geheimnis anvertrauen. «Jeder Arbeiter und Lakai ist des Skats mächtig – vorausgesetzt, er hat ein wenig Köpfchen. Soll ich Ihnen etwas sagen ...?»

«Nun?»

«Mehr als die Hälfte meiner Gäste, die ich morgen erwarte, hat Angst vor Pferden!» Ohlendorff blickte Sören an und begann zu lachen. «Angst vor Pferden! Stellen Sie sich das vor! Ein Rennfrühstück, und die Herrschaften haben Angst vor Pferden und würden niemals im Leben auf die Idee kommen, sich auch noch obendrauf zu setzen! Aber man ist natürlich im Hamburger Renn-Club ...» Ohlendorff konnte sich gar nicht wieder beruhigen und schlug sich vor Lachen auf die Schenkel. «Angst vor Pferden ...!», prustete er lauthals. «Doch keiner von denen würde es fertig bringen, zu sagen: ‹Pferde interessieren mich einen feuchten Kehricht! Ich spiele lieber Skat!› Verstehen Sie, was ich meine?»

Inzwischen waren die beiden in die große Treppenhalle zurückgekehrt. Ohlendorff kontrollierte seine Taschenuhr mit den Zeigern der großen Standuhr neben der Garderobe. «Ich verstehe gar nicht, wo ... – Aah.» Seine

Gesichtszüge erhellten sich. «Da kommt ja mein Prinzess-chen!»

Außer einer zu eng geschnürten Corsage war Sören von der jungen Frau, die er auf dem Fußboden des Treppen-hauses im Dovenhof vorgefunden und versorgt hatte, nicht viel in Erinnerung geblieben. Der Leichenfund und die Schreckensfahrt im Paternoster hatten alles andere überdeckt. Erst jetzt, wo Heinrich von Ohlendorffs Toch-ter leibhaftig vor ihm stand, setzte sich das verschwom-mene Bild wie aus einzelnen Mosaiksteinchen wieder zu-sammen: die kinnlange Frisur, die schmale Nase und der blasse Teint, von dem Sören irrtümlich angenommen hat-te, er wäre eine Folge der Ohnmacht ...

«Darf ich Ihnen meine Tochter Lill vorstellen? Sie wis-sen ja gar nicht, wie dankbar wir Ihnen sind, dass Sie sich so rührend um sie gekümmert haben. Was hätte nicht alles passieren können.»

Mit einer verschämten Handbewegung versuchte Oh-lendorffs Tochter ein paar widerspenstige Locken, die sich vor ihrer Stirn kräuselten, zu bändigen.

«Wir hatten ja bereits das Vergnügen, gnädiges Fräu-lein.» Sören deutete einen Handkuss an, und die junge Frau – Lill von Ohlendorff mochte so um die zwanzig sein – machte einen formvollendeten Knicks. «Auch wenn man die Umstände wohl kaum als Vergnügen bezeichnen darf. Es freut mich, Sie in so guter Verfassung vorzufinden. Ha-ben Sie sich von dem Schock erholt?»

«Ja», hauchte Lill von Ohlendorff und nestelte verlegen an einer Schleife am Kragen ihrer Bluse. «Es war so furcht-bar.»

Heinrich von Ohlendorff räusperte sich. «In der Tat. Wirklich nichts für die Augen einer jungen Dame. Nicht wahr, mein Prinzesschen?» Er streichelte seiner Tochter fürsorglich über die Schulter. «Wir wollen die Angelegen-heit so schnell wie möglich vergessen.»

Im selben Moment erregte lautes Türenklappen auf der Etage die Aufmerksamkeit der Anwesenden. Gleich darauf erschien ein junges Mädchen am oberen Treppenpodest, raffte die Röcke und rutschte das breite Geländer bis zur ersten Biegung der Treppe herab. Die letzten Stufen nahm es mit einem einzigen Sprung, landete genau vor Ohlendorff und schaute mit keckem Blick in die Runde.

«Ich habe dir schon hundertmal gesagt, du sollst die Treppen wie eine Dame herunterkommen und nicht so ungestüm hinabstürzen!» Ohlendorff fuhr dem Mädchen liebevoll durchs Haar und erklärte zu Sören gewandt: «Lills Schwester Frieda. – Was macht das Harfenspiel, mein Kind?»

Frieda, die kaum älter als fünfzehn sein konnte, war fast genauso groß wie ihre Schwester. Auch sie trug das leuchtend braune Haar auffallend kurz und mit einem seitlichen Scheitel, sie hatte im Gegensatz zu ihrer älteren Schwester aber eine dunklere Haut. Unter der weißen Rüschenbluse, die mit einem schwarzen Samtband geschmückt war, zeichneten sich bereits die Ansätze weiblicher Reize ab. Mit einer geschickten Drehung entzog sie ihren Kopf der väterlichen Liebkosung. «Mit meinen Übungen bin ich fertig, Paps!»

«Paps?» Ohlendorff räusperte sich verärgert. «Wo hast du *das* nun schon wieder her? Bestimmt aus einem der Bücher, die dir Tante Susette mitgebracht hat. Habe ich Recht? Wenn du mit dem Quatsch nicht aufhörst, werde ich dir solche Lektüre verbieten. Zu viel Wissen ist gar nicht gut für junge Mädchen in deinem Alter.» Ohlendorff warf seinem Gast einen Zustimmung heischenden Blick zu, doch Sören, der eine andere Meinung zu diesem Thema vertrat, hob lediglich die Augenbrauen und lächelte freundlich zurück. «Es verunsichert außerdem jeden Verehrer», fügte Ohlendorff in belehrendem Tonfall hinzu, und seine ältere Tochter nickte zustimmend.

Frieda zog einen Schmollmund. «Einen Waschlappen will ich sowieso nicht als Mann.»

Sören konnte sich ein Schmunzeln nicht verkneifen, und er beantwortete Friedas schelmischen Blick, ohne dass die anderen es merkten, mit einem solidarischen Zwinkern.

«Vor zwei Wochen hat sie etwas über Amerika gelesen ...» Der Gastgeber wandte sich erneut Sören zu und rollte verständnislos mit den Augen. «Daraufhin hat sie mich mehrere Tage nur Daddy genannt!»

Auf der Treppe erschien eine Hausangestellte und beendete damit die weitere Bloßstellung des anarchischen Familienmitglieds. «Gnädiger Herr! Der Techniker in den Gemächern benötigt Ihre Aufmerksamkeit!»

«Was denn? Schon wieder?!», rief Ohlendorff verärgert. «Ich habe es ihm doch vorhin schon genau erklärt. In jedem Raum ein Anschluss! – Es geht um die Telefonanschlüsse in unseren Privatgemächern», sagte er entschuldigend. «Es gibt zwar noch kein Kabel hier raus nach Hamm, aber ich habe die feste Zusage vom Bürgermeister, dass es nicht mehr lange dauern kann, bis es verlegt wird. Wir lassen uns die Apparate aber schon mal prosi... proti...»

«Prophylaktisch!», rief Frieda, ihrem Vater ins Wort fallend, zu.

«Ähh, ja genau ... die Sprechapparate legen. Wenn Sie so lange mit der Gesellschaft meiner Tochter vorlieb nehmen wollen? Lill, vielleicht führst du Herrn Dr. Bischop einmal durch den Garten und zeigst ihm das Orchideenhaus? Ich habe mich ja ein wenig über Sie schlau gemacht, Dr. Bischop, und musste feststellen, dass sich unsere Wege über die Arbeiten Ihrer Frau Mutter fast einmal gekreuzt hätten. Eine ausgezeichnete Botanikerin und Zoologin. Wie Sie vielleicht wissen, war ich bis vor zwei Jahren auch Präsident der Zoologischen Gesellschaft zu Hamburg, aber zu meiner Zeit arbeitete Ihre Mutter dort schon nicht mehr. Wie Sie sich vorstellen können, habe ich natürlich auch ein paar bescheidene Sammlungen anzubieten ... Orchideen und Fruchtpflanzen aus Übersee. Ein großer Teil stammt noch aus der alten Gärtnerei, die wir letztes Jahr haben abbrechen müssen. Also, wenn es Sie interessiert? – Sie entschuldigen mich ...? Lill! Worauf wartest du denn?!» Schimpfend ging Ohlendorff die Treppe hinauf, wo ihn das Dienstmädchen auf halber Höhe erwartete. «Himmel nochmal! Um alles muss man sich selbst kümmern! Wozu bezahle ich den Mann eigentlich!?»

Lill von Ohlendorff war angesichts der Situation leicht errötet und strich sich zum wiederholten Mal nervös durch die Haare. Für einen Augenblick herrschte verlegenes Schweigen. «Ja», meinte sie schließlich, nachdem Sören ihr einen erwartungsvollen Blick zugeworfen hatte, «ich heiße eigentlich Meta Elisabeth, aber alle nennen mich Lill.»

«Ein schöner Name», antwortete Sören und setzte sein charmantestes Lächeln auf.

«Ja? – Sie dürfen mich natürlich gerne Lill nennen.»

Ihre Schwester, die abseits an der Treppe stand, warf den Kopf in den Nacken und rollte theatralisch mit den Augen. «Wie unerhört romantisch!», hauchte sie und seufzte.

Der zarte Roséton in Lill von Ohlendorffs Gesicht wich augenblicklich einem tiefen Rot. «Frieda!», rief sie entsetzt. «Was bildest du dir ein!? Erst fällst du Vater ins Wort, und nun ... und nun ... du bist unmöglich!!»

Frieda zog eine Grimasse und streckte ihrer Schwester die Zunge raus. «Du kannst mit Dr. Bischop eh nicht in den Garten!»

«Was?!»

«Das schickt sich nicht!», erklärte Frieda und fügte hinzu: «Sonst erzähl ich's dem Joseph.»

«Du ... du ...» Lill von Ohlendorff schnappte nach Luft, warf ihr Taschentuch auf den Boden und rief mit tränenerstickter Stimme: «Das sage ich jetzt Vater!!» Schluchzend lief sie die Treppe nach oben.

Frieda blickte der großen Schwester triumphierend hinterher. «Tja, wenn du nicht willst, dann mach ich das eben.»

«Das war jetzt aber nicht sehr nett!», bemerkte Sören und zog die Augenbrauen hoch.

«Pah! Ist sie zu mir auch nie.» Frieda winkte verächtlich ab und blickte dann zu Sören auf. «Lill kann Sie gar nicht heiraten, sie ist nämlich schon verlobt», erklärte sie schnippisch.

Sören konnte einen Lacher nicht unterdrücken. «Na, wer hat denn was von Heiraten gesagt?», fragte er amüsiert.

Frieda zuckte mit den Schultern und erklärte im Tonfall tiefster Überzeugung: «Das ist doch ganz klar, wenn man ein junges Fräulein rettet – und dann mit ihr zusammen so durch den Garten schlendern will ...»

«Soso.»

«Sie können ja mit mir vorlieb nehmen.»

«Ich darf's mir aber noch überlegen mit der Heirat, oder?»

«Ich meinte ... Sie können ja mit mir durch den Garten gehen. – Ich bin ja noch nicht verlobt», schob sie schnell hinterher.

Sören wollte nicht unfreundlich erscheinen und beschloss, das Spiel mitzuspielen. Außerdem fing die Sache an, Spaß zu machen. In Momenten wie diesem bedauerte er es, selbst keine Familie zu haben. Und die Unbekümmertheit und jugendliche Naivität von Frieda von Ohlendorff, die dem Alter nach seine eigene Tochter hätte sein können, bereitete ihm sichtlich Vergnügen. Außerdem verhielt sich Friedas ältere Schwester, so wunderhübsch Lill von Ohlendorff auch anzusehen war, für sein Empfinden doch anstrengend schüchtern, und ihm stand nicht der Sinn nach krampfhafter Konversation. «Gut», meinte er. «Also wenn das junge Fräulein meint, es sei ungefährlich, begleite ich Sie natürlich gerne ...» Obwohl es vom Alter her angemessen gewesen wäre, war sich Sören nicht sicher, ob er Frieda duzen sollte.

Frieda von Ohlendorff strahlte. «Gefährlich? Ach wo. Wenn Paps es Lill erlaubt, erlaubt er's mir auch. Und sooo groß, dass wir uns verlaufen könnten, ist der Garten nun auch wieder nicht. Und außerdem kenn ich mich genau aus. Da brauchen Sie gar keine Angst zu haben. – Sie können mich übrigens Frieda nennen.»

Sören fand, es war Zeit für ein kleines Kompliment. «Auch ein schöner Name», sagte er.

«Finden Sie? Ja?» Frieda wirkte etwas verunsichert, so, als überlege sie, ob sie Sören gestehen solle, dass *sie* ihren Namen nicht besonders mochte. Dann entschloss sie sich aber, die Sache besser auf sich beruhen zu lassen. «In Volksdorf, wo Paps seine Jagd hat ... Der Garten ist groß! Da kann man sich toll verstecken. – Darf ich mich einhaken?»

&

Natürlich hatte Sören ihr seinen Arm angeboten, aber kaum, dass sie den Garten über die Freitreppe hinter der Veranda betreten hatten, war Friedas vornehme Etikette einem unbekümmert-jugendlichen Hüpfen gewichen. So sehr sie sich ihrer zukünftigen Rolle als junge Dame wohl schon bewusst war – das kindliche Gemüt hatte noch die Oberhand. Auf einem ausgedehnten Rundgang zeigte Frieda Sören die künstlich angelegte Gartengrotte, den Springbrunnen und die Gewächshäuser mit Orchideen und Ananasstauden sowie farbenfroh blühenden Pflanzen, die Sören noch nie zuvor gesehen hatte. Zu jedem Gewächs, das sie Sören stolz präsentierte, hielt Frieda eine Fülle von Informationen parat. Sie kannte die Herkunft fast aller Pflanzen, und Sören staunte, wie bewandert sie auf diesem Gebiet war. Es stand außer Frage, dass Frieda das Leben in und mit der Natur den Beschäftigungen, denen sie auf Wunsch ihrer Eltern nachgehen musste, vorzog. Als sie Sören vom Harfenspiel und vom Ballettunterricht erzählte, rümpfte sie nur verächtlich die Nase.

«Interessierst du dich denn nicht für Pferde?», fragte Sören, nachdem sie auf einer hölzernen Bank Platz genommen hatten, die im Schatten einer alten Ulme stand.

«Nicht so sehr», meinte Frieda und schüttelte den Kopf. «Das macht Trudchen ja schon, meine andere Schwester. Sie reitet wie ein Bursche, und Paps hat wohl Angst, ich könnte genauso werden. Deshalb sieht er's nicht gerne, wenn ich bei den Ställen bin.»

«Hmm ... Und wofür interessierst du dich noch? Ich meine außer für Pflanzen?»

Frieda zögerte. «Bücher», meinte sie schließlich.

«Irgendwas Bestimmtes?»

Sie schüttelte den Kopf. «Nee. Und was machen Sie?»

Sören überlegte, wie er es am besten ausdrücken sollte. Über seine Berufsbezeichnung hatte er sich bislang keine Gedanken gemacht, offiziell bekleidete er ja noch gar keine Stelle. «Ich bin so etwas wie ein Staatsanwalt», sagte er schließlich.

«Was ist denn das?»

«Ein Jäger.»

«Wie mein Vater. Der jagt auch manchmal.»

«Nicht ganz», korrigierte Sören. «Ich jage Menschen.»

Frieda blickte Sören misstrauisch an, als wenn sie ergründen wollte, ob er sich einen Scherz mit ihr erlaubt habe. Dann nickte sie grinsend. «Ich habe gelesen, in Afrika gibt es auch Menschenjäger. Die essen ihre Beute dann, Missionare und so.»

Sören musste lachen. «Nun, ganz so weit ist es bei mir noch nicht. Ich jage nicht mit dem Gewehr oder Pfeil und Bogen, sondern mit dem Kopf. Ich jage Verbrecher.»

«So, wie die Polizei. Das klingt spannend.» Sie klatschte verzückt in die Hände. «Da würde ich gerne einmal mitkommen.»

«Na, fürs Erste reicht es mir hier im Garten.»

«Ooch ...» Frieda zog einen Schmollmund, aber sie kam nicht mehr dazu, ihrer Enttäuschung deutlicher Ausdruck zu verleihen. Von ferne hörte man eine Stimme ihren Namen rufen.

«Oh, das ist bestimmt Martha. Ich muss mich verstecken!» Sie sprang hastig auf.

«Noch eine Schwester?», fragte Sören und erhob sich ebenfalls.

«Nee. Das Mädchen.» Frieda korrigierte sich mit einem koketten Grienen. «Meine Anstandsdame. – Aber die kann mir gar nichts. Ich hab sie nämlich neulich mit dem Lukas, dem Wagenmeister, überrascht.»

«Aha.»

«Sie haben sich im Küchenflur geküsst.» Mit einem Satz war Frieda hinter den Büschen verschwunden.

&

Sören rief Frieda hinterher, aber das Knacken im Unterholz entfernte sich zunehmend, und er hatte keine Lust, die Verfolgung in einem ihm unbekannten Terrain aufzunehmen. Unverrichteter Dinge machte er sich auf den Rückweg zur Villa. Die Stunde war längst um, und sicher erwartete ihn Ohlendorff bereits. Auf halber Wegstrecke begegnete Sören die Person, die nach Frieda gerufen hatte. Offensichtlich handelte es sich dabei nicht um ein Hausmädchen oder eine Anstandsdame, wie Sören feststellte.

«Haben Sie Frieda gesehen?», fragte die junge Frau im Reitkostüm, ohne sich vorzustellen.

Sören drehte sich um und deutete auf die Ulme, deren Krone hinter der kleinen Anhöhe, vor der sie standen, hervorlugte. «Eben war sie noch dort. Als sie Ihre Stimme vernahm, ist sie weggerannt.»

«Dieses kleine Biest!» Die Reiterin stemmte ihre Fäuste in die Hüften.

«Ihrer Kleidung nach zu urteilen, darf ich annehmen, dass wir vorhin schon das Vergnügen hatten?» Sörens Lippen kräuselten sich amüsiert. Es stand für ihn außer Frage, dass hier die dritte Tochter von Ohlendorff vor ihm stand, von der Frieda behauptet hatte, sie reite wie ein Bursche. Nach dem zu urteilen, wie sie vor Sörens Wagen geprescht war, hatte Frieda mit dieser Formulierung den Nagel auf den Kopf getroffen.

«Gertrud von Ohlendorff!», stellte sich die Reiterin mit barscher Stimme vor und schlug, während sie Sören von Kopf bis Fuß musterte, mit der Reitgerte in ihre behandschuhte Hand. «Begleiten Sie mich zum Haus zurück!?» Ihre Worte klangen mehr nach einer Aufforderung als nach einer Frage, was einigermaßen merkwürdig wirkte, da sie kaum mehr als zwei Jahre älter als Frieda sein konnte. Was Gestik, Körperhaltung und Stimme betraf, hatte Gertrud von Ohlendorff keine Ähnlichkeit mit ihren Schwestern. Ihr Auftreten glich dem einer selbstbewussten Frau, die es nicht gewohnt war, dass man ihr eine Bitte ausschlug.

«Gerne.» Sören bot auch ihr seinen Arm an, den sie jedoch ignorierte.

«Dann sind Sie wohl der Retter von Lill?», fragte sie beiläufig, nachdem sie einige Meter stumm nebeneinanderher gehend zurückgelegt hatten. Wieder klangen ihre Worte mehr nach einer Feststellung als nach einer Frage.

«Sören Bischop. Sehr erfreut. Sieht man mir den Retter denn an?»

«Mein Vater pflegt Sie so zu nennen. Die Sache hat ihm einen gehörigen Schrecken eingejagt. Wer weiß, vielleicht hatte es der Mörder ja auf Lill abgesehen?» Gertrud von Ohlendorff hielt inne und blickte Sören herausfordernd an. «Und was machen Sie sonst, wenn Sie nicht gerade junge Damen vor Mördern retten?»

«Segeln!», erklärte Sören mit freundlicher Stimme. Er gab sich alle erdenkliche Mühe, nicht die Beherrschung zu verlieren. Eine so eingebildete und blasierte Person war ihm schon lange nicht mehr begegnet, aber noch sah er keinen Grund, ihrer Unhöflichkeit Paroli zu bieten.

«Auch sehr interessant», erwiderte sie mit gelangweilter Stimme.

«Aber nichts für zarte Damenhände», konterte Sören.

«So? Wer einen Zügel halten kann und fest im Sattel sitzt, der wird es wohl auch schaffen, auf so einem Boot zu segeln.»

Jetzt ist das Maß voll, dachte Sören, und legte sich schon einen Schlachtplan zurecht, um dieses überhebliche Geschöpf in seine Schranken zu verweisen. «Nun, wenn Sie so segeln, wie Sie reiten, dann werden Sie am eisernen Rumpf eines Dampfers zerschellen ...»

«Geben Sie mir eine Gelegenheit, und ich werde es Ihnen zeigen.»

Ihre Arroganz schien grenzenlos.

«Sie legen es drauf an, oder?»

«Jederzeit.» Gertrud von Ohlendorff legte den Kopf zur Seite und lächelte ihn höhnisch an.

«Und was wird Ihr Herr Vater dazu sagen?»

«Der ist nichts anderes von mir gewohnt.»

«Gut. Im nächsten Monat werde ich eine Regatta auf der Elbe bestreiten – wenn ich es mir recht überlege, könnten ich noch einen Smutje in meiner Crew gebrauchen.»

Wie Sören erwartet hatte, konnte das vornehme Fräulein mit dem Begriff natürlich nichts anfangen. «Wenn Sie mir sagen, was ein Smutje an Bord zu machen hat?»

«Das werde ich dann gerne tun.» Sören lächelte in sich hinein. Sollte es tatsächlich dazu kommen, dass Heinrich von Ohlendorff es seiner Tochter erlaubte, würde es ihm eine Genugtuung sein, das kleine Biest Stockfisch und Zwieback verteilen zu lassen. Eine Kombüse gab es ja leider nicht an Bord. «Also, Sie sind herzlich eingeladen», sagte er mit einer knappen Verbeugung, denn inzwischen hatten sie die Villa erreicht, und Gertrud von Ohlendorff machte Anstalten, weiter in Richtung Stallungen zu gehen. «Fragen Sie Ihren Vater. Wenn er es erlaubt, habe ich nichts dagegen. Es war mir ein Vergnügen.»

«Einen wundervollen Garten haben Sie da, und ganz vorzügliche Pflanzen in den Gewächshäusern», lobte Sören, nachdem ihn der Hausherr auf der Veranda in Empfang genommen hatte.

Ohlendorff strahlte.

«Entschuldigen Sie nochmals, aber meine Anwesenheit war tatsächlich notwendig. Sie glauben ja gar nicht, auf was für Ideen diese Mechaniker kommen. Ich hoffe, meine Tochter hat Sie während meiner Abwesenheit ausreichend mit Unterhaltung versorgt?»

«Ich kann nicht klagen», entgegnete Sören amüsiert. «Nachdem sich die Damen geeinigt hatten, wer mich durch den Garten führt ...»

«Ja», seufzte Ohlendorff. «Lill hat mir davon berichtet. Sie war ganz aufgelöst.» Er wiegte den Kopf. «Ein anstrengendes Alter. Wird Zeit, dass sie unter die Haube kommen ... – Darf ich Ihnen meinen Bruder Albertus vorstellen?»

Albertus von Ohlendorff wartete in der Verandatür, einen Sektkelch in der Hand haltend. Höflich nickend kam er den beiden entgegen. Er war viel kleiner als Heinrich und hatte auch sonst kaum Ähnlichkeit mit seinem Bruder. Die schmächtige Statur wurde von seinen hängenden Schultern noch unterstrichen. Ein buschiger Schnauzer verdeckte Oberlippe und Mund, und zusammen mit einem ausgeprägten Doppelkinn erinnerten seine Gesichtszüge an die eines Walrosses. Dieser Eindruck wurde durch seine eng zusammenstehenden Augen, die zudem noch vom Glas seiner schmalen Drahtbrille auf Knopfgröße verkleinert erschienen, verstärkt.

«Der dritte Mann zum Skat.» Heinrich von Ohlendorff legte seinem Bruder die Hand auf die Schulter. «Dr. Bischop.»

«Sehr erfreut.» Albertus von Ohlendorff beantwortete Sörens Verbeugung mit einem knappen Nicken. «Dann werden wir ums Kartenspiel wohl nicht herumkommen?»

«Aber jetzt wollen wir erst mal essen. Ich habe mir erlaubt, im roten Salon ein paar Krustentiere auftischen zu lassen. Frischen Hummer von Helgoland – dazu russische Fischeier und französisches Brot.»

«Genau die richtige Uhrzeit für Kaviar», sagte Albertus von Ohlendorff und leerte sein Sektglas. «Den grauen oder den schwarzen?», fragte er seinen Bruder, während sie in den Salon gingen.

«Keine Ahnung», entgegnete Heinrich von Ohlendorff. «Für mich sind und bleiben das Fischeier.»

&

«Schneider?», fragte Sören und verzichtete darauf, seine eigenen Kartenpunkte zusammenzuzählen.

«Knapp!», bemerkte Albertus von Ohlendorff und notierte den Wert auf seinem Punktezettel. «Meine Hochachtung. Einen Grand ouvert mit nur zwei Buben. Man merkt, Sie spielen nicht das erste Mal ...»

«Reine Glückssache», entgegnete Sören bescheiden und reichte seine Karten an Albertus von Ohlendorff weiter. «Allerdings ist das Blatt etwas gewöhnungsbedürftig. Ich bin das deutsche Bild mit Schelle, Ober und Wenzel gewohnt. Sie geben!»

Albertus von Ohlendorff mischte die Karten geschickt, indem er jeweils zwei gleich hohe Stapel nebeneinander auf den Tisch legte und die Karten mit einem leisen Knattern ineinander blätterte. «Habe ich schon von O'Swald berichtet? Er ist gestern aus Tamatave zurückgekehrt.» Ohlendorff teilte Batt für Blatt aus und legte den Skat in die Mitte des Spieltisches.

«Bist du immer noch an der Kautschuk-Sache dran?», fragte sein Bruder und sortierte die Karten auf der Hand.

«Sein Versuch, Manikot-Ceara auf Plantagen anzubauen, ist fehlgeschlagen. Aber er sagte mir, sie stünden mit einer anderen Sorte kurz vor dem Erfolg. Percy hat übrigens zwei Eingeborene mitgebracht ...»

«Was? Richtige Wilde?», fragte Heinrich von Ohlendorff interessiert.

«Sie heißen Wabili-Kino und sind kaum größer als fünf Fuß.»

«Was du nicht sagst. Hast du sie gesehen?»

Albertus von Ohlendorff schüttelte den Kopf. «Noch nicht. Aber was noch viel verrückter ist ... Percy hat auf seinem Schiff einen Kutter aus Afrika mitgebracht. Er gehört dem Sultan von Zanzibar, der mitgekommen ist, um auf der Elbe eine Regatta zu segeln. Man stelle sich das mal vor ... Kommt aus Afrika, um auf der Elbe zu segeln. Percy sagte mir, der Sultan habe die Passage und den Transport mit einer ganzen Schiffsladung Nelken beglichen.»

«Tatsächlich?» Sören schmunzelte, behielt sein Hintergrundwissen aber für sich.

«Hat wahrscheinlich sonst nichts zu tun, der Sultan. – Heinrich, was hältst du davon, wenn wir ins Kautschuk-Geschäft einsteigen. 27?»

«Ich passe.» Heinrich von Ohlendorff schob die Karten zusammen und ließ sie vor sich auf den Tisch fallen. «Meinst du, das hat Zukunft?»

Albertus von Ohlendorff blickte Sören an.

«Mehr habe ich auch nicht. Sie spielen!» Er schob ihm den Skat hin.

«Pik ist Trumpf!», kündigte Ohlendorff an.

Heinrich von Ohlendorff steckte seine Karten um und warf Sören einen fragenden Blick zu. «Soso – dann sagen wir mal Contra, was?»

Sören nickte. Toll konnte das Spielblatt nicht sein. Er selbst hielt den kleinen Buben, den Pikober und noch zwei weitere Trümpfe, darunter die Zehn. Aber auch Albertus von Ohlendorff verstand sich gut im Skat, was wahrscheinlich eine Folge des jahrelangen Zusammenspiels mit seinem jüngeren Bruder war. Sören brachte die Zehn durch, auf die Heinrich von Ohlendorff nach der dritten Karte sogar ein blankes Ass einbutterte. Danach ging nichts mehr.

«Knapp aus dem Schneider», summierte Sören, nachdem er die Punkte zusammengezählt hatte.

«Nach dem, was Percy erzählt, ist es nur noch eine Frage der Zeit, bis der Kautschukanbau klappt.»

Heinrich von Ohlendorff mischte die Karten. «Ich weiß nicht. Ein ziemliches Risiko. Mit wie viel willst du denn einsteigen?»

«Ich dachte an zwei Millionen!», erklärte sein Bruder lapidar, als handele es sich um Pfennige. «Du weißt, wenn ich etwas mache, dann geh ich aufs Ganze.»

«Hmm.» Der Gastgeber betrachtete seine Karten. «Also ich halte mich da raus. 18?»

«Ja. – Mach, was du willst. Aber ich werde den Eindruck

nicht los, du verkriechst dich nur noch hinter deinen Immobilien.»

«Mag ja sein. 20? Zwo? Drei?» Heinrich von Ohlendorff griff den Skat, nachdem sein Bruder und Sören die Köpfe geschüttelt hatten. «Das wird ein Null!», kündigte er an.

«Sehr schön – mein Lieblingsspiel», erklärte Sören.

«Meines auch», gab der Gastgeber mit einem Lächeln zurück und legte die Kreuzsieben, Kreuzacht und Karoacht hintereinander aus. «Na? Sieht schlecht aus, was?»

«Werden wir sehen», murmelte sein Bruder konzentriert.

«Herz hatte ich lang», erklärte Sören entschuldigend, nachdem er das Herzass auf die Pikneun des Spielers abgeworfen hatte und Albertus von Ohlendorff mit der passenden Acht unterbieten konnte.

«Das ging in die Hose», feixte der seinem Bruder zu.

«Stimmt!», meinte Heinrich von Ohlendorff etwas verärgert und schob die Karten zusammen.

«Und wie kommen Ihre Untersuchungen voran, Herr Dr. Bischop?», fragte Albertus von Ohlendorff, während Sören die Karten mischte. «Es ist ja unvorstellbar, was da zurzeit in der Stadt passiert. Ist es wahr, was man sich erzählt? Dass der Mann es womöglich auf den guten Lutteroth abgesehen hat?»

«Auszuschließen ist das nicht. Die Morde scheinen im Zusammenhang mit dem Freihafenausbau zu stehen.» Sören teilte die Karten aus.

«Auch das noch. Wissen Sie schon Genaueres?»

«Na ja, es geht wohl irgendwie um den alten Plan VI a. Der Mörder zeichnet seine Opfer. Momentan recherchiere ich, wer damals alles für und wer gegen VI a war.»

«Also, ich war dafür», erklärte der Gastgeber lautstark. «Das ist ja auch kein Geheimnis. Meinetwegen hätte man das alles viel schneller entscheiden können. Das war nicht schön, wie man den Reichskanzler hingehalten hat.»

Sören war natürlich bekannt, dass die Ohlendorff-Brüder Bismarck bei seinen Zollanschluss-Bestrebungen tatkräftig unterstützt hatten. Zusammen mit der Norddeutschen Bank hatten Ohlendorffs schon 1872 die Norddeutsche Buchdruckerei und Verlagsanstalt in Berlin gekauft und wurden damit auch Herausgeber der *Norddeutschen Allgemeinen Zeitung*, die sie dann als gezieltes Sprachrohr für Bismarcks Politik einzusetzen wussten. Seit sechs Jahren waren die Ohlendorffs sogar im alleinigen Besitz aller Aktien. Was der Reichskanzler den Brüdern dafür gezahlt hatte oder wie er sie ausgleichend zu belohnen wusste, darüber konnte Sören natürlich nur spekulieren. Zumindest war Bismarck anscheinend häufig Gast im Hause Ohlendorff.

«Nach dem, was ich bislang feststellen konnte», begann Sören vorsichtig, «waren einige Einwände gegen die Niederlegung des gesamten Kehrwieder-Wandrahm-Viertels doch begründet.» Er hielt ein hervorragendes Blatt in der Hand. Die zwei schwarzen Buben und die vier höchsten Herzen. Dazu war er auf zwei Farben blank. Dennoch galt Sörens Interesse in diesem Augenblick mehr den Informationen, die er vielleicht von Ohlendorff über die Entscheidungen zum Hafenausbau bekommen konnte.

«Ach was!», donnerte Heinrich von Ohlendorff plötzlich los. «Alle, die dagegen waren, hatten einen sehr privaten Grund, wenn Sie verstehen, was ich meine?!»

«Sloman, Fölsch und auch Mönckeberg?» Sören legte die Stirn in Falten.

«Natürlich!», erwiderte Ohlendorff. «Was denken *Sie*? Gut, sie alle haben ihr Anliegen natürlich altruistisch zu verpacken gewusst.»

«Klären Sie mich auf», bat Sören und legte die Karten beiseite. «Das Zusammenspiel von Westendarp und Mönckeberg kenne ich bereits.»

«Sie meinen das Steinwärder-Projekt? Ja, in der Tat –

das ist ein alter Hut. Aber dennoch starker Tobak. Wissen Sie, woran das Projekt damals gescheitert ist?»

Sören schüttelte den Kopf. «Nicht genau, nein.»

«Mönckeberg, der alte Schlawiner, wollte ja mit Tesdorpf, Nölting, Robertson und Probst zusammen eine Aktiengesellschaft zur Finanzierung ins Leben rufen. Nölting, als Mitbegründer der Commerz- und Disconto-Bank, sowie Wilhelm Probst, der Hamburger Direktor der Deutschen Bank, hatten sogar schon dafür gesorgt, dass die beiden Bankhäuser je die Hälfte der notwendigen Summe in Höhe von 17 Millionen Talern tragen wollten ... Aber die Gründung scheiterte an zwei Bedingungen, die man verständlicherweise nicht zu akzeptieren bereit war. Erstens sollte dem Hamburger Senat ein Ankaufsrecht zugesichert werden, und zweitens bestand man darauf, dass der Sitz der Gesellschaft in Hamburg liegen müsse.» Ohlendorff lachte kurz auf. «Wissen Sie, warum? Man hatte Wind davon bekommen, dass zwei Monate zuvor in Berlin die *Cuxhavener Eisenbahn-, Dampfschiff- und Hafen-Actien-Gesellschaft* gegründet worden war, mit der man den Ausbau eines großen Hafens in Cuxhaven vorantreiben wollte. Nun raten Sie mal, wer da die Gründungsurkunden unterschrieben hat?»

«Keine Ahnung.» Sören zuckte mit den Schultern.

«Neben Gustav Adolf Schön, der bis zur Reichsgründung Mitglied der Hamburger Finanzdeputation war, auch der gute Sloman ...»

«Hmm.» Sören machte ein nachdenkliches Gesicht.

«Nachdem das Cuxhaven-Projekt gescheitert war und die Aktiengesellschaft daraufhin liquidiert wurde, haben sich die Herren dann anderen, nennen wir es Investitionsobjekten zugewandt.» Ohlendorff breitete die Arme aus. «Nicht, dass wir uns falsch verstehen – auch ich investiere gerne in Erfolg versprechende Vorhaben. Vor allem dann, wenn ich als Erster die Dividende schnuppere. Deswegen habe ich auch sehr frühzeitig das Grundstück des Doven-hofs erworben. Allerdings zu einem Zeitpunkt, als das unternehmerische Risiko noch nicht gegen null tendierte – eine Unsitte, die sich unter Investoren gegenwärtig immer mehr ausbreitet. Was mich dabei auf die Palme bringt, ist die Heimlichtuerei, mit der man vorsorgliche Investitionen verschleiert. Aus dieser Perspektive betrachtet, sind die Argumente, welche die Herrschaften dann um den Ausbau des Freihafens vorgebracht haben, eine unglaubliche Heuchelei.»

«Zum Beispiel Slomans Behauptung, der Ausbau wäre an diesem Ort zu kostspielig», erklärte Albertus von Ohlendorff. «Warum sagt der Mann nicht klipp und klar, mir wäre ein Ausbau des Hafens in Richtung Veddel lieber, da ich dort schon eine Arbeitersiedlung im Bau habe und die Häuser dann besser zu verkaufen sind?»

«Als seine Vorschläge dann aber ungehört blieben, hat Sloman die riesigen Grundflächen, die er auf der Veddel schon vorsorglich aufgekauft hatte, ganz schnell wieder abgestoßen. Und jetzt, wo der Freihafen ganz dicht an der Stadt erbaut wird? Was macht Sloman nun?» Heinrich von Ohlendorff blickte in die Runde. «Er kauft Häuser und Grundstücke in hafennahen Gebieten und lässt Kaffeeklappen für die Versorgung der Hafenarbeiter errichten, die er bestimmt mit hohem Gewinn verpachten kann.»

«Und Fölsch?», fragte Sören.

Heinrich von Ohlendorff machte eine abfällige Handbewegung. «Ach, hören Sie mir auf mit Franz August Fölsch. Abgesehen davon, dass seine politischen Ansichten nicht tragbar sind, war der Mann doch nur sauer, weil man ihm den Bau der Sandfiltrationsanlagen für die Stadtwasserkunst versprochen hatte, der wegen der Zollanschlusskosten dann verständlicherweise aufgeschoben werden musste. – So, bekomme ich jetzt meine Revanche?» Ohlendorff griff nach seinen Karten.

«Wer kommt raus?»

Bei Dreißig erhielt Sören den Skat. «Herz ist Trumpf!», kündigte er an und gewann auch dieses Spiel, wenn auch nur knapp, da er nicht mehr ganz bei der Sache war. Die Arbeit hatte ihn eingeholt, und seine Gedanken kreisten um die Frage, ob sich vielleicht irgendeiner der vermeintlichen Investoren so sehr vergaloppiert hatte, dass die wirtschaftlichen Folgen ihn selbst zum Verbrecher und Mörder hatten werden lassen. Rachsucht war ein gängiges Motiv, und der Täter schien seine Opfer unter denjenigen auszusuchen, die die Entscheidung forciert hatten. Zumindest traf das auf Dannemann und Lutteroth zu. Aber was hatte Tobias Schnauff mit dem Zollanschluss zu tun? Es konnte wirklich nur so sein, dass Schnauff dem Täter zufällig auf die Spur gekommen war. Irgendetwas hatte er möglicherweise bei seiner Arbeit entdeckt – und das musste er mit dem Leben bezahlen.

«Kannten Sie eigentlich den Toten aus dem Paternoster?», fragte Sören beiläufig, während er seine Karten aufnahm.

«Nein.» Heinrich von Ohlendorff schüttelte den Kopf, ohne aufzublicken.

«Achtzehn?», fragte sein Bruder.

Sören schüttelte den Kopf und schob die Karten in der Hand zusammen. Dieses Blatt taugte höchstens zum Buttern. Vielleicht kam der Gastgeber ja diesmal zu seinem Spiel.

«Und nochmal ein Null ouvert!», verkündete Heinrich von Ohlendorff und legte die Karten vor sich aus.

«Der scheint dicht zu sein», bemerkte sein Bruder, und auch Sören sah keine Möglichkeit, dem Spieler einen Stich zukommen zu lassen.

«Genug für heute», meinte Albertus von Ohlendorff unvermittelt und erhob sich. «Die Pflicht ruft.» Er räusperte sich, strich seinen Rock glatt und streckte Sören zur

Verabschiedung die Hand entgegen. «Herr Dr. Bischop – es war mir ein Vergnügen.» Und zum Gastgeber gewandt: «Lieber Bruder, es wäre schön, wenn du dir die Kautschuksache nochmal durch den Kopf gehen ließest. Wir sehen uns dann morgen beim Rennen?»

Heinrich von Ohlendorff nickte. «Ich hoffe doch. Findest du alleine hinaus?»

«Selbstverständlich.» Albertus von Ohlendorff schob den Samtvorhang beiseite, der das fensterlose Spielzimmer zum Salon hin abschirmte, und verließ den Raum.

«Dann werde ich mich jetzt auch auf den Weg machen», erklärte Sören und wollte sich schon erheben, aber Ohlendorff klapperte auffordernd mit den Karten.

«Noch eine Partie Kutscherskat?»

Nach kurzem Zögern willigte Sören ein. Die Spielvariante für zwei Personen sagte ihm zwar persönlich nicht so zu, aber er wollte nicht unhöflich sein. Vielleicht ergab sich ja sogar noch die Möglichkeit, von Ohlendorff ein paar Informationen mehr über die Standortstreitigkeiten zu erlangen. Sören blickte prüfend auf seine Taschenuhr. «Eine halbe Stunde, dann muss ich mich aber verabschieden.»

&

Das Glück war aufseiten des Gastgebers – und eine gehörige Portion Glück musste man beim Kutscherskat schon haben, schließlich war das halbe Blatt zu Beginn einer jeden Partie verdeckt. Nach acht Runden hatte Sören noch nicht einmal gewonnen, und auch jetzt sah es so aus, als wenn Ohlendorff die Oberhand behielte.

«Wie Sie unschwer erkennen können, ist dies nicht mein bevorzugtes Spiel», stellte Sören resigniert fest. «Schneider schwarz. – Erlauben Sie mir noch eine Frage zum Zollanschluss?»

«Gerne.» Ohlendorff mischte erneut und legte aus. Offenbar genoss er seine Siegesserie so sehr, dass er Sörens verbale Kapitulation überhört hatte.

«Nach allem, was ich bisher über die einzelnen Projekte des Freihafenausbaus in Erfahrung bringen konnte, werde ich den Verdacht nicht los, dass die Entscheidung für den endgültigen Plan XII c möglicherweise einen nicht ganz sauberen Hintergrund gehabt hat.» Sören warf Ohlendorff einen fragenden Blick zu, aber der Gastgeber konzentrierte sich auf das Auslegen der Karten. «Selbst Senator Versmann, der nun wirklich keine Interessenkonflikte wegen persönlicher Investitionen oder, nennen wir das Kind doch beim Namen, wegen Spekulationen gehabt hat, war doch bis zuletzt Befürworter von Projekt X, wenn ich das richtig verstanden habe.»

«Der gute Mann war ja eh schon unter Zeitdruck», erklärte Ohlendorff. «Dazu kamen wohl die Interessen der Kaffeehändler ... Ich weiß nicht, ob die am Kaffeehandel beteiligten Firmen Versmann wirklich unter Druck gesetzt haben, aber die konzentrierte Ansiedlung der Kaffeebranche im städtischen Freihafengebiet war eine der Grundvoraussetzungen für das Gelingen des ganzen Projekts. Ein Großteil der bisherigen Kaffeespeicher lag ja genau auf dem Areal, das nach Projekt X zuerst hätte geräumt werden sollen.»

«Die Wandrahm-Insel.»

«Genau. – Ich kann mir nicht vorstellen, dass die Kaffeehändler gewillt waren, sich bis zur Fertigstellung der neuen Speicher Ausweichquartiere für ihre Waren zu suchen. Deshalb steht Versmann nach wie vor unter Termindruck, was den Bau der Speicher betrifft. Anfang des Jahres hat man mit der Niederlegung des westlichen Wandrahm begonnen – genau zu dem Zeitpunkt, als die ersten neuen Speicher für den Kaffeehandel bezugsfertig waren ... – Was mir dabei einfällt: Darf ich Ihnen noch einen Kaffee anbieten?»

Sören schluckte. «Nein, vielen Dank.»

Wenn es wirklich zutraf, was Ohlendorff erzählt hatte, dann war Plan XII c das erzwungene Produkt kaufmännischer Interessen, und das ließ die ganze Angelegenheit in einem völlig neuen Licht erscheinen. «Letztes Spiel!», erklärte Sören und zog das Pikass.

❧ *Kalter Kaffee* ❦

*P*hantastisch!» Sören stand vor dem großen Gerüst, auf dem der Rumpf des Schiffes ruhte, und strich mit der Hand sanft über die Planken. «Du hast Recht gehabt», sagte er zu Jonas, der neben ihm stand. «Eine merkwürdige Form.»

«Ich habe inzwischen auch verstanden, weswegen der Rumpf mit solch enormen Überhängen konstruiert wurde. Länge läuft!», erklärte Jonas. «Die Wasserlinie hat nur eine Länge von 28,5 Fuß, das Deck aber hat eine Länge von 43 Fuß – zuzüglich des neun Fuß langen Bugspriets macht das eine Gesamtlänge von 52 Fuß. Der Witz ist, dass das Boot bei Krängung seine Wasserlinie, die ja für die Geschwindigkeit entscheidend ist, verlängert. Die Überhänge tauchen ja ein. Also kannst du das Boot auf Amwind-Kursen und an der Kreuz schneller segeln ...»

«Hast du dir das ausgedacht?»

Jonas schüttelte den Kopf. «Nee, der Konstrukteur. Die Idee kommt wohl aus Amerika, *Sloop* nennen sie so 'nen Rumpf da. Für die Atlantikrennen baut man da neuerdings Riesendinger, bis zu 90 Fuß sind die lang. Dies hier ist also eine verkleinerte Ausführung.»

«Für die Elbe geeignet?», fragte Sören etwas verunsichert.

Jonas lächelte. «Werden wir ja sehen – aber ich denke schon.»

«Und das Rigg?»

«Die Masthöhe beträgt mit aufgestelltem Gaffeltop 53 Fuß.» Jonas deutete auf die Stellagen inmitten des Werftgeländes, auf denen Mast und Baum lagen. «Der Großbaum hat eine Länge von 40 Fuß. Mehr war nicht möglich, da du sonst die Baumnock auf Raumschotkurs durchs Wasser ziehst.»

«53 Fuß Höhe?», fragte Sören ungläubig.

Jonas zuckte mit den Schultern. «Du hast doch gesagt, so groß wie möglich. Ich habe dem Kiel als Ausgleich eine knappe Tonne zusätzlichen Ballast verpasst. Das Rigg hat jetzt gut 200 Quadratmeter mastachtern und 90 Quadratmeter verteilt auf drei Vorsegel – die vorderen zwei werden über den Bugspriet gefahren. Das sind knapp 300 Quadratmeter Segelfläche am Wind.»

«Ich habe noch von niemandem gehört, dass er bei 40 Fuß Deckslänge mehr als 200 Quadratmeter Tuch oben hatte.»

«Stimmt. Der Segelmacher liefert Ende der Woche. Dann werden wir sehen, ob's funktioniert.» Jonas Dinklage rieb sich zufrieden die Hände. «Ich habe sicherheitshalber gleich alles zweimal bestellt. Ich hoffe nur, die Wanten halten dem Segeldruck stand. Deswegen habe ich alles gedoppelt und die Blöcke mit zwei Lagen Eisen verstärkt. Die Rollen für die Großschot und für die Backstagen haben Lager aus Bronze. Du kannst dir ja schon mal überlegen, wie viel Mann du für die Halse brauchst. Da rauschen dann nämlich 220 Fuß Tau durch die Blöcke. Der Baum geht viereinhalb Fuß über Deck. Fünfzehn Mann wirst du mindestens an Deck haben müssen – und das wird eng. Schließlich hat der Kahn nur neuneinhalb Fuß Breite.»

«Und das Ballonsegel?»

«Hat, wenn ich richtig gerechnet habe, ungefähr 180 Quadratmeter.»

«Du meine Güte. Das macht dann ...»

«380 Quadratmeter vor dem Wind. Richtig. – Aber ich rate dir, so ein Segel nur bei schwachen Winden zu setzen. Die Kräfte, die den Mast nach vorne zerren, werden sonst zu groß. Oder der Bugspriet taucht ein, wer weiß?» Jonas zog eine Konstruktionstafel mit mehreren Zeichnungen und Rissen hervor. «Hier, ich habe mir eine Art Stabilisator ausgedacht. Einen zusätzlichen Baum zum Ausstellen des Segels, wenn du Platt vor Laken bist. Der Baum wird an einem Auge am Mast kurz über Deckshöhe angeschlagen und in entgegengesetzte Richtung zum Großbaum ausgestellt.»

Sören betrachtete die Zeichnung. «Interessant.»

«Allerdings wird der Baum vom Ballonsegel wahrscheinlich nach oben gezogen», gab Jonas zu bedenken. «Ich habe noch keine Vorstellung, wie das zu lösen ist ...»

«Und wenn man das Auge am Mast verstärkt? Dann könnte man doch auf halber Länge des Baumes eine Schot befestigen, die dort zu einem zusätzlichen Block führt ...»

«Lass erst mal die Segel da sein, dann sehen wir weiter», sagte Jonas. «Ich kann deine Unruhe aber durchaus verstehen. Das Schiff ist jedenfalls wirklich ein Schmuckstück. Hast du deine Crew denn schon zusammen?»

«Nein, noch keine Zeit gehabt», entgegnete Sören. Dann musste er lachen. «Nur einen Smutje habe ich schon in Aussicht. Es wäre aber schön, wenn du mit dabei wärst!»

«Wollen erst mal sehn, wie das Boot im Wasser liegt. Aber es sind ja noch ein paar Wochen Zeit ...»

«Sag mir sofort Bescheid, wenn die Segel da sind. Ich will so schnell wie möglich aufs Wasser!»

Jonas blickte sich skeptisch in alle Richtungen um. «Und was ist, wenn dann immer noch Flaute herrscht?»

«Sei nicht so pessimistisch», meinte Sören. «Soweit ich weiß, liegt noch nicht mal der genaue Starttermin fest, geschweige denn die Strecke, die wir segeln werden.»

«Wie willst du das Boot denn nennen?»

«Wenn's nach mir ginge, *Eiserner Wal II*. Der Name hat mir immer Glück gebracht. Aber das habe nicht ich, das hat der Eigner zu entscheiden. Und so, wie ich Adolph Woermann einschätze, fällt ihm wahrscheinlich irgendwas mit Westafrika ein.»

«Das rivalisierende Schiff heißt *Zanzibar*. Ich hab's mir heute Morgen angeschaut», erklärte Jonas.

«Und?», fragte Sören neugierig.

«Imposanter Rennkutter, ungefähr 35 Fuß lang. Mehr war noch nicht zu erkennen. Sie haben das Boot anscheinend auf einem großen Segler oder Dampfer hierher transportiert und dafür in mehrere Einzelteile zerlegt. Drüben bei Hansen am Norderloch sind sie nun dabei, alles wieder zusammenzubauen. Kannst es dir ja mal anschauen ...»

Sören schüttelte den Kopf und streckte Jonas zur Verabschiedung die Hand entgegen. «Heute nicht mehr. Vielen Dank, aber es ist schon kurz vor fünf, und auf mich wartet noch jede Menge Arbeit. Spätestens Ende der Woche bin ich wieder hier.»

«Und denk an die Mannschaft», rief ihm Jonas noch hinterher, aber Sören war bereits außer Hörweite. Das Hämmern und Nietenkloppen von den benachbarten Werftbetrieben übertönte jedes Wort.

&

Enttäuscht stellte Sören fest, dass die aus der Finanzdeputation angeforderten Akten, von denen er sich Aufschluss über die genaue Arbeit und Zusammensetzung der Schätzungskommission versprochen hatte, noch nicht angeliefert worden waren. Dafür fand er eine Nachricht von seinem Vater vor, die Miss Sutton unübersehbar auf seinem Sekretär platziert hatte. Sie bestätigte, dass Hendrik im Laufe des Tages sogar zweimal hier gewesen war und sich auch telefonisch mehrmals nach Sören erkundigt hatte. Hatte sein Vater etwas in Erfahrung bringen können, oder hatte Sören schlicht eine Verabredung mit ihm vergessen? «Mutter und ich erwarten dich heute zum Abendessen», hatte sein Vater ohne jeden weiteren Kommentar notiert. Sören trug Miss Sutton auf, Martin auszurichten, dass er nicht auf ihn warten solle, da er bei seinen Eltern zu Abend speisen und gegebenenfalls auch dort nächtigen werde. Dann machte er sich zu Fuß auf den Weg zum Holländischen Brook.

&

«Das ist schon immer so gewesen, und daran wird sich wohl in nächster Zeit auch nichts ändern», bemerkte Hendrik auf Sörens Feststellung, dass er sich bei seinen Recherchen im Kreise drehe, da er immer wieder über denselben Namen stolpere.

Clara stellte eine Schüssel mit roter Grütze auf den Tisch. «Dein Lieblingsnachtisch. Bitte, bediene dich!»

«Vielen Dank, Mutter.» Sören füllte seine Schale und reichte die Schüssel an Hendrik weiter. «Aber es kann doch nicht sein, dass Bürgerrechte und Wohlstand gleichbedeutend damit sind, dass man sich auf Kosten der Allgemeinheit bereichern darf?»

«Wenn du so denkst, solltest du dich politisch engagieren. Aber es war eben schon immer so: Wer hat, dem wird gegeben.» Hendrik träufelte etwas Sahne über die Früchte.

«Deine Worte klingen nach Resignation. So kenne ich dich gar nicht», meinte Clara zu Hendrik gewandt und füllte sich selbst eine Schale.

«Ein bisschen vielleicht», entgegnete Hendrik und löffelte genüsslich seine Grütze aus. «Ich bin schon zu alt und habe zu viel erlebt, als dass ich mich wirklich noch darüber aufregen könnte.» Er blickte seinen Sohn an. «Was glaubst du, wie häufig ich bei meinen Untersuchungen diesen Familien auf den Pelz gerückt bin? Godeffroys, Abendroths, Slomans und wie sie alle heißen. Ich habe sie mehr als einmal im Visier gehabt. Aber solange man sich nichts wirklich Kapitales zuschulden kommen lässt ...»

«Du meinst eine Tat, die nach dem Gesetz als Verbrechen gilt?», erwiderte Sören und nahm sich einen großzügig bemessenen Nachschlag.

«So in etwa, ja», erklärte Hendrik. «Persönliche Bereicherung aufgrund von Investitionen gilt ja nicht als Verbrechen. Ganz im Gegenteil. Und dass die Herren dabei aufgrund ihrer verschiedenen Posten über sehr nützliche Informationen verfügen, halten sie für ihr persönliches Glück.»

Sören legte die Stirn in Falten. «Wer bei diesen Großplanungen die Zeche zahlen muss, wird angesichts des wirtschaftlichen Wachstums, das diese Investitionen mit sich bringen, gerne ausgeklammert – schließlich schafft man Arbeitsplätze, obwohl das natürlich sekundär ist. In erster Linie will man den eigenen Profit steigern.»

«Du klingst wie ein Sozialist», bemerkte Clara, und obwohl sich Sören sicher war, dass ihre Worte nicht als Vorwurf zu verstehen waren, klang das Wort aus ihrem Mund irgendwie anrüchig. Bevor er Einspruch erheben konnte, ergriff sein Vater das Wort.

«Wir schweifen ab», meinte Hendrik rigoros. «Beiß dich nicht fest an der Erkenntnis, dass es einigen wenigen besser geht als der großen Masse. Wenn du der Meinung bist, diese Verhältnisse sollten so schnell wie möglich verändert werden, dann hast du Recht. Deine Eltern sind die Letzten, die dafür kein offenes Ohr haben. Auch wir hegen durchaus Sympathien mit dem Gedankengut der Sozialisten. Aber hüte dich davor, es öffentlich kundzutun ...»

«Du würdest deine Karriere gefährden!», warf Clara ein.

«Und außerdem kommst du damit bei der Aufklärung des Falls nicht weiter», fügte Hendrik hinzu.

«Ich würde die politische Dimension ja gerne unbeachtet lassen», erklärte Sören. «Aber wie es aussieht, liegt der Grund für die Verbrechen eben genau im Bereich politischer Entscheidungen. Lutteroth und Dannemann haben mit ihrem damaligen Antrag etwas ins Rollen gebracht, das für irgendjemanden einen Grund darstellt, zu töten.»

Hendrik schüttelte energisch den Kopf. «Die Streitereien um den Zollanschluss haben doch die ganze Stadt in zwei Lager gespalten, damals vor sechs Jahren, als John Berenberg-Gossler und seine Gesinnungsgenossen diesen anbiedernden Brief an den Reichskanzler geschrieben haben. Danach gab es nur noch Anschlüssler und Protestler – und nichts mehr dazwischen. Glaube mir, diese Polarisierung hält in den Herzen der Menschen bis heute an.»

«Es mag ja sein, dass Bismarcks Feldzug gegen Hamburg damals alles losgetreten hat, aber der Grund für die Morde scheint nicht im Bereich des Zollanschlusses per se zu liegen, sondern er betrifft eine bestimmte Standortentscheidung. Sonst wären nicht Lutteroth und Dannemann die Opfer, sondern Versmann, Petersen und all diejenigen, die sich von Anfang an für den Zollanschluss Hamburgs stark gemacht haben. Wusstet ihr eigentlich, dass dem jetzt gültigen Ausbauplan des Freihafens vielleicht nur auf Druck der Kaffeebranche stattgegeben wurde?»

«Wundert mich überhaupt nicht», erwiderte Hendrik. «Die Interessenlage ist so vielschichtig gewesen, und die Hamburger Kaffeehändler waren, was den Zollanschluss betrifft, schon immer sehr aktiv. Ich weiß nicht, welche Vorteile sich die Branche damals davon versprach, aber es war die Forderung der Kaffeehändler, die dazu führte, dass das Reich bei den Verhandlungen letztendlich einwilligte, die Hälfte der Anschlusskosten zu übernehmen. – Willst du einen Cognac?»

«Gerne», entgegnete Sören. Dann blickte er seine Eltern abwechselnd an. «Unser Straßenzug war ja bei einigen Projekten auch in die Planung mit einbezogen worden. Wie habt ihr dazu gestanden?»

Clara lächelte. «Wenn es danach gegangen wäre, hätten wir bereits in den sechziger Jahren hier wegziehen müssen.

Schon damals war absehbar, dass es nicht bei Schienen und Hafenbecken in der Nachbarschaft bleiben würde.»

Hendrik kam mit einer Flasche Cognac zurück und schenkte Sören und sich ein. «Deine Mutter und ich haben aufgehört, uns deswegen Gedanken zu machen – im Notfall haben wir ja noch Conrads Haus in der Stadt. Aber wenn sich die Speicherbauten mal bis zum östlichen Wandrahm ausgebreitet haben, dann liegen wir schon längst unter der Erde.» Er warf Clara einen liebevollen Blick zu.

«Und die Menschen, die kein Ausweichquartier in der Stadt haben?», fragte Sören. «Wo sind die Menschen vom Kehrwieder geblieben? Es müssen doch Tausende gewesen sein, die man vertrieben hat.»

«Hammerbrook, Billwärder Ausschlag, St. Pauli, wer weiß es?» Hendrik zuckte mit den Schultern. «Offiziell sprach man von 8000 Menschen, aber es waren bestimmt doppelt so viele, die sich eine neue Bleibe suchen mussten. Wer schnell genug auf die bevorstehende Expropriation reagiert hat, dürfte aber kaum materielle Verluste erlitten haben. In den Gebieten, wo die Bauspekulanten seit Mitte der siebziger Jahre unzählige Zinshäuser errichtet hatten, waren die Mieten aufgrund von Überangebot und Leerstand doch so gering ...»

Ein schrilles Klingeln unterbrach Hendrik und ließ auch Sören zusammenzucken. «Seit wann habt ihr ein Telefongerät?», fragte Sören erstaunt.

«Seit vorgestern», erklärte Clara und verließ das Zimmer.

«Ich kann ja nicht jedes Mal, wenn ich eine Frage habe, zu dir in den Dovenhof kommen», bemerkte Hendrik zwinkernd.

«Für dich, Sören!», rief Clara aus dem Flur. «Es ist Martin!»

«Was?», rief Sören in den Trichter. «Sag das nochmal! – Auf dem Kehrwieder?! Neuer Speicher O, Eingang 2. Gut, ich mache mich sofort auf den Weg!» Er hängte die Hörmuschel ein und starrte schweigend an die Wand. Hinter ihm standen Clara und Hendrik im Türrahmen.

«Was gibt's?», fragte Hendrik. «Neuigkeiten?»

Sören holte tief Luft. «Das kann man wohl sagen», murmelte er. «Das war Martin. Senator Versmann hat ihn gerade im Kontor angerufen. Der Mörder hat wieder zugeschlagen. Hier ganz in der Nähe.»

Hendrik griff nach seinem Gehrock, der an der Garderobe gegenüber der Eingangstür hing. «Ich komme mit.»

&

Als die beiden auf die Straße traten, war das letzte Licht der Abenddämmerung gerade gewichen, nur der Mond schimmerte hinter einer diesigen Wolkendecke hervor. Ein lauer Spätsommerwind zog durch die Straßen und wirbelte hier und da den trockenen Staub der letzten Tage empor. In den Lichtkegeln der Straßenlaternen am St.-Annen-Platz tanzten Schwärme von Mücken auf und ab. Sören fröstelte, obwohl das Pflaster der Straße noch die Wärme des Tages abstrahlte. Block O lag nur etwa hundert Meter von ihnen entfernt, er erstreckte sich aber über ein Viertel des Sandthorquais. Auf welcher Höhe sich Eingang 2 befand, wusste Sören nicht. Am liebsten wäre er losgerannt, aber seinem Vater fiel es schon schwer, das normale Schritttempo zu halten. Vor den Bahngleisen, die zu den Schuppen am Sandthorquai führten, schwenkten sie nach rechts. Ein Pferdefuhrwerk donnerte in rasender Fahrt an ihnen vorbei, und Sören ärgerte sich, dass er gerade heute zu Fuß gekommen war. Nach wenigen Metern hatten sie den Speicherbau erreicht, dessen hohe Mauern den Straßenzug bis zu den gegenüberliegenden Hafenschuppen in dunklen

Schatten tauchte. Es lag eine bedrohliche Stille in der Luft. Wortlos schritten Hendrik und Sören nebeneinanderher.

Eingang 2 war nicht schwer zu finden. Eine Gruppe Neugieriger hatte sich bereits eingefunden und bildete in gebührendem Abstand einen Halbkreis vor dem kleinen Portal. Sören erkannte Constabler Weimann, der mit verschränkten Armen im Eingang stand. «'n abend, Constabler – schneller ging's nicht», begrüßte er ihn, nachdem sie sich einen Weg durch die Menge gebahnt hatten.

«'n abend, Herr Dr. Bischop. Sind Sie geflogen?», fragte Constabler Weimann überrascht. «Wir sind auch erst seit einer knappen halben Stunde vor Ort.» Dann wandte er sich Hendrik zu. «Commissarius Bischop? Ich habe schon so viel von Ihnen gehört ...»

«Ist ja schon ein Weilchen her», brummte Hendrik und machte eine wegwerfende Handbewegung.

«Erzählen Sie!», forderte Sören den Constabler auf.

Weimann deutete ins Treppenhaus hinter ihm. «Zwei Sergeanten durchsuchen alle Räume und Böden des Speichers. Bisher allerdings ergebnislos. Die Feuertüren haben wir abgesperrt. Falls sich der Täter noch im Gebäude befindet, muss er hier durch. Sonst haben wir nichts angerührt – auch den Toten nicht.»

Sören nickte, dann strich er sich mit den Fingern durchs Haar. Jetzt fing es auch noch an zu regnen. «Sehr gut, Constabler. Wer hat den Toten gefunden?»

«Ein Quartiersmann hat Meldung gemacht. Der Tote ist ja nicht zu übersehen ...» Constabler Weimann zeigte nach oben.

Sören blickte die Fassade empor und trat mit einem unterdrückten Schreckenslaut beiseite. Unter dem eisernen Schutzhelm des Kranbalkens zeichneten sich die Umrisse eines Körpers ab, der hoch über ihnen an der Speicherwinde baumelte. Man hätte es für einen großen Sack halten können, was da sanft vom Wind hin und her geschaukelt wurde. Sören starrte entsetzt auf seine rechte Hand. Das war kein Regen – es war Blut, was von oben herabtropfte. Erst jetzt bemerkte er, dass der Boden vor ihnen im Umkreis von etwa fünf Metern mit dunkelroten Tropfen nur so übersät war.

Angeekelt wischte Sören seine Hand an der Hose ab. «Gehen wir nach oben!», forderte er seinen Vater auf, der stumm zu dem leblosen Körper über ihren Köpfen emporblickte. «Wissen Sie, wo man die Winde bedient?», fragte er den Constabler.

Weimann schüttelte den Kopf.

&

Die steinernen Stufen der Treppen waren kurz und steil. Je zwei Treppenflügel mit eisernem Geländer führten von Boden zu Boden, wie die einzelnen Etagen hier in den Speicherbauten hießen.

Nach vier Treppen blieb Hendrik auf einem Podest stehen und stützte sich keuchend auf seinen Stock. «Geh du man allein vor, warte nicht auf mich», schnaufte er atemlos.

Sören setzte seinen Weg im Laufschritt fort, bis ihm auf Höhe des dritten Bodens einer der Sergeanten mit gezücktem Säbel den Weg versperrte. «Heda! Kein Durchgang hier!»

Sören blieb stehen. «Lassen Sie mich vorbei, Mann!», rief er. «Mein Name ist Bischop, und ich leite hier ab sofort die Untersuchungen!»

Der junge Sergeant wich respektvoll zur Seite. «Entschuldigen Sie. Aber ich konnte ja nicht wissen ...»

«Ist schon gut», erwiderte Sören und deutete die Treppe hinab. «Ein Stockwerk tiefer wartet Commissarius Bischop, wenn Ihnen der Name etwas sagt. Er benötigt ein wenig Hilfe. Machen Sie sich nützlich!»

Er hastete weiter nach oben, bis er schließlich den fünften Boden erreicht hatte. Nach Atem ringend stieß er die Tür auf. «Hallo!», rief er laut und stürzte über die Holzdielen in die Dunkelheit. Erst in diesem Moment stellte er sich die Frage, ob die beiden Sergeanten überhaupt schon hier oben gewesen waren oder ob sie sich erst bis zum dritten Boden hochgearbeitet hatten. Was war, wenn sich der Mörder noch hier oben befand? Er selbst war ja völlig unbewaffnet, außerdem hatte er die Orientierung verloren. Nach wenigen Schritten konnte Sören ein schmales Fenster ausmachen, durch das etwas Mondlicht hereinfiel. Die Luke musste also auf der anderen Seite des Bodens sein. Langsam tastete er sich an der Wand lang. Seine Augen hatten sich noch immer nicht an die Dunkelheit gewöhnt. Plötzlich fuhr ihm etwas zwischen die Beine – Sören strauchelte, dann stolperte er über eine Diele und fiel der Länge nach auf den Boden. Gerade wollte er sich aufrappeln, als über ihm eine Glühbirne aufflackerte. Vom Licht geblendet, kniff er die Augen zusammen und duckte sich instinktiv. Neben ihm auf dem Boden lag ein geschmiedeter Sackhaken. Mit der Wand im Rücken und der provisorischen Waffe in der Hand richtete er sich auf.

«Warum machst du kein Licht?», fragte Hendrik. Neben ihm stand der junge Sergeant mit gezücktem Säbel.

Sören versteckte den Sackhaken hinter dem Rücken. «Ich hab den Lichtschalter nicht gesehen», erklärte er verlegen. «Dort links muss die Luke sein.» Er ging auf einen kleinen Wandvorsprung zu.

&

Der leblose Körper baumelte direkt vor ihnen in der Dunkelheit und drehte sich nach wie vor am Seil der Winde hin und her. Es war unschwer zu erkennen, dass der Mörder ein neues Opfer gefunden hatte. Das Gesicht des Unglücklichen war mit Schnitten nur so übersät, und der Rock des Toten starrte vor Blut.

«Es sieht so aus», bemerkte Hendrik, «als wenn der Mann erst aufgehängt worden wäre und man ihm die Schnitte zugefügt hätte, als er dort baumelte. Hier ist nirgends Blut auf dem Boden.»

«Er hängt ja an einem Windenseil», entgegnete Sören. «Die Tat hätte auf jedem der Böden stattfinden können.»

«Auf den anderen Böden ist auch kein Blut», erklärte der Sergeant, der immer noch seinen erhobenen Säbel in der Hand hielt.

«Das Ding können Sie wegstecken.» Sören deutete auf den blanken Stahl. «Wissen Sie, wie man die Winde bedient?»

«Keine Ahnung», stammelte der Sergeant abwesend und blickte fasziniert auf den Toten, der sich weiterhin um sich selbst drehte. «Aufgehängt wie ein Mastschwein!», meinte er schließlich. «Wie furchtbar. Schauen Sie sich das nur an. Der Mörder hat ihm den eisernen Haken zwischen den Schulterblättern in den Rücken geschlagen.»

Sören trat zwischen die geöffneten Flügel der Luke und inspizierte den Toten. Der Mann hing etwa fünf Fuß vor der Mauer – zu weit, um ihn ohne Hilfsmittel greifen zu können. Er war wirklich schrecklich zugerichtet.

«Es sieht so aus, als wenn hier ein Kampf stattgefunden hätte», bemerkte Hendrik. Er stand etwas abseits neben einer großen Balkenwaage und starrte gebannt auf den Boden, wo sich Spuren im Staub abzeichneten. «Aber auch hier ist kein Blut zu finden», erklärte er schließlich. «Oder doch?» Hendrik lehnte seinen Stock gegen die Waage und kniete sich umständlich hin. Dann zog er einen länglichen Gegenstand unter der Waage hervor und hielt ihn in die Höhe. «Tja», meinte er. «Sieht ganz so aus, als wenn der Mörder etwas vergessen hätte.»

Sören half seinem Vater auf die Beine. Hendrik hielt einen langen, gebogenen Dolch in den Händen. «Hast du so etwas schon mal gesehen?», murmelte er nachdenklich.

«Ich glaube, in Indien trägt man solche Messer. Da die Klinge blutverschmiert ist, steht wohl außer Frage, dass es sich um die Tatwaffe handelt.»

«Verdammt scharf jedenfalls.» Hendrik strich vorsichtig mit dem Daumen über die Schneide.

Über Sörens Gesicht huschte ein triumphierendes Lächeln. «Und sogar mit Initialen. Schau mal! *R. M. S.*»

Hendrik machte ein nachdenkliches Gesicht. «Sollten wir es wirklich mit einem Täter zu tun haben, der so nachlässig ist, seine Visitenkarte am Tatort zurückzulassen?»

Sören zuckte mit den Schultern. «Er wird's in der Aufregung verloren haben. Was sonst? – Kümmern wir uns erst mal um den Toten. Er reichte dem jungen Sergeanten den Sackhaken. «Versuchen Sie, den Mann damit durch die Luke zu ziehen!»

Nach dem dritten Versuch blieb das Handgelenk des Toten endlich im Haken hängen, und der Sergeant konnte ihn zur Luke heranziehen. Mit vereinten Kräften zerrten sie den geschundenen Körper auf den Boden.

«Der ist noch keine zwei Stunden tot», urteilte Sören, nachdem er den Körper grob untersucht hatte. «Fühlt sich fast noch warm an.»

Dem jungen Sergeanten schauderte.

«Gottlieb Eggers!», rief Hendrik, der währenddessen die Taschen des Toten geleert und einige Papiere gefunden hatte. «Wenn die Sachen ihm gehören …»

«Eggers?», rief Sören. «Moment mal …» Er erhob sich und ging mit zügigem Schritt zur Eingangstür. Ihm war das Schild an der Tür vorhin schon aufgefallen, aber er war so aufgeregt und in Eile gewesen, dass er nur die obere Zeile und den Namen wahrgenommen hatte. Jetzt las er genauer:

«G. Eggers & Consorten – Kaffeehandel»

⁓ *Rote Steine* ⅋

Sören trommelte unaufhörlich mit den Fingern seiner rechten Hand auf der Tischkante herum. Neben ihm saßen sein Vater, Martin, Constabler Weimann und Sergeant Prötz, der seinen Säbel nun abgeschnallt und neben die Garderobe gestellt hatte. Alle Gesichter waren von Übermüdung gezeichnet, denn seit dem Leichenfund hatte keiner der Anwesenden ein Auge zugemacht. Der Krisenstab tagte nun schon seit mehr als vier Stunden. Martin hatte die Räume seines Kontors für die Beratschlagung zur Verfügung gestellt. Vor einer Stunde hatte Sören den Präses der Polizeideputation, Senator Hachmann, aus dem Bett geklingelt und Verstärkung angefordert – mindestens zwanzig Mann. Dann hatte er Senator Versmann und Bürgermeister Petersen einen vorläufigen Bericht abgestattet, ebenfalls telefonisch. Der Leichnam war zur Untersuchung ins Eppendorfer Krankenhaus abtransportiert worden, und das Speichergebäude wurde über Nacht von zwei Sergeanten bewacht. Jetzt galt es, das weitere Vorgehen untereinander abzusprechen und die Arbeit aufzuteilen.

«Ich schlage vor», erklärte Sören an Constabler Weimann gerichtet, «Sie kümmern sich um Eggers. Ich möchte, dass Sie alles über ihn herausfinden. Wo er gewohnt hat, ob er Familie hatte und so weiter. Da ich den Eindruck hatte, dass der Speicherboden noch nicht vollständig eingerichtet war, nehme ich an, es gibt noch eine andere Firmenadresse. Finden Sie also heraus, wo die Firma bislang ihren Speicher und das Kontor hatte. Ich will genau wissen, wer die Consorten sind, mit wem er Geschäftskontakt hatte, an wen sie geliefert haben, eine vollständige Liste

183

aller Mitarbeiter der Firma und so weiter. Sie können alles an Firmenpapieren beschlagnahmen. Besonderes Interesse habe ich an den Unterlagen, welche die Feuerversicherungen betreffen. Am besten bringen Sie alles hierher ins Kontor. Vielleicht können Sie sogar herausfinden, ob Eggers gestern mit jemandem im Speicher verabredet war ...»

Weimann machte sich ein paar Notizen und nickte stumm.

«Was kann ich tun?», fragte Martin.

«Du?» Sören zog die Augenbrauen hoch. «Es wäre schön, wenn du den Kaffeehändler aus der Harmonie ... Wie war noch der Name?»

«Crasemann. Rudolf Crasemann.»

«Richtig. Also, es wäre schön, wenn du ihn aufsuchen und bitten könntest, dir genau darzulegen, was Dannemann ihm vor sechs Jahren für einen Vorschlag gemacht hat. Vielleicht weiß er auch, ob Dannemann von anderen Kaffeehändlern Geld erhalten hat oder ob man sonst wie ins Geschäft gekommen ist. Du sagtest, du kennst Crasemann besser ...?»

Martin nickte zustimmend.

«Dann kannst du ihn auch danach fragen, ob es stimmt, dass der endgültige Ausbauplan des Freihafengebietes auf Druck der Kaffeebranche zustande gekommen ist.»

«Ich werde sehen, was sich da machen lässt.»

«Ich muss unbedingt wissen, was für Interessen dahinter gesteckt haben und ob sich alle Kaffeehändler einig waren.» Sören rollte mit den Augen. «Es ist bestimmt kein Zufall, dass es diesmal einen von ihnen traf.»

«Was ist mit den Initialen?», fragte Hendrik.

«Richtig. Der Dolch!», erinnerte sich nun auch Constabler Weimann.

Sören schüttelte den Kopf. «Es gibt sicher Hunderte von ...»

«Mir fällt momentan nur einer ein!», unterbrach Hendrik, und alle blickten ihn gespannt an.

«Ja, ich weiß, was du denkst», erwiderte Sören. «R. M. S. – Aber ...»

«Sprich es ruhig aus», meinte sein Vater.

Nun blickten alle Anwesenden auf Sören. «Die Initialen könnten für ...» Er stockte kurz. « ...Für *R*obert *M*iles *S*loman stehen.»

Ein Raunen ging durch die kleine Gruppe, und Constabler Weimann konnte einen erstaunten Pfiff nicht unterdrücken.

«Aber wie stellst du dir das vor?», fragte Sören zu Hendrik gewandt. «Soll ich etwa zu Sloman gehen, den Dolch vor ihm auf den Tisch legen und ihn fragen, ob er ihm gehört?»

Hendrik machte ein nachdenkliches Gesicht. «Da gibt es elegantere Möglichkeiten», meinte er schließlich.

«Ich kann mir Robert Miles Sloman beim besten Willen nicht als Mörder vorstellen», warf Martin ein.

«Das hat ja auch niemand behauptet», sagte Sören.

«Es geht erst mal nur darum, ob ihm das Messer gehört», ergänzte Hendrik. «Aber nach allem, was wir wissen, war Sloman einer der hartnäckigsten Gegner der Niederlegung des Kehrwieder-Wandrahm-Viertels. Das sollten wir nicht außer Acht lassen», fügte er hinzu. «Ich werde mich der Sache annehmen», erklärte er, als niemand dazu Stellung nehmen wollte. «Er leidet genau wie ich unter der Gicht. Da werde ich schon einen Vorwand finden, mit ihm ins Gespräch zu kommen. Und was unternimmst du jetzt?», fragte er Sören.

«Ich selbst werde mich zusammen mit Sergeant Prötz und den verfügbaren Kräften vor Ort um den Speicher kümmern», erklärte Sören. «Jetzt, wo es hell ist, finden wir vielleicht noch weitere Spuren. Wir werden das ganze Gebäude systematisch durchsuchen. Danach werde ich zum Eppendorfer Krankenhaus fahren.» Er blickte zur Uhr. «Viertel vor neun. – Ich schlage vor, wir machen uns an die Arbeit und treffen uns hier um fünf Uhr am Nachmittag zur nächsten Besprechung. Und ich kann nur hoffen», erklärte Sören und ließ einen ernsten Blick durch die Runde schweifen, «dass bis dahin schon erste Ergebnisse vorliegen.»

&

Als Sören und Sergeant Prötz den Speicher O erreichten, wartete die angeforderte Verstärkung bereits vor dem Gebäude. Die Ordnungshüter hatten vor dem Portal Stellung bezogen und lieferten sich, wie es den Anschein hatte, ein heftiges Wortgefecht mit mehreren Zivilisten, die den Eingang umlagerten.

«Was ist denn hier los?», rief Sören in die Menge, und die Auseinandersetzung verstummte augenblicklich. Alle Anwesenden richteten ihren Blick auf ihn.

«Gut, dass Sie kommen, Herr Dr. Bischop!», rief einer der Sergeanten erleichtert. «Die Herren drängen darauf, ihre Warenlager betreten zu dürfen.»

Sören musterte die Umherstehenden. «Das ist im Moment selbstverständlich nicht möglich», erklärte er mit ruhiger Stimme. «Aber da Sie schon einmal hier sind, bitte ich alle Anwesenden um ihre Personalien. Des Weiteren benötigen wir vollständige Angaben darüber, auf welchen Etagen welche Lager betrieben werden und ob Ihnen gestern Abend beim Verlassen der Räume etwas Ungewöhnliches aufgefallen ist.»

Ein Raunen ging durch die Menge; dann redete man gedämpft durcheinander. «Hätten Sie bitte die Freundlichkeit, zu erklären, was hier vor sich geht?», fragte schließlich einer der Anwesenden und trat vor.

«Mit wem habe ich die Ehre?», fragte Sören freundlich zurück.

«Mein Name ist Schaefer, und ich leite das technische Büro der Freihafen-Lagerhaus-Gesellschaft, der diese Gebäude unterstehen.» Er wandte sich zwei Herren zu, die im Hintergrund standen. «Herr Götting, ebenfalls Vertreter der Gesellschaft, und Oberingenieur Meyer», stellte er die beiden vor. «Man verständigte uns soeben, dass man den Mietern den Zutritt zu ihren Lagern verwehrt.»

«Das hat auch so seine Richtigkeit, meine Herren», erklärte Sören und nickte den Herren Meyer und Götting zu. «Gestern Nacht ist hier ein Mord geschehen, und ich leite die Untersuchungen. Sie werden verstehen, dass vorläufig niemand das Gebäude betreten darf, da die Spurensicherung noch nicht abgeschlossen ist.»

«Wer ist ermordet worden?», fragte jemand aus der Menge, und erneut setzte Gemurmel ein.

«Darüber kann ich Ihnen im Moment noch keine Auskunft geben», erklärte Sören. «Wenn Sie jetzt bitte den Sergeanten Ihre Personalien angeben würden ... Wir werden Sie unverzüglich informieren, wenn das Gebäude wieder freigegeben ist.» Er wandte sich Sergeant Prötz zu. «Nehmen Sie sich acht Mann und durchforsten Sie das ganze Gebäude von oben nach unten. Wenn Sie auch nur die geringste Sache entdecken, informieren Sie mich sofort. Kontrollieren Sie vor allem die Schlösser der Türen, ob es Einbruchspuren gibt. Ich habe hier draußen noch etwas zu erledigen.»

Prötz salutierte und machte sich an die Arbeit.

«Herr Meyer?», rief Sören und ging zielstrebig auf den Oberingenieur zu, der sich mit den anderen Herren gerade zurückziehen wollte.

«Benötigen Sie unsere Personalien etwa auch?», fragte Götting und blickte Sören vorwurfsvoll an.

«Nein, meine Herren. Natürlich nicht. Und wenn ich Fragen habe, nehme ich doch an, kann ich Sie jederzeit über die Freihafen-Lagerhaus-Gesellschaft erreichen?»

«Die Räumlichkeiten der Gesellschaft liegen ja gleich um die Ecke», erklärte Schaefer.

«Die Anschrift ist mir bekannt. Aber ich hätte jetzt doch noch einige Fragen an Herrn Meyer, wenn Sie gestatten?»

Franz Andreas Meyer blickte Sören überrascht an und errötete leicht. «Ja, gerne. Aber ich hielt mich eigentlich nur zufällig im technischen Büro der Lagerhaus-Gesellschaft auf.»

Sören schüttelte lächelnd den Kopf. «Es geht um etwas anderes. Ich hätte Sie bei nächster Gelegenheit so oder so aufgesucht», erklärte er und wartete mit seinem Anliegen, bis Schaefer und Götting sich verabschiedet hatten und außer Hörweite waren.

&

«Ja, sicher kannte ich Schnauff», sagte Meyer. «Aber was heißt schon kennen? Schnauff hat für mich, das heißt für das Ingenieurwesen der Baudeputation, ein Gutachten über die Feuersicherheit und Verwendung von Flussstahl bei vorgefertigten Stützensystemen erstellt. Das ist allerdings schon eine Weile her ...»

«Worum ging es da genau?», fragte Sören.

«Erlauben Sie mir vorher auch eine Frage?»

«Natürlich.»

«Als ich vorhin Ihren Namen hörte, konnte ich ihn nicht einordnen; aber jetzt erinnere ich mich daran, dass ich vor vielen Jahren, als ich noch als Kondukteur unter Wasserbaudirektor Dalmann arbeitete, einen Commissarius Bischop kennen gelernt habe.»

«Mein Vater», erklärte Sören.

«Es ist fast unglaublich. Wir standen damals ziemlich genau an dieser Stelle. Und Sie setzen seine Arbeit fort?»

«Nicht als Polizist, wenn Sie das meinen – die ehemalige criminale Abteilung der Polizeiwache Raboisen wurde aufgelöst, nachdem mein Vater in den Ruhestand getreten war. Und bis jetzt gibt es keine vergleichbare Institution, die das Vakuum zu füllen in der Lage wäre. Der Hamburger Senat hat daher mich mit der Untersuchung der gegenwärtigen Mordserie in der Stadt beauftragt – mit den Befugnissen eines Staatsanwalts.»

«Deshalb Ihre Frage nach Schnauff.»

«Richtig», erklärte Sören. «Die Morde scheinen übrigens in Zusammenhang mit der baulichen Entwicklung hier an diesem Ort zu stehen.»

«Entsetzlich!» Meyer schüttelte den Kopf. «Das hat ja gerade noch gefehlt. Als wenn wir nicht schon genug Probleme hätten.»

«Die da wären?», fragte Sören und beugte sich neugierig vor.

«Zeit, Zeit, Zeit. Die Zeit läuft uns weg», seufzte Meyer. «Wir stehen unter einem unglaublichen Termindruck, weshalb die Bauarbeiten auch einem rigorosen Plan unterliegen», erklärte er. «Das war auch einer der Gründe, weshalb wir die Feuerkassendeputation um das Gutachten gebeten haben.»

«Wenn Sie mir das bitte genauer erläutern könnten», bat Sören.

«Gerne. Wir arbeiten aufgrund der enorm hohen Bodenbelastung auf den einzelnen Speicherböden aus statischen und feuerschutztechnischen Gründen mit einem Trägersystem aus Schweißeisen. Die Träger werden vorgefertigt auf die Baustellen geliefert und vor Ort zusammengefügt.» Meyer blickte Sören an. «Wenn Sie etwas Zeit haben, machen wir doch einen kleinen Rundgang. Ich kann Ihnen das am besten vor Ort erklären, und an den Pickhuben sind die Arbeiter gerade mit dem Aufbau der Stützen beschäftigt – das ist vielleicht ganz anschaulich.»

«Gerne.»

«Gehen wir linksherum», forderte Meyer Sören auf. «Dann kommen wir an der im Bau befindlichen hydraulischen Zentralstation vorbei. Ich muss mich dort sowieso noch nach dem Stand der Dinge erkundigen.»

&

Die Außenwände des flachen Hallenbaus Ecke Sandthorquai und Auf dem Sande standen bereits, und mehr als zwei Dutzend Arbeiter waren gerade damit beschäftigt, eiserne Fensterzargen in den Maueraussparungen zu verankern, während andere das Lattengerüst für die Dachträgerkonstruktion zusammenfügten. Rechts und links von der Halle standen zwei hohe hölzerne Hilfsgerüste, in denen gewaltige Schornsteine emporwuchsen. Die Gebäudeteile an den Kopfenden der Halle überragten Letztere um mehr als zwei Geschosse, wirkten jedoch im Vergleich zu den hohen Fassaden der benachbarten Speicherbauten eher zierlich.

Oberingenieur Meyer sprach auf der Baustelle kurz mit zwei Arbeitern, überreichte dem Polier einige Konstruktionsblätter und kehrte dann zu Sören zurück. «So unscheinbar das Gebäude auf den ersten Blick wirkt …», erklärte er, «es ist das Herzstück des gesamten Viertels – eine Zentralstation, die später den ganzen Stadtteil versorgen wird.»

Sören musterte Meyer mit angehobenen Augenbrauen. «Sie sprechen von einem Stadtteil?»

Der Oberingenieur lächelte. «Wie würden Sie es sonst bezeichnen? Was hier entsteht, ist eine Stadt in der Stadt», erklärte er. «Dieser Status ergibt sich nicht nur durch die topographische Abgeschlossenheit, also durch die zukünftige Zollgrenze, sondern ich habe auch versucht, der Eigenständigkeit durch eine einheitliche Gestaltung der Baukörper Rechnung zu tragen.»

«Was Ihnen sicherlich gelungen ist, auch wenn die

Funktion der Bauten nicht unmittelbar zu erkennen ist.»
Sören verkniff sich eine weiter reichende Kritik, schließlich war Meyer so etwas wie der gestaltgebende Architekt
des gesamten Ensembles. Und Sörens Kritik zielte viel
weniger auf die bauliche und gestalterische Qualität der
Speicher – ein solches Urteil stand ihm nicht zu, wie er
fand –, sondern bezog sich auf den Begriff *Stadtteil.* Ein
Stadtteil war für ihn das gewesen, was hier vormals gestanden hatte. Die Gassen und Wege zwischen den alten Fach-
werkbauten, durch die er als Kind gelaufen war; das Viertel, wo er seine Jugend verbracht hatte; die Gärten und
Plätze, wo er sich mit seinen Spielkameraden versteckt
hatte, wo man jeden geheimen Pfad und jede lose Zaun-
latte gekannt hatte. Nichts davon war geblieben. «Jedenfalls werden spätere Generationen kaum erkennen können, in welch kurzer Bauzeit das Viertel entstanden ist.»

«Sie können mir glauben, ich hätte gerne ein paar Jahre
mehr für die Planung zur Verfügung gehabt. Aber was Sie
anmerken, ehrt mich, ohne dass Ihnen das vielleicht bewusst ist. Denn genau das habe ich beabsichtigt. Welch ein
Irrsinn, wären die Speicherbauten allein auf die Form ihrer
Funktion reduziert – nein! Derartige Bauformen sind nicht
geeignet, um das zu vermitteln, was hier notwendig er-
scheint, um den Attributen von Handel und Reichtum
Ausdruck zu verleihen. Es ist die Sicherheit einer Burganlage, nach der verlangt wird, einer Burganlage mit Graben
und Brücken. Und genau das wird das neue Quartier vermitteln. Das mittelalterliche Baumaterial trägt ein Übriges
dazu bei, die Wertbeständigkeit des Handels zu vergegenwärtigen.»

«Und im Inneren der Burgmauern modernste Technik ...»

«Genau», bestätigte Meyer. «Die hydraulische Zentralstation, die hier entsteht, ist meines Wissens die größte
ihrer Art in Europa. Es gibt zwar bereits ähnliche Anlagen

zur Schaffung und Wiederabgabe von Wasserdruckkräften bei hohem Druck in England, aber die dortigen Systeme – etwa in London – sind deutlich leistungsschwächer. Zudem wird diese Anlage den gesamten Stadtteil auch mit Elektrizität versorgen. Das heißt, es werden mehr als 4000 Glühlampen in den Speicher-Comptoiren und Zollstellen und 50 große Bogenlampen am Zollcanal leuchten. Die dafür notwendigen Kessel werden hier in dieser Halle stehen.» Meyer deutete auf den Baukomplex vor ihnen. «Aus Platzgründen werden sie jeweils doppelt übereinander angeordnet sein, und die Kohlenlager befinden sich unterhalb des Straßenniveaus. Das Druckwasser, welches alle beweglichen Teile, Kräne, Aufzüge und Winden antreiben wird, fließt mit mehr als 50 Atmosphären Druck durch ein gusseisernes Rohrnetz. Dafür bauen wir acht große Pumpmaschinen mit jeweils 120 Pferdestärken.»

«Die Winden werden also durch Wasserkraft angetrieben?» Sören fiel ein, wie sie am Vorabend vergeblich versucht hatten, die Winde, an deren Ende der Leichnam gehangen hatte, in Betrieb zu setzen.

Oberingenieur Meyer wiegte den Kopf. «Vorerst noch nicht. Da die Anlage noch nicht betriebsbereit ist, gibt es noch keine hydraulischen Hakenwinden in den Speichern, sondern vorerst nur Handwinden, Kurbel- und Haspelwinden. Nur dort, wo Schwerlastbetrieb auch jetzt schon notwendig ist, wurden provisorisch Dampfwinden eingebaut. Das Hochdrucksystem wird aber noch eine andere Aufgabe übernehmen ... Vielleicht haben Sie die armdicken Rohre gesehen, die durch die Treppenhäuser laufen?»

Sören nickte.

«Sie dienen zugleich als Feuerlöschsystem», erklärte Meyer. «An den Straßen und in den Treppenhäusern der Speicher liegen Hochdruckhydranten, die mit dem städtischen Wassersystem in Verbindung stehen. – Auch dies war eine Auflage der Feuerversicherer, denn bei den vorliegenden Speicherbauten ist es ja so, dass der Versicherungswert der Waren den Gebäudewert bei weitem übersteigt.»

«Womit wir wieder bei Tobias Schnauff wären ...», fügte Sören beiläufig ein.

«Richtig! Entschuldigen Sie. Ich vergaß, Sie haben ja ein ganz konkretes Anliegen. Sagen Sie es ruhig, wenn ich Sie mit meinen Ausführungen langweile.»

«Durchaus nicht.»

«Gehen wir hinüber zum Brook», sagte Meyer. «Dort kann ich Ihnen den Aufbau und die Statik der Speicher am besten erklären.»

Zwischen Brook und Pickhuben wuchs aus einer riesigen Baugrube ein Wald von eisernen Gerüsten empor. Sören blieb stehen und blickte gebannt auf das scheinbare Durcheinander von Stützen und Streben, die auf die unterschiedlichste Art miteinander verbunden waren. Im Vordergrund reihten sich unzählige Plan- und Leiterwagen, von denen Baumaterial abgeladen wurde. Dahinter war ein Heer von Arbeitern ameisengleich damit beschäftigt, dem Durcheinander eine Ordnung zu geben. Die Kulisse hatte etwas Unwirkliches, geradezu Gespenstisches an sich. Einige Leute verrichteten ihre Tätigkeiten in Schwindel erregender Höhe. Die Männer hingen, mit Seilen gesichert, an den eisernen Gitterstützen und warteten darauf, dass ihnen von anderer Seite ein weiteres Teil zur Befestigung gereicht wurde. Mit Hilfe von Hebekränen wurden die schweren horizontalen Träger emporgezogen.

«Hier sehen Sie das Stützensystem, von dem ich vorhin sprach», erklärte Meyer und deutete in die Grube. «Die Außenmauern werden erst errichtet, nachdem das innere Tragewerk vollendet ist.»

«Das Tragewerk wirkt sehr filigran», sagte Sören. «Wird es denn ohne Mauern sicher stehen?»

«Ganz sicher. Das Backsteinmauerwerk gibt den Gebäuden nur ihr Gesicht und dient als Wetterschutz. Aber Sie haben Recht ...» Meyer lächelte. «Die geringen Dimensionen des Tragewerks erstaunen immer wieder – selbst mich. Doch genau da liegt eine der Aufgaben des Ingenieurs, eben mit so wenig Material wie möglich eine ausreichende Stabilität der Konstruktion zu gewährleisten.»

«Und wie wird das Stützensystem im Boden verankert?», fragte Sören.

«Unter den Kellergeschossen, die natürlich wasserdicht abgeschlossen werden, soweit sie unter Wasserniveau liegen, wurde das Erdreich durch Pfahlrammung stabilisiert und verdichtet. Das Fundament des Kellers bietet gleichzeitig die Auflagepunkte für die Eisenstützen. Die Hauptbelastung der Speicher konzentriert sich auf die ersten drei Böden. Dort haben wir eine Vorgabe von bis zu 1800 Kilo je Quadratmeter, ab dem 4. Boden ist die Belastungsgrenze auf 1500 Kilo reduziert, und der Dachboden bietet immer noch ausreichende Stabilität bei 500 Kilogramm Waren je Quadratmeter.»

«Um was genau ging es denn nun bei dem Gutachten, das Sie von Schnauff erhielten?»

«Ja, genau das ...» Meyer nickte. «Wie ich schon erwähnte, werden die einzelnen Stützenteile vorgefertigt auf die Baustelle geliefert. Hergestellt werden sie nicht hier in Hamburg, sondern nahe der Eisenhüttenwerke an der Ruhr. Natürlich gab es einen heftigen Kampf unter den Wettbewerbern, schließlich handelt es sich hier ja um ein Projekt von gehörigen Ausmaßen. Bei den Submissionsausschreibungen spielte der Kostenfaktor natürlich eine besondere Rolle. Andererseits waren die Vorgaben der Versicherer bindend. Hinzu kommt der ungeheure Zeitdruck, dem wir unterliegen. Die Eisenwerke unterbreiteten mir mehrfach den Vorschlag, das von mir vorgeschriebene geschmiedete Schweißeisen durch Flusseisen, welches im Gussverfahren hergestellt wird, ersetzen zu dürfen. Gusseisen lässt sich natürlich viel schneller und billiger herstellen, aber es gibt gravierende Nachteile bezüglich der Zähigkeit und Kontrollierbarkeit des Materials, was den gleichmäßigen Widerstand bei Zug- und Druckkräften in der Konstruktion betrifft.»

«Und das sollte Schnauff prüfen?»

«Genau», erklärte Meyer. «Es ist ja so, dass die Entwicklung bei der Materialverarbeitung ständig Fortschritte macht. Vor allem, was die Zusammensetzung des Materials betrifft. Schnauff hat für mich die Eigenschaften der neuesten Flusseisen überprüft.»

«Und zu welchem Ergebnis ist er gekommen?»

«Keine bedeutenden Unterschiede zu den bisherigen Materialien ...»

«Sie bleiben also beim bisher verwendeten Material?»

«Ja», bestätigte Meyer. «Stützen, Balken und Unterzüge werden weiterhin aus Schweißeisen hergestellt. Allerdings werden wir demnächst die Fußbodendielen nicht mehr auf Lagerhölzern, sondern auf Flusseisenträgern befestigen.»

«Also Gusseisen anstelle von Holz, nicht als Ersatz für geschmiedetes Eisen?»

«So ist es. Allerdings steht dieses Vorhaben in keinem Zusammenhang mit dem angeforderten Gutachten. – Sie müssen sich das so vorstellen, dass mein gestalterischer Spielraum durch die Auflagen der Versicherungsgesellschaften stark eingeschränkt ist. Da gilt es, Kompromisse zu finden. Und ich versuche natürlich, die Vorgaben so künstlerisch wie möglich umzusetzen. Wenn Sie beispielsweise die Brandmauern zwischen den einzelnen Blöcken betrachten ...» Meyer deutete auf die Rückseite der fertigen Speicher am Sandthorquai, «dann erkennen Sie, dass sie über die Dachtraufe hinausragen. Von Block zu Block entsteht dadurch eine Rhythmisierung, die an der Fassade wieder aufgegriffen wird. Die vertikalen Vorsprünge und die Anordnung der Luken, die ja vom Warenablauf be-

stimmt wird, greift genau diese Gliederung erneut auf.»
Meyer vergewisserte sich mit einem kritischen Blick, ob
Sören seinen Ausführungen folgen konnte.

«Haben Sie das alles alleine entworfen?», fragte Sören
nach einer Weile.

Der Oberingenieur lächelte. «Nein, nein, nur teilweise.
Immerhin ist die Ausführung meiner Aufsicht unterstellt.
Seit es die Freihafen-Lagerhaus-Gesellschaft gibt, läuft
die Planung und Auftragsvergabe über das dortige technische Büro. Die Projekte werden der Baudeputation, also
mir, nur zur Revision vorgelegt.»

«Sie bestimmen also, ob die vorgelegten Entwürfe zum
Gesamtcharakter passen.»

«So in etwa, ja.» Meyer nickte.

«Und wie verfuhr man vor Einrichtung der Freihafen-
Lagerhaus-Gesellschaft?»

«Der ersten Entwürfe wurden auf Vorschlag der Kaffeehändler unterbreitet. Die Interessenten wünschten ca.
5000 Quadratmeter an Kontorfläche mit Nordlicht und
etwa 20 000 Quadratmeter Speicherfläche. Beauftragt wurden die Architekten Stamman & Zinnow, Elvers sowie
Hanssen & Meerwein, die bereits 1884 Pläne vorlegen
konnten. Daraus entstand dann der östliche Teil von Block
O, den sie bereits kennen.»

«Kaffeehändler», wiederholte Sören nachdenklich.
«Und ein Architekt namens Hanssen?» Ihm war, als habe
er auch diesen Namen auf einem der Schilder am Speichergebäude gelesen.

«Bernhard Hanssen. Einer unserer Rathausbaumeister.
Ja, Sie haben natürlich Recht. Sein Bruder Adolph ist So-
zius der Kaffeehändler Hanssen & Studt. Aber wenn Sie
jetzt meinen, es wurde da etwas gemauschelt ...» Meyer
schüttelte den Kopf. «Die Entwürfe waren ganz hervorragend. Ich habe sie selbst prämiert.»

«Gewiss!» antwortete Sören. «Das ist es gar nicht, was

ich damit sagen wollte. Interessenkonflikte und -über-
schneidungen sind nicht nur bei der Vergabe von Bauauf-
trägen anzutreffen. Selbst an den Schnittstellen politischer und wirtschaftlicher Entscheidungen sind solche
Vorkommnisse ja inzwischen an der Tagesordnung. Wenn
ich mich damit zu befassen hätte ...» Er schwieg einen Moment. «Ein Fass ohne Boden!», sagte er dann. «Mir liegen
gerade die Personallisten der Freihafen-Lagerhaus-Gesellschaft vor. Auf der anderen Seite meines Schreibtisches
liegt ein Aktenordner, in dem die Aufsichtsratsmitglieder
der Norddeutschen Bank aufgelistet sind.» Er kräuselte
spöttisch die Lippen. «Tja, da sind also sechs identische
Namen. Dabei habe ich noch gar nicht überprüft, wie viele
Mitglieder der Commerz- und Disconto-Bank, die ja ebenfalls an der Finanzierung der Lagerhaus-Gesellschaft beteiligt ist, dort ebenfalls im Aufsichtsrat vertreten sind.
Ganz zu schweigen von der Frage, wie viele Kaffeehändler
in beiden Gremien sitzen. Also, auch wenn Senator Versmann die Freihafen-Lagerhaus-Gesellschaft als *Aktiengesellschaft unter Staatsaufsicht* bezeichnet, kann das nicht
darüber hinwegtäuschen, dass in dem Moment, wo die
Finanzierungsprojekte über Banken geregelt werden, den
Aufsichtsratsmitgliedern dieser Institutionen ein gewisses
Mitgestaltungsrecht eingeräumt wird. Habe ich Recht?»

«Sie können mir glauben, ich tue mein Bestes, um gegen
diese sich immer mehr ausbreitende Unsitte anzugehen.
Tatsächlich wollte die Norddeutsche Bank auch mich letztes Jahr als Ingenieur für die Bauten der Freihafen-Lagerhaus-Gesellschaft gewinnen. Aber ich kann ja als Leiter des
Ingenieurwesens, das als Kontrollinstanz fungiert, nicht die
von mir selbst ausgearbeiteten Pläne begutachten. Also
habe ich dieses Angebot selbstredend abgelehnt.»

«Es wäre schön, wenn Ihr Verhalten Schule machen
würde», bemerkte Sören. Natürlich wusste er, dass Meyer
dem technischen Büro der Gesellschaft trotzdem beratend

zur Seite stand, auch wenn er dafür nicht finanziell entschädigt wurde. Auf diese Weise konnte er das gesamte Projekt nicht nur bautechnisch, sondern auch von der äußeren Gestalt her als Einheit gestalten.

«Ich weiß nur von Schemmann, dass auch er sein Aufsichtsratsmandat bei der Lagerhaus-Gesellschaft sofort niedergelegt hat, als seine Baufirma an einer Ausschreibung teilnahm.»

«Jaja, es soll noch Ausnahmen geben.» Sören verkniff sich jeglichen Kommentar zum *ehrbaren* Hamburger Kaufmann. Schließlich war er nicht hier, um seiner moralischen Geringschätzung der gehobenen Hamburger Gesellschaft Ausdruck zu verleihen. Sein Anliegen war ganz konkreter Natur. «Und wie wird es jetzt weitergehen?», fragte er. «Ich meine, mit dem weiteren Ausbau dieser roten Stadt?»

«Der weitere Bedarf muss natürlich noch einer eingehenden Prüfung unterzogen werden. Erst einmal gilt es, die erforderlichen Bauten bis zum Zollanschluss in zwei Jahren fertig zu stellen. Für den Fall, dass weitere Speicherflächen benötigt werden, wurde ein Gebiet bis St. Annen zum Ausbau reserviert. Sollte auch dieser Speichergrund nicht ausreichen, steht das gesamte Areal bis zum Oberhafen zur Disposition.»

«Gibt es dafür schon konkrete Pläne?», fragte Sören, und obwohl Franz Andreas Meyer den Kopf schüttelte, war er sich sicher, dass der Oberingenieur ebensolche schon fertig in der Schublade hatte.

&

«Was ich abschließend noch fragen wollte», sagte Sören, als sie den Rundgang beendet hatten und zum Sandthorquai zurückgekehrt waren. «War eigentlich Arthur Lutteroth nach dem Entschluss für das Projekt XII c noch an weiteren Entscheidungen bezüglich der Speicheranlagen beteiligt?»

«Nach Gründung der Freihafen-Lagerhaus-Gesellschaft und Auflösung der Kommissionen wohl nicht. Das Einzige, was mir zu Lutteroth einfällt, ist die Tatsache, dass Hanssen & Meerwein zeitweilig ihr Architekturbüro im ehemaligen Palais der Lutteroths am Wandrahm hatten ...»

«Und Gustav Dannemann?»

«Dannemann habe ich nicht gekannt», erklärte Meyer. Er streckte Sören die Hand zur Verabschiedung entgegen, zog sie aber unentschlossen zurück und zupfte sich nachdenklich am Ohrläppchen. «Aber was mir zu Schnauff noch einfällt ...»

«Ja?»

«Noch am Morgen seines Todes rief er bei mir im Büro an und ließ mir ausrichten, er müsse mich dringend sprechen. Vermehren, einer meiner Mitarbeiter, teilte es mir mit.»

«Worum es dabei ging, hat er nicht gesagt?»

«Nein. Wahrscheinlich wollte er mich bei der Einweihung des Dovenhofes treffen, aber ich hatte an diesem Nachmittag einen kurzfristigen Termin auf der Baustelle und konnte an der Einweihung deshalb nicht teilnehmen. Aber wie ich höre, habe ich auch nichts verpasst, bei dem man gerne zugegen gewesen wäre.»

«Schnauff war also Ihretwegen im Dovenhof?»

«Ich weiß es nicht», entgegnete Meyer und streckte Sören abermals die Hand entgegen. «Wenn Sie noch Fragen haben sollten, stehe ich Ihnen jederzeit zur Verfügung. Ich wünsche Ihnen viel Erfolg – und grüßen Sie Ihren Vater von mir. Vielleicht erinnert er sich an unser damaliges Zusammentreffen.»

«Ich werde es ausrichten», versprach Sören. Dann fiel sein Augenmerk auf Sergeant Prötz, der ihn anscheinend voller Ungeduld am Eingang des Speichers erwartet hatte. «Und? Fündig geworden?», fragte er.

«Nicht die geringste Spur hier», meinte Prötz. «Aber vor wenigen Minuten war Constabler Weimann hier. Sie möchten doch bitte umgehend in den Dovenhof kommen.»

Sören blickte auf seine Taschenuhr. Es war noch nicht fünf. «Hat er gesagt, worum es geht?»

Der Sergeant schüttelte den Kopf. «Nein. Aber er meinte, es sei dringend.»

«In Ordnung. Ich mache mich sofort auf den Weg. Wenn Sie hier fertig sind, pfeifen Sie die Leute zurück und informieren Sie die Lagerhaus-Gesellschaft, dass das Gebäude wieder freigegeben ist. Dann kommen Sie nach.»

&

Constabler Weimann empfing Sören im Eingang von Martins Kontor. Er rang buchstäblich die Hände. «Es ist unglaublich», stammelte er aufgeregt. «Wir sind nur zufällig drauf gestoßen.» Er schob Sören zu dem großen Tisch inmitten des Raumes, an dem zu Sörens Überraschung auch Oltrogge stand und mit einer Lupe mehrere Karten inspizierte. «Hier! Schauen Sie!»

«Guten Tag, Herr Dr. Bischop.» Oltrogge reichte Sören die Lupe. «Ich habe mir erlaubt, mich ein wenig nützlich zu machen.»

Sören warf einen Blick auf die Blätter, die vor ihm auf dem Tisch ausgebreitet lagen. «Das sind Kopien von Grundbüchern, ja. Eggers besaß Immobilien. Ist das etwas Besonderes? Der Mann war Kaffeehändler – da hat man genug Geld, um Immobilien zu erwerben.»

Weimann nickte. «Das steht außer Frage.»

Oltrogge zeigte auf einen Eintrag. «Aber schauen Sie sich doch mal die Eintragungen der Nachbargrundstücke an.»

Sören hielt die Lupe über die Stelle, auf die Oltrogge

gezeigt hatte. Er kniff die Augen zusammen und spitzte die Lippen zu einem lautlosen Pfiff. Die Parzellierung der Springeltwiete, einer engen Gasse im Gewirr der Gänge des St.-Jacobi-Kirchspiels, war zwar ziemlich unübersichtlich, aber die Besitzverhältnisse waren es nicht. Der ganze Straßenzug – soweit man hier von einer Straße sprechen konnte – schien unter drei Personen aufgeteilt zu sein. Immer abwechselnd konnte Sören die Namen Gottlieb Eggers, Nicolaus Dierksen und Gustav Dannemann entziffern.

⁓ *VI a* ⚭

Sören rieb sich die Augen. Seit mehr als drei Stunden saß er über den Akten der Schätzungskommission, die man am frühen Vormittag aus der Finanzdeputation angeliefert hatte, und suchte nach Anhaltspunkten, was Gustav Dannemanns Arbeit für die Kommission betraf. Allein es fanden sich keine Auffälligkeiten. Im Nebenzimmer saß Claas Oltrogge und durchsuchte die Grundbücher des St.-Jacobi-Kirchspiels systematisch nach den Namen Lutteroth und Schnauff – bislang ergebnislos. Eggers besaß nur Grundstücke an der Springeltwiete und am Barkhof, Dierksen und Dannemann hatten hingegen noch mehr Zinshäuser auf St. Pauli und auf dem Hammerbrook. Das hatte zumindest die Witwe von Gustav Dannemann behauptet, als Constabler Weimann mit drei Sergeanten am Abend zuvor der von Sören angeordneten Hausdurchsuchung nachkommen wollte. Erst nachdem man damit gedroht hatte, nötigenfalls das ganze Haus auf den Kopf zu stellen, hatte sie die Eigentumsverhältnisse der Familie offen gelegt; jedoch nur mündlich, da Nicolaus Dierksen alle Papiere an sich genommen hätte, wie sie erklärte. Und Dierksen war auf Geschäftsreise in Berlin und kam erst morgen zurück.

Die Familie und die Consorten von Gottlieb Eggers, ein Bruder und ein Cousin des Kaffeehändlers, hatten sich sofort kooperativ gezeigt, Constabler Weimann alle notwendigen Informationen gegeben und Papiere ausgehändigt, sodass Sören eine vollständige Beschlagnahme der Firmenunterlagen nicht notwendig erschien. Bereitwillig hatte man auch über den Immobilienkauf vor vier Jahren Auskunft gegeben und die entsprechenden Auszüge aus dem Grundbuch sowie die Verträge und Besitzurkunden vorgelegt. Alle Zinshäuser hatte Eggers über Nicolaus Dierksen erworben. Sören konnte es kaum erwarten, Dierksen danach zu befragen. Mit fiebriger Ungeduld erwartete er auch den Bericht von Martin, der sich in diesem Moment mit Rudolf Crasemann in der Harmonie zum Mittagessen traf. Sören spekulierte bereits, was bei dem Gespräch herauskommen würde, falls Crasemann überhaupt nähere Informationen besaß. Der Erwerb von Immobilien als Kapitalsicherung war zwar an sich nichts Ungewöhnliches, aber in einer solch heruntergekommenen Gegend? Sören schüttelte den Kopf. Zugegeben, soweit es die Verträge auswiesen, war es ein Spottpreis, den Eggers damals für die Häuser bezahlt hatte, aber als weitsichtige Kapitalanlage konnte eine solche Investition nicht gelten. Sören kannte die Gegend zwischen Schweinemarkt und Niederstraße. Als Kind hatte ihm sein Vater strikt verboten, sich dort herumzutreiben, was Sören natürlich irgendwann veranlasst hatte, dem Sinn dieses Verbots auf den Grund zu gehen und das Areal zu erforschen. Nur ein einziges Mal war er durch die Gänge des Barkhof-Viertels gelaufen. Zugestoßen war ihm dabei nichts, aber die Armut und das Elend der Menschen, die dort lebten, war ihm selbst jetzt noch gegenwärtig.

Sören blickte zum Telefonapparat. Er hatte heute bereits zweimal zu Hause angerufen und sich nach seinem Vater erkundigt, dem er die Neuigkeiten mitteilen wollte, aber auch Clara wusste nicht, wo Hendrik sich aufhielt. Wahrscheinlich hatte sich sein Vater mit Sloman getroffen, um der Sache mit dem Dolch nachzugehen. Sören war sich sicher, dass Hendrik sich sofort melden würde, falls es Neuigkeiten gab.

«Irgendwas Neues gefunden?», fragte er Oltrogge, der über den Büchern vertieft saß.

Claas Oltrogge schüttelte den Kopf. «Bis jetzt weder Lutteroth noch Schnauff.»

«Hmm. Hab ich auch, ehrlich gesagt, nicht anders erwartet.» Sören machte ein nachdenkliches Gesicht. «Ich werde mir die Häuser von Eggers mal aus der Nähe betrachten ...»

Oltrogge hob den Kopf. «In der Springeltwiete?»

Sören nickte. «Ja. Falls Martin ... falls Dr. Hellwege sich meldet, teilen Sie ihm doch bitte mit, ich sei in etwa zwei Stunden zurück, ja?»

«Soll ich Sie nicht begleiten?»

Sören schüttelte den Kopf. «Nicht nötig, vielen Dank. Machen Sie sich um mich mal keine Sorgen. Es ist helllichter Tag.»

Miss Sutton kam herein. «Da ist ... Be... Be... Besuch f... für Sie.»

Sören brauchte gar nicht zu fragen, wer ihm einen Besuch abstatten wollte. Hinter Miss Sutton erschien Frieda von Ohlendorff im Türrahmen. «Guten Tag auch», begrüßte sie Sören und machte einen höflichen Knicks, nachdem sie sich an Miss Sutton vorbeigeschoben hatte.

«Das junge Fräulein von Ohlendorff. Was machen Sie denn hier?», fragte Sören erstaunt.

«Ich dachte, Sie freuen sich, wenn ich Sie mal besuche ... Sie hatten mir von Ihrer spannenden Arbeit erzählt, und die Gelegenheit ist günstig, wie ich denke. Eigentlich wollte mein Vater hier im Dovenhof nur kurz nach dem Rechten schauen und dann mit mir auf den Landsitz nach Volksdorf weiterfahren, wo meine Mutter uns erwartet. Aber ...» Frieda von Ohlendorff rollte keck mit den Augen und zuckte mit den Achseln, wobei sie ihren Kopf kurz auf eine Schulter legte. «Tja, wie das so ist. Nun hat er doch noch etwas zu tun, und es wird wohl noch dauern, bis er zurück ist. Und da dachte ich mir ...»

«Sie schauen mal so vorbei», ergänzte Sören. «Weiß Ihr Herr Vater denn, dass Sie hier sind?»

Sie nickte heftig. «Ja, ja, natürlich. Wenn er zurück ist, holt er mich bei Ihnen ab.»

«Bei mir? Soso.» Sören schob nachdenklich die Unterlippe vor. «Ja, natürlich freue ich mich über einen Besuch», meinte er höflich und schaute zur Uhr. «Nur eigentlich ... das heißt ... wenn ich es mir recht überlege ... Sie müssten mich natürlich begleiten, ich habe nämlich einen außerordentlich wichtigen Termin.»

«Ja, gerne», fiel ihm Frieda von Ohlendorff ins Wort.

Oltrogge warf Sören einen fragenden Blick zu. «Sie wollen doch nicht mit dem Fräulein ...?»

«In die Springeltwiete? Warum nicht?» Sören wandte sich Frieda von Ohlendorff zu. «Waren Sie schon mal in den Gängevierteln der Stadt?»

Sie schüttelte den Kopf.

Oltrogge wollte Einspruch erheben, aber Sören machte eine besänftigende Handbewegung in seine Richtung. «Dann wird es Zeit, dass Sie etwas über die reiche Stadt Hamburg und ihre Bewohner erfahren», sagte er zu Frieda von Ohlendorff und musterte ihre Aufmachung. Sie trug ein hochgeschlossenes purpurfarbenes Leinenkleid und darüber eine schlichte Wolljacke. Zwischen dem Saum des Kleides und den sämisch gegerbten Lederschuhen blitzten feine Seidenstrümpfe hervor.

Frieda von Ohlendorff blickte kritisch an sich herab. «Stimmt irgendetwas nicht?», fragte sie und setzte ein unschuldiges Lächeln auf.

«Mir gefällt, was Sie anhaben», sagte Sören. «Nur, wo wir hingehen, tragen die Leute nicht so elegante Kleidung. Zumindest keine Seidenstrümpfe.»

«Ich könnte bei diesen Temperaturen auch gerne auf Strümpfe verzichten», erklärte sie. «Aber Vater besteht darauf.»

«Spätestens in zwei Stunden sind wir zurück», erklärte Sören an Oltrogge gerichtet. Dann bot er Frieda von Ohlendorff seinen Arm an, und gemeinsam verließen sie das Kontor.

&

Hier in der Stadt hatte Frieda von Ohlendorff den hüpfenden Kinderschritt, mit dem sie durch das elterliche Anwesen in Hamm gesprungen war, gänzlich abgelegt. Einen zierlichen Sonnenschirm in der Hand, schritt sie manierlich, wie es sich für eine junge Dame ziemte, neben Sören her. «Wo gehen wir denn überhaupt hin?», fragte sie, als sie von der Lembkentwiete in die Brauer Straße einbogen. «Etwa auf Verbrecherjagd?»

«Nein, nein.» Sören verkniff sich ein Lächeln. «Das heißt ... so ein klein wenig schon. Ich habe eine Adresse zu überprüfen.»

«Eine Adresse zu überprüfen?», wiederholte sie.

«Ja, wir schauen uns ein Haus an, das jemandem gehörte, der ermordet worden ist. Er lebte aber nicht in dem Haus, sondern besaß es, um es zu vermieten ...»

«Um von den Einkünften zu leben», ergänzte Frieda von Ohlendorff und nickte wissend. «Das kenne ich. Viele Freunde von Paps – Entschuldigung! Das soll ich ja nicht mehr sagen – von meinem Vater haben auch große Zinshäuser und leben von der Miete, die sie bekommen.»

«So in etwa», antwortete Sören. «Aber hier sieht es etwas anders aus. Die Grundstücke und Häuser, die der Mann besaß – er war übrigens ein reicher Kaffeehändler – liegen in einer Gegend, wo sehr arme Menschen leben. Die Häuser sind einfach, und das Leben darin ist nicht vergleichbar mit ... mit ... dem Leben, das Sie kennen.» Sören überlegte, wie er Frieda von Ohlendorff das Leben in Armut am besten erklären konnte, kam aber zu dem Entschluss, dass Worte nicht geeignet waren, um einem Menschen, der sein Lebtag von diesen Verhältnissen fern gehalten worden war, diese Lebensumstände zu veranschaulichen. Nichts würde sie Frieda klarer vor Augen führen als eine Besichtigung vor Ort.

«Oh, ich weiß sehr viel über Armut und soziale Not!», erklärte das junge Fräulein. «Ich habe gerade ein Buch von Charles Dickens gelesen. Da litten die Menschen auch arge Not.» Ihr Blick fiel auf einen schmalen Ochsenkarren am Messberg, hinter dem eine rundliche Marktfrau stand und lauthals schreiend ihre Ware feilbot. «Kaufen Sie mir eine Schale Erdbeeren?», fragte sie.

«Gerne. Das sind bestimmt die letzten in diesem Jahr.» Sören ging näher an den Wagen heran und betrachtete die Auslage. «Ich esse Erdbeeren auch für mein Leben gern. Am liebsten im Frühsommer mit Spargel. Sehen gut aus, Ihre Erdbeeren. Was kostet die Schale?»

Die dicke Marktfrau warf Sören einen knappen Blick zu und musterte Frieda von Ohlendorff von Kopf bis Fuß. «Zehn Groschen das Pfund», erklärte sie und machte eine ausladende Handbewegung. «Das sind die besten, die Sie in der Stadt kriegen können.»

Der Preis war viel zu hoch. Natürlich hatte ihn die Frau mit Blick auf die vornehme Kleidung ihrer Kundschaft gewählt. Allerdings war Sören auch nicht entgangen, dass Frieda von Ohlendorff aus Vorfreude auf die süßen Beeren bereits in die Hände geklatscht hatte, und so wollte er der Frau mit dem gierigen Blick zumindest ein Angebot machen. «Das ist zu teuer! Fünf Pfennige für zwei Schalen!», schlug er vor, und bevor die Marktfrau Einspruch erheben konnte, fügte er hinzu: «Und dann machen Sie sich besser hier aus dem Staub, bevor Sie ein Aufseher erwischt.» Sören blickte demonstrativ auf seine Uhr. «Marktzeit ist seit einer Stunde vorbei!»

Die Marktfrau funkelte ihn böse an, akzeptierte den Handel jedoch kommentarlos und reichte Sören zwei Schalen vom Wagen.

Nachdem sie die Erdbeeren im Stehen verzehrt hatten, reichte Sören Frieda von Ohlendorff sein Taschentuch. «Wenn wir schon so unstandesgemäß speisen, wollen wir zumindest nicht wie die Kannibalen herumlaufen.»

«Die waren ja wirklich zuckersüß», erklärte Frieda von Ohlendorff und tupfte sich die Mundwinkel ab.

«In der Tat – sehr lecker», entgegnete Sören und tat es ihr gleich.

Sie schwenkten in die Fischertwiete ein und setzten ihren Weg Richtung Springeltwiete fort. Als sie die Niedern Straße kreuzten, veränderte sich das Bild der Stadt schlagartig. Die Fassaden der Häuser auf der anderen Straßenseite machten bereits einen schäbigen Eindruck. An vielen Stellen bröckelte der Putz, und vor den Eingängen lagen zusammengekehrte Reste von Straßendreck und Hausmüll. Aber so heruntergekommen und jämmerlich die Häuser hier wirkten – die wirklich erbärmlichen Wohnquartiere lagen jenseits dieser Häuserfluchten und verbargen ihr Elend in einem Gewirr von schmalen Stiegen und Gängen, das bis hinauf zur Spitaler Straße reichte. Unterbrochen wurden das lichtlose Areal nur vom tiefen Einschnitt der Steinstraße, die vom Speersort bis zum Schweinemarkt führte.

Sören deutete auf einen karrenbreiten Gang zur Linken. «Hier hinein. Das ist die Springeltwiete.»

«Aber warum lässt man die Häuser nicht abreißen und neue bauen?» Frieda von Ohlendorff blickte erstaunt nach oben, wo sich die Giebel der Häuser beidseits des Straßenzugs über ihnen zu schließen drohten. Obwohl die Mittagssonne hoch am Himmel stand, drang kaum ein Lichtstrahl zum Boden. «Es ist dunkel und riecht eklig.»

«Die Menschen, die hier leben, haben kein Geld, um sich Häuser zu bauen. Es ist der billigste Wohnraum, den die Stadt bietet», erklärte Sören. Sein Blick schweifte die Fassaden entlang, aber Hausnummern suchte er vergeblich.

208

Direkt vor ihnen hatte ein Hund seine Notdurft auf dem Pflaster der Straße verrichtet, und nun stocherte ein kleines Kind mit einem dünnen Stöckchen in dem dampfenden Haufen herum. Frieda von Ohlendorff blieb stehen und betrachtete das Schauspiel mit einer Mischung aus Ekel und Faszination. Das Kind versuchte, die grünblau schimmernden Fliegen, die sich sofort in großer Anzahl auf dem Haufen niedergelassen hatten, mit dem Stock in die breiige Masse zu drücken, mit dem einzigen Resultat, dass es selbst nach kurzer Zeit über und über mit Resten von Hundekot beschmiert war. Nach wenigen Augenblicken kam ein kleiner dicker Mann mit einem grässlichen Buckel aus einem Hauseingang gestürmt, riss das Kind wortlos auf die Beine, gab ihm einen Klaps auf den nackten Hintern und zerrte das schreiende Balg in den Hauseingang. Die Tür krachte ins Schloss, und Sören schaute zu seiner Begleiterin hinüber.

«Das ist ja furchtbar», stammelte Frieda von Ohlendorff entsetzt. Ihr Gesichtsausdruck zeugte von Ekel und Erschütterung, aber sie machte keine Anstalten, Sören zur Umkehr aufzufordern. Tapfer und voller Beherrschung folgte sie ihm, der anscheinend gefunden hatte, wonach er suchte.

«Hier muss es sein.» Sören deutete auf einen schmalen Gang, der zwischen zwei offenbar leer stehenden Häusern rechts von der Springeltwiete abzweigte. Als sie um die Ecke bogen, öffnete sich eine der Türen, und eine Frau leerte ungerührt einen Bottich mit Seifenlauge vor ihren Füßen in den Rinnstein. Sören zog Frieda schnell beiseite. Der Gang schien so schmal, dass kaum ein Handwagen zwischen den Hauswänden hindurchgepasst hätte. Wenige Meter vor ihnen stand ein Mann lässig mit dem Rücken an die Wand gelehnt und versperrte den Weg. Er hielt ein Messer in der Hand und schabte mit der Spitze der schmalen Klinge scheinbar gelangweilt den Dreck unter seinen

Fingernägeln hervor. Er tat, als bemerke er die beiden nicht.

Sören zögerte nicht. «So, nun mach mal Platz hier!», sagte er laut und schob den Mann – er mochte so um die zwanzig sein und war von schmächtiger Statur – energisch beiseite.

«He, he», lallte der Mann und zog eine Grimasse. Seine Lippen waren mit einer blutigen Kruste überzogen, dahinter zeigte sich eine Reihe verfaulter brauner Zahnstümpfe.

Sören zog seine Begleiterin nah an sich, und rasch gingen sie vorüber.

«Willste die hier verkofen? Ich nehm se», rief der Mann ihnen hinterher und brach in ein rasselndes Gelächter aus.

Sören ignorierte ihn und zog Frieda von Ohlendorff um die nächste Häuserecke. Für einen kurzen Moment dachte er darüber nach, ob es nicht doch etwas unüberlegt gewesen war, diesen traurigen Ort mit der jungen Frau zusammen aufzusuchen. Er hatte sich von der fixen Idee leiten lassen, ihr, die Armut und Elend nur aus Erzählungen und Romanen kannte, einen Blick hinter die Kulissen ihrer Heimatstadt zu ermöglichen. Zugegebenermaßen hatte dabei vor allem ein erzieherisches Moment im Vordergrund gestanden, obwohl ihm diese Rolle eigentlich nicht zustand. Andererseits konnte er nicht verleugnen, dass sich Frieda wacker schlug und ihm die Gegenwart der wissbegierigen jungen Frau sichtlich Vergnügen bereitete. So richtig im Klaren war er sich über die Gefühle, die er Frieda von Ohlendorff entgegenbrachte, nicht. Vom Alter her hätte er ihr Vater sein können. Mal bezauberte sie ihn mit ihrer jugendlichen Unbefangenheit, mal mit der provozierenden Koketterie einer heranwachsenden Frau, was ihn zusehends verwirrte. Langsam gingen sie weiter.

Von Häusern konnte man hier eigentlich nicht mehr sprechen. Es waren halb verfallene Buden und Reste von provisorisch zusammengezimmerten Bretterverschlägen, die sie umgaben. Der Gang wurde zu schmal, um zu zweit nebeneinanderher zu gehen. Die Häuserwände standen sich so dicht gegenüber, dass selbst das gleichzeitige Öffnen von benachbarten Fensterflügeln unmöglich erschien. Der Boden vor ihnen glich einer schlammigen Brühe, und nur mit Schwierigkeit fanden ihre Füße noch Stellen, wo die Schuhe nicht in einer stinkenden Kloake versanken. Sören fragte sich, woher die Feuchtigkeit kam – es hatte seit Tagen nicht geregnet. Als ihm einfiel, dass die Häuser hier ja immer noch keinen Anschluss an die städtische Kanalisation hatten, beschloss er, nicht weiter darüber nachzudenken.

Sie hielten vor einem Hauseingang, dessen Tür nur halb in den Angeln hing, und Sören klopfte an den Rahmen. «Jemand hier?», rief er.

«Wat gib's. Herein!», krächzte es aus dem Inneren.

Noch bevor sie eingetreten waren, kam ihnen eine spindeldürre Frau entgegen. Sie hielt einen nackten Säugling auf dem Arm, und an die andere Hand klammerte sich ein kleiner Junge, der Sören aus großen Augen anblickte.

«Guten Tag», sagte Sören freundlich. Weiter kam er nicht, weil die Frau gleich zu schreien begann.

«He, Olli! Komm ma' runter! Hier will eener wat!»

«Ich bin hinten aufm Scheißhaus!», tönte eine derbe Stimme vom Hof. «Soll warten, wenn's was Wichtiges is!»

«Ha'm Se gehört?», fragte die Frau gleichmütig und machte auf der Hacke kehrt. «Mein Mann kommt gleich!» Sie zog das Kind hinter sich ins Haus zurück und drückte die wackelige Tür ins Schloss, bevor Sören Gelegenheit hatte, sein Anliegen vorzubringen.

Nach wenigen Augenblicken kam ein Mann fluchend um die Ecke gehumpelt. Nachdem er seinen Hosenstall zugeknöpft hatte, baute er sich vor Sören auf. Er mochte um die dreißig sein, aber so genau konnte man das Alter nicht schätzen, denn sein Gesicht war von tiefen Furchen und beuligen Furunkeln völlig verunstaltet.

«Was woll'n Se?», fragte er schroff. «Schickt Eggers wieder einen Geldeintreiber?» Er schüttelte den Kopf und blickte Frieda von Ohlendorff an, die versuchte, seinem Blick auszuweichen. «Sag'n Se ihm, wir zahl'n erst wieder, wenn das Dach gemacht is!» Der Mann deutete auf den Dachstuhl des Hauses, der sich gefährlich zur Seite geneigt hatte. Über der Traufe klaffte ein riesiges Loch zwischen den Schindeln. Einige von ihnen schienen so lose zu hängen, dass Sören, als er die Sache in Augenschein nahm, vorsichtshalber einen Schritt zurück machte. «Und unten is alles voll mit Ratten!», erklärte der Mann weiter. «Außerdem is die Grube langsam voll!»

«Nein, Eggers wird keinen Geldeintreiber mehr schicken», klärte Sören den Mann mit freundlicher Stimme auf. «Herr Eggers wurde ermordet.»

«Schlimm für ihn – schön für uns!», entgegnete der Mann teilnahmslos und zuckte mit den Schultern. «Schlimmer kann's ja nich mehr komm'.» Er blickte Sören auffordernd an – aber der schwieg beharrlich. «Wer hat ihn denn ...?», fragte er, korrigierte sich aber sofort mit einer wegwerfenden Handbewegung. «Ach, is ja auch egal! Ich will's gar nich wissen. Der olle Drecksack hat's nich besser verdient.»

«Es geht hier um Mord», erwiderte Sören ernst, aber der Mann lachte nur hämisch.

«Um Mord? Tatsächlich?» Er machte ein finsteres Gesicht und beugte sich bedrohlich vor. «Ich sach Ihn' ma was!» Wenn Sören nicht einen Schritt zurückgetreten wäre, hätte der Mann ihm zur Verdeutlichung seiner Worte mit dem ausgestreckten Finger auf die Brust getippt. «Hier wird auch gemordet», sagte er in Flüsterlautstärke, und seine Gesichtszüge deuteten gespieltes Entsetzen an. «Aber das interessiert offenbar niemanden nich, wenn's einen von uns ma erwischt. Da is der verfluchte Eggers natürlich was anneres. Da steht dann gleich ein ...» Er musterte Sören mit einem abfälligen Blick. «Nee, wie'n Udl seh'n Se nich aus!»

«Ich bin in offiziellem Auftrag hier», begann Sören. «Und ich versichere Ihnen, dass es bei der Aufklärung eines Mordes keine Standesunterschiede gibt.» Er schob den Mann, der ihm unangenehm nah gekommen war, zurück.

«In offiziellem Auftrag», wiederholte der Mann höhnisch. «Na sieh ma einer an! Also ganz was Feines, was? Keine Unterschiede?», rief er und schnaubte durch die Nase. «Dass ich nich lache! – Sie seh'n so aus, als wenn Se auch nix von der Schüssler-Anna gehört ha'm, was? Komm' Se mir bloß nich so!» Er verschränkte die Arme vor der Brust, und selbst unter den eitrigen Furunkeln konnte man erkennen, wie sich die Muskeln in seinem Gesicht verhärteten. «Eh, Wolle!», rief er in Richtung Nachbarhaus. «Komm ma rüber! Ich glaub, hier will einer auf doof machen!»

Bevor Sören Zeit für weitere Erklärungen hatte, öffnete sich polternd die Tür des Nachbarhauses, und ein baumlanger Kerl – Sören schätzte seine Größe auf mindestens sieben Fuß – kam herausgestürzt. Er stellte sich neben seinen Nachbarn und rieb seine riesengroßen Pranken ineinander. «Seh'n Se zu, dass Se Land gewinnen», knurrte er mit heiserer Stimme. «So'ne wie Sie ha'm wir hier nich gerne!»

Frieda blickte Sören Hilfe suchend an.

«Und lasst euch hier nich nochma blicken!» Zur Verdeutlichung seiner Drohung spuckte der Riese vor Sören auf den Boden.

Die Situation schien außer Kontrolle zu geraten, und nicht nur wegen Frieda war es an der Zeit, schnellstmöglich den Rückzug anzutreten. Wie hatte er nur auf die Idee kommen können, sie hierher mitzunehmen?

«Wir sehen uns morgen wieder!», sagte Sören hastig,

griff Frieda von Ohlendorffs Arm und schob sie bis zur nächsten Häuserecke vor sich her in Sicherheit. Hinter sich vernahmen sie das johlende Gelächter der beiden Männer.

«Du meine Güte», hauchte Frieda atemlos, als sie aus der finsteren Springeltwiete in die Niedern Straße einbogen. «Was waren das für Leute?» Sie verlangsamte ihren Schritt und blickte prüfend an sich herab. Das weiche Sämisch ihrer Schuhe war mit klebrigem Dreck überzogen, und auch die seidenen Strümpfe hatten einige Spritzer abgekriegt.

Sören machte eine stumme Geste der Hilflosigkeit. Er hätte bedenken müssen, dass jegliches Eindringen in diese Winkel und Gassen vonseiten ihrer Bewohner als Provokation aufgefasst wurde, und ärgerte sich maßlos über sich selbst und seine Unbedachtheit. Das Viertel war das reinste Pulverfass. Er musste sofort Senator Hachmann über den Vorfall informieren und nahm sich vor, am morgigen Tag mit Verstärkung in Form mehrerer Constabler und Sergeanten zurückzukommen. Ein verhasster Vermieter, der seinen Zins mit Hilfe von Geldeintreibern kassierte – da musste man schon in Erwägung ziehen, dass eventuell jemand die Nerven verloren hatte. Und was hatte es mit der Schüssler-Anna auf sich, von der die Rede gewesen war?

&

«Ich bin unachtsam gewesen», erklärte Frieda von Ohlendorff ihrem Vater, der einen fragenden Blick auf ihr Schuhwerk geworfen hatte. «Herr Bischop war so freundlich, mich auf eine Schale Erdbeeren einzuladen und mir ein wenig die Stadt zu zeigen.» Sie blinzelte Sören, dessen Stiefel nicht besser aussahen, verschwörerisch zu.

«Es war meine Schuld.» Sören schüttelte Ohlendorff

die Hand. «Ein Sprengwagen, der unvermittelt um die Ecke bog ...»

«Halb so schlimm», sagte Ohlendorff, aber es war nicht zu übersehen, dass ihn die Sache ärgerte. «Ich hoffe, Sie haben dem Fahrer eine Rüge erteilt. – Und wir ...», Ohlendorff legte seiner Tochter den Arm um die Schulter, «... sollten uns jetzt auf den Weg begeben, bevor Mutter sich Sorgen macht.» Er reichte Sören abermals die Hand. «Meine Gattin erwartet uns in Volksdorf. Vielen Dank, dass Sie sich die Zeit genommen haben ...»

«Nicht der Rede wert», erwiderte Sören. «Es war mir ein Vergnügen», erklärte er zu Frieda gewandt, die ihm, während er die beiden zur Tür geleitete, noch einmal verschwörerisch zublinzelte.

«Dr. Hellwege und Ihr Herr Vater erwarten Sie hinten», meldete sich Oltrogge, nachdem Sören den Besuch verabschiedet hatte. Er runzelte die Stirn. «Alles in Ordnung?», fragte er besorgt.

Sören atmete tief ein. «Ja nun ...», erwiderte er.

«Ich hatte Sie gewarnt», sagte Oltrogge und vertiefte sich wieder in seine Bücher.

&

«Und du bist tatsächlich mit dem jungen Fräulein ...?» Hendrik schüttelte verständnislos den Kopf, nachdem sein Sohn ihm von dem Vorfall in der Springeltwiete berichtet hatte. «Sören, Sören, Sören. Hattest du wenigstens eine Waffe mit?»

«Nein!» Sören steckte die Hände in die Hosentaschen und wanderte zwischen Martin und seinem Vater im Zimmer auf und ab. Er war sich selbst darüber im Klaren, dass sein Vorgehen dilettantisch gewesen war, und er hatte keine Lust, sich im Beisein von Martin von seinem Vater zurechtweisen zu lassen. «Was habt ihr herausgefunden?», fragte er, um das Gespräch auf ein anderes Thema zu lenken.

«Nichts!», sagte Martin. «Crasemann kannte Eggers nur flüchtig, und über das damalige Angebot von Dannemann konnte er mir auch nichts Konkretes mitteilen.»

Hendrik schüttelte den Kopf. «Von meiner Seite gibt es auch nichts, was uns weiterhilft», erklärte er. «Sloman gehört der Dolch jedenfalls nicht.» Er knetete nachdenklich seine Unterlippe. «Da war irgendwas in der Springeltwiete ...», murmelte er vor sich hin. «Vor Jahren. Aber ich kann mich verdammt nochmal nicht erinnern ...»

«Lasst mich zusammenfassen», sagte Sören nach einer Weile und rieb sich die Nasenspitze. «Eggers hat die Grundstücke und Häuser vor vier Jahren erworben. Nicht einzeln und nacheinander, sondern alle auf einmal. Als Makler tritt Nicolaus Dierksen auf, ein Schwager von Gustav Dannemann. Dierksen und Dannemann besitzen im gleichen Viertel ebenfalls Häuser. Wie Oltrogge den Grundbüchern entnehmen konnte, haben Dierksen und Dannemann ihre Grundstücke aber bereits früher erworben. Außer Gottlieb Eggers, das hat Oltrogge inzwischen auch herausgefunden, haben noch acht weitere Kaffeehändler über Dierksen in der Gegend Grund und Boden erworben. Alle vor vier Jahren. Die Liste ist aber noch nicht vollständig.»

«Wir müssen sie auf jeden Fall alle verständigen und warnen», schob Martin ein. «Wenn der Mörder ...»

«Das hab ich anfangs auch gedacht», unterbrach Sören ihn. «Aber was ist mit Dierksen? Auf ihn hat es der Mörder scheinbar nicht abgesehen. Auf Lutteroth und Schnauff hingegen schon, obwohl beide dort keine Besitzungen haben.»

«Aber natürlich!», rief Hendrik plötzlich lauthals dazwischen. «Jetzt fällt's mir wieder ein. Wie war der Name, den der Mann dir gegenüber erwähnte?»

«Schüssler-Anna, oder so ähnlich.»

«Hmm, sagt mir nichts. Aber es war jedenfalls eine Frau!» Hendrik fuchtelte aufgeregt mit den Armen umher. «Das muss vor drei Jahren gewesen sein. Ich erinnere mich jetzt wieder an die Zeitungsberichte. Der Frau wurde die Kehle durchgeschnitten. Es gab sogar einen Verdächtigen. Aber das ist schon so lange her ...»

«Jetzt, wo Sie es sagen», meinte Martin. «Ich glaube mich auch erinnern zu können.»

«Und der Mord geschah in der Springeltwiete?», fragte Sören.

«Ganz bestimmt», erklärte sein Vater. «Und der Täter wurde nie gefasst, soweit ich weiß. Deswegen erinnere ich mich jetzt auch.»

☙

Als der Name der Straße fiel, war Constabler Weimann sofort im Bilde. Ja, vom Mord in der Springeltwiete hatte er gehört, auch wenn das Verbrechen schon einige Jahre zurücklag und er damals noch nicht im Dienst der Polizei gestanden hatte. Wenn der Fall nie aufgeklärt worden sei, so versicherte er, dann müssten die Unterlagen noch in der Wache zu finden sein, oder aber im Oberlandesgericht. Er versprach, sich sofort darum zu kümmern. Als Sören eine Stunde später die Polizeiwache an den Hütten betrat, empfing ihn Constabler Weimann freudestrahlend.

«Ihrem Gesichtsausdruck nach zu urteilen, darf ich vermuten, Sie haben die Akte?», fragte Sören.

Weimann deutete auf zwei verschnürte Pakete und reichte ihm eine Schere. «Lagen im Keller – ich wollte erst auf Sie warten.»

Sören zerschnitt die Bindfäden und begutachtete den Aktendeckel, auf dem in geschwungener Kanzleischrift «Mordfall Anna Schüssler» stand.

Er brauchte nur wenige Seiten umzublättern, um festzustellen, dass das Verbrechen an der Frau tatsächlich in dem Haus von Gottlieb Eggers stattgefunden hatte. Als er die Adresse verglich, schlug er sich mit der flachen Hand gegen die Stirn. War er so blind gewesen, als er vorhin mit Frieda von Ohlendorff vor dem Haus gestanden hatte, oder lag es nur daran, dass die Hausbezeichnung hier in der Akte in lateinischen Ziffern vermerkt war und nicht mit arabischen Zahlen wie im Grundbuch und an der Hauswand?

Springeltwiete VI, zweiter Gang links, Haus A.

Der Mord an Anna Schüssler wurde am 7. August 1883 entdeckt. Die Leiche der jungen Frau – Anna Schüssler war bei ihrem Tod erst 19 Jahre alt – war unbekleidet. Die medizinische Untersuchung ließ auf ein Notzuchtverbrechen schließen, wie Sören dem angehefteten Bericht entnahm.

Das zweite Aktenbündel beinhaltete die genauen Polizeiberichte. Nach Zeugenaussagen aus der Nachbarschaft konnte ein gewisser Peer Rüsel als mutmaßlicher Täter ermittelt werden. Rüsel war zuvor häufiger in dem Viertel beobachtet worden, wie er sich mit Gewalt Einlass zu mehreren Häusern verschaffte, allerdings ohne dass es zu irgendwelchen Anzeigen gekommen war. Trotz einer ausgedehnten Personenfahndung konnte Rüsel jedoch nicht dingbar gemacht werden, da er nach dem Verbrechen wie vom Erdboden verschluckt war. Sören stockte der Atem, als er weiterlas. Auch die Nachforschungen bei der Handelsfirma Eggers & Consorten, bei denen Rüsel als Quartiersmann gearbeitet hatte, brachten keine neuen Erkenntnisse und konnten nichts zur Verhaftung des Gesuchten beisteuern. Auf der letzten Seite der Akte war eine Fotografie von Peer Rüsel eingeklebt, und Sören glaubte seinen Augen nicht zu trauen. Das Gesicht war ihm wohl bekannt, auch wenn er Peer Rüsel nicht mit Vollbart kannte.

Sören schlug die Akte zu und starrte Constabler Weimann an. «Du meine Güte. Da hätte ich früher drauf kommen können!», rief er verärgert. «Jetzt wird mir so einiges klar.»

«Ich verstehe nicht ...», entgegnete Weimann und schaute hilflos auf die Akte.

«Dieser Fall ist erledigt!», sagte Sören entschieden und schlug mit der Hand auf den Aktendeckel. «Finden Sie heraus, ob es Angehörige von Anna Schüssler gibt! Einen Mann oder einen Bruder!» Ihm schwindelte, als er aufstand, und er musste sich sofort wieder setzen.

«Was ist denn?», fragte der Constabler. «Ist Ihnen nicht gut?»

«Doch, doch, es geht schon». Sören erhob sich abermals. «Es ist nur ...» Er legte eine Hand auf die Akte. «Wenn ich mit meiner Vermutung richtig liege, dann lebt ein Angehöriger von Anna Schüssler hier in der Stadt. Unternehmen Sie aber nichts, ohne mich vorher zu informieren.» Er wandte sich dem Ausgang zu, drehte sich aber kurz vor der Tür noch einmal um. «Und rufen Sie Arthur Lutteroth an!», bat er. «Er kann die Sergeanten vor seiner Tür nach Hause schicken.»

✂ Geständnis ✂

Als Sören von Constabler Weimann aus dem Bett geklingelt worden war, hatte er einen Freudenschrei nur mit Mühe unterdrücken können. Auch wenn es nach Stand der Dinge für einen endgültigen Triumph noch zu früh war, empfand er doch bereits eine unbeschreibliche Genugtuung. Die Jagd war zu Ende. Kurz vor Sonnenaufgang hatte der Constabler mit seinen Leuten zugeschlagen – in letzter Minute, wie sich nach der Verhaftung herausstellte. Wenige Stunden später hätte sich der Gesuchte an Bord des Dampfers *Lydia* befunden; auf dem Weg nach Indien.

Sören lenkte den Wagen in den Dammthorwall und trieb die Pferde zu schnellerem Trab an. Auch wenn er sich bereits ein Bild davon machen konnte, welches Motiv den schrecklichen Verbrechen zugrunde lag – es gab noch so viele offene Fragen, und Sören brannte darauf, dem Täter gegenüberzutreten und ihm in die Augen zu blicken.

Als er den Dragonerstall passierte, schimmerten die ersten Sonnenstrahlen durch den Valentinskamp und kündigten einen milden Septembertag an, aber Sören nahm es kaum wahr. Nur wenige Minuten Fahrt trennten ihn noch von der Wache Hütten, wo man den Verhafteten vorübergehend in einer Arrestzelle untergebracht hatte, bevor er im Laufe des Tages ins Untersuchungsgefängnis vor dem Holstenthore überführt würde. Sören hatte Constabler Weimann gebeten, mit der ersten Befragung bis zu seinem Eintreffen zu warten. Dann hatte er Bürgermeister Petersen und Senator Versmann telefonisch über den Fahndungserfolg und die Festnahme informiert und sich sofort auf den Weg zur Wache gemacht.

«Gratulation, Constabler.» Sören klopfte Weimann anerkennend auf die Schulter. «Wie wir vermutet haben?»

Weimann nickte. «Robert Max Schüssler. Mann der Anna Schüssler, geborene Nortrop.» Er machte eine kurze Pause. «Ich hätte Sie natürlich vorher informiert», erklärte er entschuldigend, «aber angesichts der Tatsache, dass Schüssler sich aus dem Staub machen wollte, dachte ich, es wäre angemessen, sofort zu reagieren.»

«Gut gemacht.» Sören nickte. «Wie haben Sie seinen Aufenthaltsort herausgefunden?»

«Ein Nachbar erzählte, Schüssler arbeite als Maschinist auf einem Indienfahrer und habe spät am Abend mit einem Seesack das Haus verlassen. Da war es nicht weiter schwer ...»

«Verstehe. Indien ... der Dolch ... es waren Schüsslers Initialen, nicht die von Slomann ... Und die Verhaftung?»

«Ohne Komplikationen», erklärte Weimann. «Als wir ihm den Grund der Verhaftung vortrugen, hat er nur genickt und gesagt, es gebe jetzt eh nichts mehr für ihn zu tun, oder so.»

«Er ist also geständig? Nun, was bleibt ihm bei der Indizienlast auch schon anderes übrig. Ist er unten?» Sören deutete zur Kellertreppe.

Weimann nickte. «Zelle eins. Ich hab ihn in Eisen legen lassen und zwei Sergeanten zur Beaufsichtigung abgestellt, aber er verhält sich völlig ruhig.»

&

«Robert Max Schüssler?» Sören hatte sich vorgenommen, die Befragung so unvoreingenommen wie möglich durchzuführen, aber jetzt, wo er dem mutmaßlichen Mörder gegenüberstand, hatte er doch Mühe, sich neutral und unbeeindruckt zu geben. Schüssler mochte Ende zwanzig sein, er war etwa so groß wie Sören und machte einen äußerst kräftigen Eindruck. Als er sich auf der Pritsche aufrichtete, zeichneten sich muskulöse Oberarme und eine Athletenbrust unter seinem Hemd ab. Er fuhr sich mit den aneinander geketteten Händen durch sein schwarz glänzendes Kraushaar und wischte sich den Schweiß aus den buschigen Augenbrauen über die Stirn. Dann machte er Anstalten, sich zu erheben, aber die Handfesseln, die an einem Wandhaken angeschlagen waren, hinderten ihn daran.

«Mein Name ist Bischop, und ich bin der ermittelnde Staatsanwalt. Sie wissen, was wir Ihnen zur Last legen?»

Schüssler nickte erneut und ließ sich zurück auf die Pritsche fallen.

«Wir beschuldigen Sie des mehrfachen Mordes – haben Sie dazu irgendetwas zu sagen?»

«Ich war's», sagte Schüssler ruhig und wandte den Blick ab.

«Sie gestehen also in vollem Umfang?», fragte Sören. «Sie wissen, dass Sie sich durch einen Advokaten verteidigen lassen können?»

«So was brauch ich nicht! Ich sag doch, ich war's!» Schüssler legte sich auf den Rücken, streckte sich auf der Pritsche aus und richtete seinen Blick gegen die Decke.

«Ich habe dennoch einige Fragen», erklärte Sören. «Sind Sie bereit, mir darauf zu antworten?» Er fühlte sich hin und her gerissen zwischen seiner Rolle als Staatsanwalt, der sich allein auf die Anklage zu konzentrieren hatte, und dem Bedürfnis nach vollständiger Aufklärung des Falls. Letzteres würde ihm aus der Position eines Strafverteidigers besser gelingen, davon war Sören felsenfest überzeugt. Schließlich offenbarte man sich einem Verteidiger eher als einem Ankläger, weil man sich Hoffnung darauf machen konnte, dass dieser einem zu einem milderen Strafmaß verhalf. Aber wie war das mit Schüssler? Der Mann war in vollem Umfang geständig, und was hätte Sören ihm bei mehrfachem Mord schon anbieten können? Dennoch hatte er so viele Fragen an den Mann, auf die er sich bislang keinen Reim machen konnte. Was war beispielsweise mit Dannemann? Warum hatte Schüssler Dannemann getötet, aber nicht Dierksen? Und was war mit Tobias Schnauff?

Robert Max Schüssler versuchte erneut, sich aufzurichten, und wurde abermals durch die Eisenkette an der Wand daran gehindert.

Sören warf den beiden Sergeanten, die vor der Tür Position bezogen hatten, einen Blick zu. «Abketten!», befahl er und erntete ungläubige Blicke. «Aber die Hände bleiben gefesselt!»

Der Sergeant öffnete das schwere Vorhängeschloss, mit dem die Handketten am Wandring befestigt waren, und Sören forderte Schüssler auf, sich auf den hölzernen Hocker zu setzen, der vor ihm am Tisch stand.

«Sie haben nichts mehr zu verlieren, das wissen Sie ja», sagte Sören, nachdem Schüssler Platz genommen hatte.

Schüssler legte die gefesselten Hände vor sich auf den Tisch. «Sie haben Recht. Ich habe nichts mehr zu verlieren – alles, was ich liebte, wurde mir genommen. Ich weiß, was mich erwartet, und ich sterbe mit der Genugtuung, dass alle Schuldigen ihre gerechte Strafe erhalten haben.»

«Aber warum das alles erst jetzt?»

«Ich war doch nicht hier! Ich war nicht hier, um Anna helfen zu können – ich war in Indien. Fast ein Jahr war ich auf Fahrt!!»

«Was ist damals vorgefallen?», fragte Sören.

Schüssler warf Sören einen zornigen Blick zu. «Das wissen Sie doch!», rief er wütend.

«So genau anscheinend nicht», antwortete Sören. «Warum zum Beispiel Dannemann?»

«Er hat Anna doch in dieses Haus gelockt!»

Sören wandte sich den beiden Sergeanten zu. «Könnten Sie uns bitte eine Karaffe Wasser und zwei Gläser bringen?» Er hatte außerdem bemerkt, dass die Fingerspitzen und Nägel von Schüsslers rechter Hand gelbbraun verfärbt waren. «Möchten Sie etwas rauchen?», fragte er.

«Gerne», erwiderte Schüssler dankbar.

«Und ein paar Zigaretten», rief Sören dem Sergeanten hinterher. Dann wandte er sich wieder seinem Gegenüber zu. «Erzählen Sie von Anfang an.»

«Gustav Dannemann war schon früher an uns herangetreten – er war ja in dieser Kommission, die ...»

«Schätzungskommission?», fragte Sören.

«Genau. Wir hatten ein kleines Häuschen an der Kibbeltwiete, und damals ging es ja darum, dass der Kehrwieder abgerissen werden sollte ...»

«Die Niederlegung wegen des Speicherbaus», unterbrach Sören.

«Ja, aber wir haben uns auf sein damaliges Angebot nicht eingelassen, weil wir vom Abriss gar nicht betroffen waren. Es sollten ja damals nur die östlichen Teile des Wandrahm niedergelegt werden.»

«Angebot? Was hat Dannemann Ihnen denn angeboten?»

Schüssler lächelte verbittert. «Er sagte uns, er besäße die Vollmacht über das Geld, was man von der Stadt erhalten würde, wenn einem das Haus abgerissen wird. Eben auf Grund dieser Kommission, für die er gearbeitet hat ... Er hat das auch anderen angeboten.»

«Was angeboten?»

«Dass man etwas mehr bekommt, wenn man ... wenn man zur Miete in bestimmte Häuser ziehen würde.»

Sören stützte die Ellenbogen auf den Tisch und legte seinen Kopf in die Hände. Da also lag der Hund begraben. Endlich begriff er: Dannemann, dieser ausgekochte Halunke, hatte seine Stellung in der Schätzungskommission also doch ausgenutzt, um sich durch die Expropriationsmaßnahmen zu bereichern. Nur deshalb hatte er den Handel mit maroden Häusern betrieben, um sich und den anderen Käufern durch die vertriebenen Bewohner des Kehrwieder-Wandrahm-Viertels eine Mietklientel zu sichern, denn diese Leute waren ja in erster Linie an einer innerstädtischen Lage und nur zweitrangig an der baulichen Qualität ihrer zukünftigen Unterkünfte interessiert. Aber wie hatte er das alles voraussehen können? «Dannemann hat Ihnen also eine höhere Ausgleichszahlung versprochen?»

Schüssler nickte. «Wollten wir aber nicht. Wir wollten in unserem Haus wohnen bleiben. Wir hatten ja alles, was wir brauchten – und außerdem hatte die Stadt gerade beschlossen ...»

«... den Kehrwieder nicht abzureißen ... Plan X.» Sören schüttelte ungläubig den Kopf.

Der Sergeant kam mit einer Wasserkaraffe und zwei Gläsern zurück, stellte beides auf den Tisch und legte eine Hand voll Zigaretten dazu. «Danke.» Sören reichte Schüssler eine Zigarette und entzündete ein Streichholz.

Gierig sog Schüssler den Rauch ein. «Drei Wochen nach dem Beschluss», setzte er fort, «bin ich nach Indien aufgebrochen – in der Gewissheit, alles bliebe beim Alten. Ich arbeite als Erster Maschinist auf einem großen Dampfer.» Sören nickte.

«Nach einem halben Jahr erhielt ich einen Brief von Anna. Sie schrieb mir, es würden nun doch alle Häuser auf dem Kehrwieder abgerissen, und Dannemann hätte ihr daraufhin erneut einen Besuch abgestattet. Er bot ihr die besagte Unterkunft in der Springeltwiete an. Notgedrungen ließ sie sich darauf ein, denn Dannemann versprach, dass wir durch seine wohlwollende Einschätzung ein hübsches Sümmchen mehr als Ausgleich erhalten würden. Leicht fiel ihr diese Entscheidung weiß Gott nicht. Kennen Sie die Gänge hinter der Springeltwiete? Da lebt der Abschaum!»

«Und der Eigentümer des Hauses war ...»

«Eggers!», fiel ihm Schüssler ins Wort. «Dieses geldgierige Schwein! Er hatte vertraglich eine Vorauszahlung von einer Jahresmiete verlangt. Das wäre auch kein Problem gewesen, denn der Mietzins, den er verlangte, war nicht sehr hoch, und wir sollten ja diese Ausgleichszahlung erhalten ... Sollten!»

«Haben Sie nicht?», fragte Sören erstaunt.

«Als ich zurückkehrte, war doch alles zu spät», erklärte Schüssler mit tränenerstickter Stimme. «Eggers hatte seinen Geldeintreiber geschickt, da man Anna mit der Auszahlung der Entschädigung hinhielt und sie die Miete nicht zahlen konnte. Er hat sie wohl nur aus Angst, dass seine und Dannemanns miese Geschäfte ans Licht kommen, nicht gleich vor die Tür gesetzt, sondern wollte sie mit diesem Geldeintreiber einschüchtern.»

«... der sie dann umgebracht hat.»

«Erst hat er sich an Anna vergangen, dann hat er ihr die Kehle durchgeschnitten.» Schüsslers Gesichtszüge waren schmerzverzerrt. «Wissen Sie, Anna war eine sehr schöne Frau ...» Tränen liefen nun über seine Wangen und verfingen sich in seinen Bartstoppeln. «Aber ich habe den Namen dieses Geldeintreibers herausbekommen!»

«Peer Rüsel – alias Otto Lüser!»

«Er hat sich verkrochen, hat sein Aussehen und seinen Namen geändert, aber ich habe ihn dennoch gefunden. Sie können mir glauben, es war mir ein Vergnügen, als ich ihn nach mehr als einem Jahr der Suche endlich vor mir hatte ...» Schüsslers Augen funkelten auf einmal zornig auf, und Sören konnte sich vorstellen, welcher unglaubliche Hass den Mann vor ihm getrieben hatte. Schüssler zerbröselte den Rest der Zigarette zwischen Daumen und Zeigefinger – die heiße Glut schien er gar nicht zu spüren.

«Und warum Schnauff?», fragte Sören nach einer kurzen Pause, denn die Rolle, die Tobias Schnauff in dem ganzen Szenario zufiel, war ihm völlig unklar.

Schüssler blickte ihn teilnahmslos an; dann zuckte er mit den Schultern. «Ich habe natürlich davon gelesen», meinte er mit leiser Stimme. «Erst dachte ich an einen schlechten Scherz. Aber ob Sie mir das nun glauben oder nicht: Ich habe mit dem Mord an diesem Schnauff nichts zu tun. Darf ich?» Er zeigte auf die Zigaretten.

Sören nickte und schob ein Päckchen Streichhölzer über den Tisch. «Wer wird Ihnen das glauben? Niemand!»

Schüsslers Gesicht verschwand hinter einer bläulichen Rauchwolke. «Das ist mir völlig egal», meinte er und warf das Päckchen zurück auf den Tisch.

Sören warf Schüssler einen prüfenden Blick zu. «Mann!», rief er schließlich, «Sie haben nichts mehr zu verlieren. Es wird für Sie keinen Unterschied machen, ob Sie drei oder vier Menschenleben ausgelöscht haben! Das Schwert des Scharfrichters ist Ihnen sicher!»

«Ebendeshalb», antwortete Schüssler mit ruhiger Stimme. «Ich habe keinen Grund, Sie anzulügen. Ich kannte diesen Schnauff überhaupt nicht. Ich war's nicht.»

«Tobias Schnauff hatte dieselben Schnitte im Gesicht», sagte Sören und warf das Päckchen Streichhölzer nervös von einer Hand in die andere. «Sie wollen mir doch nicht weismachen, dass es einen zweiten Messerstecher in der Stadt gibt.»

«Das ist mir, ehrlich gesagt, ziemlich egal.» Schüssler setzte eine belustigte Miene auf. «Für mich kann's jedenfalls nicht mehr schlimmer kommen. Wer weiß, vielleicht gibt es ja noch mehr Tote – dann habe ich zumindest ein gutes Alibi.»

«Lassen Sie die Sprüche», entgegnete Sören ernst. «Hier geht es um Mord.»

Schüssler drückte kalt lächelnd die Zigarette auf der Tischplatte aus und machte Anstalten, sich zu erheben. Sofort sprang einer der beiden Sergeanten zum Tisch und packte ihn an der Handkette.

«Keine Angst», beruhigte ihn Schüssler. «Ich bin ein friedfertiger Mensch.» Nachdem die Handkette wieder am Mauerhaken befestigt worden war, legte er sich auf die Pritsche und starrte lethargisch gegen die Decke. «Mehr sage ich jetzt nicht. Lassen Sie mich allein!»

Sören schüttelte nachdenklich den Kopf, erhob sich und verließ den Raum. Aus dem Mann würde er nichts mehr herausbekommen, das war klar. Sören war ohnehin erstaunt, wie kooperativ sich Schüssler gezeigt hatte. Oder hatte sich der Mann bloß seine Sünden von der Seele reden wollen? Die Geschichte, die er Sören soeben erzählt hatte, war bedrückend genug. Für das, was ihm und seiner Frau angetan worden war, hatte er blutige Rache genommen, und nun hatte er mit sich und der Welt abgeschlossen. Also konnte es für ihn eigentlich keinen Grund geben, den Mord an Tobias Schnauff nicht zu gestehen – es sei denn ... Ja, es sei denn, er trug für dieses Verbrechen tatsächlich keine Verantwortung. Nachdenklich stieg Sören die Kellertreppe nach oben.

&

«Meinen Glückwunsch, Bischop!» Senator Versmann stand neben Constabler Weimann und streckte Sören die Hand entgegen. «Habe ich mich also für den richtigen Mann entschieden!», fügte er mit einem strahlenden Lächeln hinzu.

«Das wird sich noch zeigen», entgegnete Sören.

«Na, na. Nun mal nicht so bescheiden ... Erzählen Sie mir bitte alles genau. Ich habe nämlich keine Lust, bis zur Verfassung der Anklageschrift zu warten.»

«Tja.» Sören senkte den Kopf. «Es gibt da leider noch ein kleines Problem, Herr Senator ...»

✑ Ein heißes Eisen ✑

Der Großbaum wechselte mit einer solchen Wucht von der einen auf die andere Bugseite, dass ein unachtsames Crewmitglied ohne weiteres geköpft worden wäre. Aber Sören hatte seine Leute eindringlich vor den Gefahren dieses Manövers gewarnt. Alle duckten sich wie verabredet und pressten ihre Körper auf die Decksplanken. Die Großschot rauschte mit einem surrenden Pfeifton über die Rollen, bis der Baum auf der Backbordseite kurz vor den hinteren Wanten zum Stehen kam. Das Segel füllte sich wieder mit Wind und blähte sich auf der anderen Seite des Bootes in seine ursprüngliche Form. Außer einem starken Ruck und einem kurzen Aufkrängen des Schiffskörpers geschah nichts – das Boot lag sofort wieder auf Kurs, und Sören war erstaunt, dass er im Manöver der Schifte kaum Gegenruder zu geben brauchte.

«Klasse, Jungs! So muss das laufen!», rief er, und ein zufriedenes Lächeln huschte über seine Lippen, als er die Pinne langsam wieder von sich wegdrückte, um das Boot erneut auf Raumschotkurs zu dirigieren. Seit drei Tagen war das Boot segelfertig, und Sören hatte seither keine Minute verstreichen lassen, ohne auf dem Wasser zu sein. Zwei Tage bei mittleren Winden, und heute blies es bestimmt mit über sechs Beaufort. Ideale Übungsbedingungen, wie Sören fand, schließlich wollte er die Eigentümlichkeiten des Schiffes nicht nur bei jeder Windstärke erkunden, sondern musste sich auch ein Bild von seiner Mannschaft machen – es galt unter mehr als dreißig Anwärtern die richtigen Leute zu finden, die sich trotz der Vorgabe, dass für die Zeit des Trainings keine Heuer gezahlt würde, auf seinen Aufruf hin gemeldet hatten. Für den Fall eines Sieges hatte Adi Woermann fünfzig Mark Siegprämie pro Nase in Aussicht gestellt – dementsprechend hoch war die Motivation.

Sören war mit den Laufeigenschaften des Bootes bei achterlichen Winden rundum zufrieden. Die neuartige Konstruktion schien sich zu bewähren. Dass der Rumpf bei Amwind-Kursen sehr stark aufkrängte, war allerdings gewöhnungsbedürftig – vor allem, weil ihm die Segel bei der Neigung vom Ruderstand aus die Sicht verdeckten. Dann hieß es, alle Mann, die nicht an den Schoten gebraucht wurden, auf die Luvkante, um der Krängung möglichst viel Gewicht entgegenzusetzen. Bei dichtgeholten Segeln bog sich der Großbaum gefährlich weit durch, und Sören wollte das Risiko eines Materialbruchs auf jeden Fall vermeiden. Obwohl ihm Jonas versichert hatte, das Holz würde halten, lotete er die maximale Höhe, die das Schiff laufen konnte, bei der vorherrschenden Brise nicht aus. Auch mit den Manövern unter Spinnaker, wie das große Ballonsegel hieß, das man bei achterlichen Winden an einem zusätzlichen Baum querab ausstellen konnte, wollte er warten, bis sich der Wind wieder gelegt hatte. Bis zur Regatta blieb noch genug Zeit zum Trainieren, was Sören durchaus zuversichtlich stimmte.

Da die Nachforschungen im Mordfall Schnauff ins Stocken geraten waren, empfand Sören die Zeit auf dem Wasser als willkommene Abwechslung. Trotzdem ging ihm die Sache nicht aus dem Kopf, vor allem weil Bürgermeister Petersen und Senator Versmann, wie viele andere bis hin zum Präsidenten des Oberlandesgerichts, Sieveking, Sörens Vermutung, für den Mord an Schnauff müsse jemand anderes verantwortlich sein, keinen Glauben schenkten. Schüssler konnte für die Tatzeit kein Alibi vorweisen; das reichte ihrer Meinung nach aus, da die Indizienlast erdrückend war. Aber solange man Sören vonseiten des Senats nicht den Rang des ermittelnden Staatsanwalts entzog, konnte ihn niemand dazu zwingen, das Verbrechen an Schnauff in die Anklageschrift gegen Robert Max Schüssler mit aufzunehmen. Dass er nach wie vor mit der Angelegenheit betraut war, deutete Sören als Signal dafür, dass man ihm zumindest noch einen kurzen Zeitraum gewähren wollte, um seiner Vermutung gegebenenfalls Beweise folgen zu lassen. Und genau dort lag der Hund begraben.

Selbst Martin bezweifelte inzwischen Sörens Verdacht, den der ihm in nächtelangen Gesprächen zu vermitteln versucht hatte, dass es nämlich ebenso gut noch einen weiteren Täter geben könne, der die bestialische Mordmethode von Schüssler übernommen hatte, um die Hintergründe des Mordes an Tobias Schnauff zu verschleiern. Lediglich Hendrik teilte Sörens Vermutung, wusste aber auch keinen Rat, was die Beweislage betraf. Gemeinsam hatten sie sich nochmal die Fotografien der Ermordeten vorgenommen und waren zu dem Ergebnis gekommen, dass die Schnitte in Schnauffs Gesicht nicht unabdingbar der Form einer römischen Sechs entsprachen. Natürlich gab es gewisse Ähnlichkeiten, was die Strichfolge betraf, aber genauso gut hätte die Ähnlichkeit zufällig sein können. Außerdem hatte der Mörder Schnauff nicht, wie Schüssler es bei seinen Opfern getan hatte, die Kehle durchgeschnitten, sondern in die Halsschlagader gestochen. Allein diese Abweichung – Schüssler hatte mit seinem Vorgehen einen weiteren Hinweis auf das Verbrechen an seiner Frau liefern wollen – genügte Sören, um auf einen anderen Täter zu schließen. Aber wer konnte einen Grund gehabt haben? Sören war nochmals alle Aufträge, die Tobias Schnauff vor seinem Tod bearbeitet hatte, systematisch durchgegangen. Er hatte der Elbschloss-Brauerei einen Besuch abgestattet und mit dem für die dortigen Kältemaschinen verantwortlichen Techniker gesprochen, hatte das Gutachten und die Ergebnisse der Materialprüfung, die Schnauff für die Baudeputation erstellt hatte, gewälzt – alles ergebnislos. Das Einzige, was Sören noch blieb, war das Handbuch von Burmester – und die Anzahl der darin aufgeführten Namen ließ eine systematische Arbeit wie die Suche nach einer Nadel im Heuhaufen erscheinen.

&

Hendrik ließ sich schwerfällig auf der hölzernen Bank zwischen Treppenpodest und Paternoster nieder und verfolgte nachdenklich das scheinbar endlose Auf und Ab der einzelnen Kabinen, die sich mit einem gleichmäßig rumpelnden Geräusch ihren Weg durch den Fahrstuhlschacht bahnten. Im Takt der vorbeiziehenden Kabinen berührte die eiserne Hülse an der Spitze seines Gehstocks die steinernen Fliesen und erzeugte bei jeder Bodenberührung ein helles Klacken. Es war Mittagszeit, und in der zentralen Treppenhalle des Dovenhofs herrschte gähnende Leere. Genauso unbelebt mussten die Korridore hier am Tag des Verbrechens gewesen sein, als die Anwesenden vom hinteren Lichthof in die Lokalität geströmt waren, um sich eine gute Startposition am Büfett zu sichern. Hendrik versuchte sich die damalige Situation zu vergegenwärtigen. Die Sache ließ ihm keine Ruhe.

Nach allem, was Sören von Oberingenieur Meyer erfahren hatte, gab es guten Grund zu der Vermutung, dass Tobias Schnauff am Tag der Einweihung nur deswegen anwesend war, weil er annahm, Meyer, dem er etwas mitteilen wollte, sei ebenfalls anwesend. Er wusste nicht, dass der Oberingenieur wegen eines kurzfristig angesetzten Termins an den Feierlichkeiten nicht teilnehmen konnte. Wenn Schnauff, was nicht sicher war, den Festreden im hinteren Lichthof beigewohnt hatte, dann musste er sich vom zeitlichen Ablauf her direkt danach in den Keller begeben haben, wo das Verbrechen geschehen war. Was hatte er im Keller des Hauses zu suchen gehabt? Hatte er sich dort mit seinem Mörder verabredet oder hatte man ihm dort aufgelauert? Wenn Ersteres zutraf, dann musste Hendrik die Möglichkeit in Betracht ziehen, dass Schnauff seinen Mörder entweder gut gekannt hatte oder dass der Täter ihn mit einem überzeugenden Grund in den Keller locken konnte. Andererseits bestand auch die Möglichkeit, dass er seinem Opfer gefolgt war. Wenn er Schnauff hingegen im Keller aufgelauert hatte, dann musste er gewusst haben, dass sein Opfer diesen Ort aufsuchen würde.

Die spätere Durchsuchung von Schnauffs Wohnung ließ darauf schließen, dass der Mann etwas besaß, was für den Mörder von großer Bedeutung war. Stand diese Sache vielleicht sogar im Zusammenhang mit dem, was Schnauff Meyer mitteilen wollte? Vielleicht wollte er dem Oberingenieur auch etwas aushändigen, das den Täter in irgendeiner Weise belastete?

Hendrik stieß einen Seufzer aus. Sein Gedankenspiel setzte voraus, dass der Mörder von der geplanten Zusammenkunft zwischen Schnauff und Meyer Kenntnis hatte, und das wiederum bedeutete, dass er entweder von Meyer oder von Schnauff selbst darüber informiert worden war. Was den Tathergang betraf, half diese Erkenntnis Hendrik jedoch nicht weiter. Er stützte sich auf seinen Stock und erhob sich. Für einen Augenblick betrachtete er das Wunderwerk der Technik – das Betreten der Kabine kostete ihn immer noch Überwindung –, dann machte er einen beherzten Schritt, und der Boden unter seinen Füßen trug ihn ein Stockwerk tiefer hinab in den Keller.

Hendrik inspizierte den Boden. Von Blutresten war natürlich keine Spur mehr, die Putzfrauen hatten ganze Arbeit geleistet. Er richtete seinen Blick auf die Türen am Korridor, dann betätigte er die Drehschelle an der Wohnungstür des Kastellans, die sich gleich zu seiner Linken befand. Da die Pförtnerloge unbesetzt gewesen war, hegte

Hendrik die Hoffnung, den Hausmeister hier unten anzutreffen.

«Alle Räume?» Der Hausmeister blickte Hendrik entgeistert an. «Was versprechen Sie sich davon?»

«Ich möchte nur sichergehen, dass man nichts übersehen hat.»

«Na gut, wenn Sie darauf bestehen ... Eigentlich müsste ich den Herrn Ohlendorff ja davon in Kenntnis setzen.
Da kann ja sonst jeder kommen.» Der Hausmeister machte ein missmutiges Gesicht.

«Und an einer unbesetzten Hausmeisterloge vorbei ins
Gebäude spazieren ...»

Deutlicher brauchte Hendrik nicht zu werden. Der Kastellan fühlte sich zu Recht ertappt. Die Hauspuschen, die
er trug, und die Butterstulle, die er hinter seinem Rücken
zu verstecken suchte, ließen ihm keine andere Wahl, als
Hendriks Aufforderung ohne bürokratisches Prozedere
nachzukommen. «Einen Moment bitte. Ich muss mir nur
kurz die Schuhe anziehen.»

&

Nachdem Hendrik den Heizungs- und Kesselraum in Augenschein genommen hatte, warf er einen skeptischen
Blick auf den Schlüssel, mit dem der Hausmeister hinter
ihnen die Tür wieder verriegelte. «Ist das ein einfacher
Vierkant?», fragte er.

«Reicht doch», erklärte der Kastellan. «Hier im Keller
sind ja nur die Betriebs- und Lagerräume. Da werden keine kostbaren Dinge aufbewahrt. Die Kontore haben natürlich alle Schmiedeschlösser ...»

«Also kann hier unten jeder, der einen Vierkantschlüs-
sel besitzt, in die Räume?»

Der Hausmeister nickte. «So ist es.» Er öffnete einen
Verschlag und deutete auf die dahinter befindlichen Rega-

le. «Aber ich möchte bezweifeln, dass hier jemand einbricht, um Toilettenpapier zu stehlen.»

«Und was ist mit den elektrischen Lampen?» Hendrik zeigte auf ein Regal, in dem Hunderte von gläsernen Glühkolben lagerten. «Die sind doch bestimmt sehr teuer.»

Der Kastellan zuckte mit den Schultern. «Meinen Sie wirklich, jemand, der in seinem Haus eine teure elektrische Lichtanlage hat, muss die Glühkolben dafür stehlen?»

«Gelegenheit macht Diebe», meinte Hendrik. «Gehen wir weiter.» Er hatte keine Lust, sich mit dem Hausmeister darüber zu streiten, aus welch geringem Anlass sich Menschen zu Straftaten jeglicher Art verleiten ließen.

«Das hier ist die zentrale elektrische Versorgung.» Der Hausmeister öffnete eine weitere Tür und griff zum Lichtschalter. «Der Bereich der Hochspannung ist gesondert gesichert. Da dürfen wir nicht hinein.» Er zeigte auf einen Teil des Raumes, der durch ein hohes Drahtgitter abgetrennt war. «Die Sicherungen und Notschalter befinden sich hier neben der Tür, damit ich die Anlage bei einer Störung jederzeit ausschalten kann.»

Hendrik blickte sich interessiert um, wagte sich aber nicht tiefer in den Raum hinein. Das konstante Brummen, das aus allen Ecken zu kommen schien, hatte etwas Bedrohliches, und Hendrik verstand nichts von Elektrizität. Er wusste nur so viel, dass man jederzeit von einem tödlichen Schlag getroffen werden konnte, wenn man bestimmte Teile berührte.

«Die anderen Räume stehen noch leer», entgegnete der Kastellan, nachdem Hendrik sich nach den weiteren Türen am Ende des Korridors erkundigt hatte.

«Ich möchte trotzdem einen Blick hineinwerfen», bat er.

«Das sind die zukünftigen Betriebsräume des Postamtes», erklärte der Hausmeister und öffnete die erste Tür.

«Wenn das Postamt im Freihafen fertig ist, wird hier die Sortier- und Versandstelle eingerichtet werden. Wie Sie sehen, ist noch alles leer.» Er deutete auf eine breite Tür in der hinteren Ecke des Raumes. «Wir können auch hier weitergehen.»

Hendrik folgte dem Hausmeister. Die Räume waren bis auf einige Tische und Regale, die man hier anscheinend untergestellt hatte, tatsächlich völlig leer. Obwohl der Bau erst vor kurzer Zeit fertig gestellt worden war, roch es moderig. Ein plötzlich zischendes Rauschen, so als ob etwas über ihren Köpfen hinwegflöge, ließ Hendrik erschrocken zusammenfahren.

«Keine Angst, das ist nur die Hauspost.» Der Kastellan wies auf ein beindickes Rohr, das sich an der Raumdecke entlangschlängelte.

«Hauspost?»

«Eine Rohrpost», erklärte der Hausmeister. «Die Rohre laufen durch das ganze Haus, und man kann seine Post in Kartuschen von jedem Kontor aus an jedes beliebige Ziel im Haus schicken – auch zum Postamt, das einen eigenen Verteiler besitzt, um die Briefpost von außerhalb an die einzelnen Adressaten zu senden. Die Kartuschen werden durch Druckluft transportiert.»

«Sind das die Kartuschen?», fragte Hendrik und deutete auf mehrere eiserne Zylinder, die vor einem schrankartigen Gebilde mit einer runden Klappe und mehreren Stellrädern aufgereiht waren. «Die erscheinen mir viel zu groß für das Rohr.»

Der Hausmeister schüttelte den Kopf. «Das sind die Postkartuschen für Briefe und kleine Pakete, welche zukünftig zum Postamt auf dem Kehrwieder und wieder hierher zurückgeschickt werden. Die sausen blitzschnell unter dem Zollcanal hindurch. Praktisch, nicht wahr?»

«Also auch eine Rohrpost?»

«Sicher.» Der Hausmeister nickte. «Aber etwas größer

dimensioniert und nicht verzweigt wie hier im Haus. Die Rohrpost wird ja nur zwischen dem hiesigen Postamt und dem drüben im Freihafen verkehren.»

«Die Anlage ist also noch nicht betriebsbereit?», fragte Hendrik und nahm den eisernen Kasten näher in Augenschein.

«Schon. Aber was heißt betriebsbereit?» Der Kastellan lachte auf. «Das Postamt drüben auf der anderen Seite steht ja noch nicht!»

Hendrik machte ein nachdenkliches Gesicht und schraubte den Deckel von einer Kartusche ab. «Was sagen denn die Zollbestimmungen dazu? Schließlich können mit diesem System doch Waren vom Zollausland in die Stadt transportiert werden, ohne dass den Zollbeamten die Möglichkeit der Kontrolle gegeben ist.» Hendrik schraubte nacheinander alle Zylinder auf, aber sie waren allesamt leer.

«Zollbestimmungen? Na, da bin ich überfragt.» Der Kastellan zuckte mit den Schultern. «Mich interessiert nur, ob's funktioniert. Wenn nicht, muss ich die Techniker verständigen, die die Anlage eingebaut haben.»

Hendrik kniff in Gedanken versunken die Augen zusammen und strich sich mit den Fingerspitzen über die Nasenflügel. «Also ... wenn ich diese Kartusche da jetzt reinstecke», meinte er nach einer Weile, «dann würde sie lossausen?»

«Das will ich doch hoffen. Die Rohrpost wird mit dem gleichen Drucksystem betrieben wie die hiesige Hauspost. – Sie müssen nur die Klappe schließen und diesen Hebel für die Druckzufuhr umlegen ... und ab geht die Post.»

&

«Und du meinst, Tobias Schnauff könne mit dieser Rohrpost etwas abgeschickt haben?», fragte Sören, nachdem ihm sein Vater von seiner Entdeckung berichtet hatte.

«Zumindest sollten wir diese Möglichkeit in Betracht ziehen», meinte Hendrik. «Man kann davon ausgehen, dass ein Sachverständiger der Feuerkasse, der häufiger mit Überprüfungen vor Ort beschäftigt ist, einen simplen Vierkant bei sich trägt. Erinnerst du dich noch, ob man bei Schnauffs Sachen einen solchen Schlüssel gefunden hat?»

«Das müsste im Protokoll stehen», meinte Sören. «Ich werde das gleich überprüfen.»

«Das hat Zeit», entgegnete Hendrik. «Hast du eine Ahnung, wie weit der Bau des Postamtes auf dem Kehrwieder schon fortgeschritten ist?»

«Als ich mit Oberingenieur Meyer dort entlanggegangen bin – das war vor etwas mehr als zwei Wochen –, war alles noch eine riesige Baustelle. Soweit mir bekannt ist, soll das Postamt zusammen mit einem großen Staatsspeicher und einer Zollabfertigungsstelle an der Ecke Kehrwieder und Auf dem Sande gebaut werden.» Sören presste die Lippen aufeinander. «Du hast Recht», meinte er schließlich. «Wir verständigen Oberingenieur Meyer und fahren gemeinsam zur Baustelle. Er wird ja wohl wissen, wo sich da die Rohrpostanlage befindet. Wenn die Anlage im Dovenhof schon betriebsbereit ist, dann müssten die Rohre ja gelegt sein.»

«Ich glaube, das wäre unklug …»

«Was meinst du?»

«Franz Andreas Meyer oder sonst jemanden zu verständigen.»

Sören runzelte die Stirn. «Glaubst du vielleicht, er hat etwas … – Also, das kann ich mir nicht vorstellen. Er selbst hat mir doch erzählt, dass Schnauff ihn sprechen wollte.»

Hendrik blickte seinen Sohn ernst an. «Hast du sein Alibi überprüft?», fragte er.

Sören schüttelte schweigend den Kopf. Sein Vater hatte natürlich Recht. Bevor sie sich keine Gewissheit darüber verschafft hatten, ob Schnauff tatsächlich etwas mit dieser

Rohrpost abgeschickt hatte, durften sie mit niemandem darüber sprechen, denn wenn dem so war, dann bestand durchaus die Möglichkeit, dass man ihnen zuvorkam. «Gut», meinte er schließlich. «Wir schauen uns die Sache am besten gleich an.»

&

Die Bauarbeiten Auf dem Sande waren noch nicht viel weiter fortgeschritten. Wie es den Anschein hatte, waren die Arbeiter gerade damit beschäftigt, die Auflager für das Stützensystem auf der Decke des fertig gestellten Kellergeschosses vorzubereiten. An anderer Stelle hatte man damit begonnen, die steinernen Sockel für die Außenwände aufzumauern. Vorsichtig stiegen Sören und Hendrik über die Schlagschnüre, die an kleinen hölzernen Pflöcken zwischen den Auflagern gespannt waren und die spätere Grundfläche des Speichers in ein geometrisches Muster teilten. Sören ließ sich vom Vorarbeiter eine Petroleumlampe aushändigen, und nachdem man eine provisorische hölzerne Luke geöffnet hatte, stiegen sie gemeinsam eine steinerne Treppe zu den Gewölben des künftigen Postamtes hinab.

«Dor is noch nich vie to sein», meinte der Polier, als er Sören und Hendrik den Weg durch die Gewölbe wies.

«Macht nix! Wir interessieren uns eigentlich nur für die Anlage der späteren Rohrpost», erklärte Sören und hielt sich dicht hinter dem Mann.

«Wat dat'n?», fragte der Polier.

«Ein großes Rohr, durch das später die Post von hier zu einem Postamt außerhalb des Freihafens transportiert wird», erklärte Sören.

Der Mann hielt inne, hob die Laterne und schaute Sören an. «So?», meinte er ungläubig und schüttelte den Kopf, während er seinen Weg fortsetzte. «Wat dat nich all'ns nich gibt ...»

«Wahrscheinlich steht die Anlage irgendwo in Richtung Brook oder Zollcanal», sagte Sören. Er hatte in den dunklen Gängen des Kellers völlig die Orientierung verloren.

«Da schau einer an», staunte der Vorarbeiter, als sie nach mehreren Schlenkern tatsächlich vor einem großen eisernen Kasten standen, dessen Aussehen genau der Anlage im Dovenhof entsprach.

«Weißt du, wie man das öffnet?», fragte Sören seinen Vater.

Hendrik schob einen eisernen Sperrriegel beiseite und zog die runde Klappe auf. «So», antwortete er, griff in das Rohr und zog einen eisernen Zylinder heraus.

«Donnerlittchen!» Sören pfiff anerkennend durch die Zähne, während sein Vater die Kartusche auf dem Boden abstellte.

«Glück gehabt!» Hendrik deutete auf den Schraubdeckel. «Aufmachen überlass ich dir!»

Der Polier hielt die Laterne in die Höhe. «Da war scha wohl'n fleissiescher Posteljon anne Arbeit. Ha'm dat Hus noch nich fertich, unne Post is all dor!»

Sören zog eine kleine Mappe mit mehreren losen Blättern aus der Kartusche.

«Und?», fragte sein Vater, während Sörens Blick im schummrigen Licht der Laterne über die Zeilen huschte. «Was ist es?»

«Ein ganz heißes Eisen», erklärte Sören. «Im wahrsten Sinne des Wortes. Da wird uns Oberingenieur Meyer aber eine Menge zu erklären haben.»

&

«Das ist eine Katastrophe!» Franz Andreas Meyer ließ die Mappe sinken und blickte Sören und Hendrik entsetzt an. «Wo in Gottes Namen haben Sie das her?»

«Das ...»

«... ist momentan nicht so wichtig!», unterbrach Hendrik seinen Sohn. «Dieses Dokument ist jedenfalls der Grund, warum Tobias Schnauff Sie unbedingt sprechen wollte.»

«Hätte er doch etwas gesagt ...» Oberingenieur Meyer schüttelte nachdenklich den Kopf. «Wenn er nur etwas gesagt hätte ...»

«Und aller Wahrscheinlichkeit auch der Grund, warum er ermordet wurde», ergänzte Sören. «Wie Sie ja selbst gelesen haben, ist dem Bericht ein persönliches Schreiben von Schnauff an Sie beigefügt. Dem Inhalt nach hatte Tobias Schnauff wohl den Verdacht, dass jemand hier in der Deputation die Angelegenheit zu verantworten hat, und deshalb wollte er Sie persönlich informieren. – Aber bevor wir uns jetzt irgendwelchen Spekulationen hingeben, möchte ich Sie bitten, uns erst einmal genau darzulegen, was es mit den Gutachten und diesem Bericht auf sich hat. Wir sind keine Fachleute, was die Normen von Eisenkonstruktionen betrifft, und darum geht es ja wohl.»

«Es ist unfassbar», sagte Meyer, immer noch ganz erschüttert. «Ich kann mir überhaupt nicht vorstellen, wie das geschehen konnte. Wenn mir diese Informationen vor der Submissionsausschreibung bekannt gewesen wären, hätte ich den Auftrag niemals vergeben.»

«Aber wie aus den Unterlagen hervorgeht, ist genau das Schmiedeeisen, das Schnauff dem Materialprüfungsamt in Berlin vorlegt hat, dort bereits im April vor einem Jahr untersucht worden. Damaliger Auftraggeber war die Firma Philipp Holzmann & Cie. aus Frankfurt.»

«Das ist es ja, was ich nicht verstehe», erklärte Meyer händeringend. «Aus dem Gutachten geht eindeutig hervor, dass das Material nur eingeschränkte Feuerfestigkeit aufweist. Die angegebenen Werte ...» Meyer nahm die Mappe zur Hand und blätterte auf die entsprechende Seite. «Hier steht es: Die Versuche ergaben bei einer vorgegebenen Last von einer Tonne Gewicht eine deutliche Materialverformung nach der Dauer von vierzig Minuten.»

«Was heißt das genau?», fragte Hendrik.

«Das heißt, bei einem Brand würden die eisernen Stützen der Hitze nur vierzig Minuten lang standhalten. Danach würden sie sich erst verformen und später schmelzen, was letztendlich zur Folge hätte, dass spätestens dann die ganze Konstruktion wie ein Kartenhaus zusammenfallen würde.» Meyer machte einen schweren Atemzug. «Ich muss sofort Ingenieur Franke davon unterrichten …»

«Sie werden vorerst niemanden unterrichten!», erklärte Sören. «Wer ist Franke?»

«Franke ist hier im Ingenieurwesen für die Vorgaben der Brandsicherheitsprüfung zuständig. Ich muss ihn fragen, warum Holzmann uns das Gutachten des Materialprüfungsamtes vorenthalten hat, schließlich hat Franke im letzten Jahr auch die Submissionseingänge gegengezeichnet. Das heißt, er war dafür verantwortlich, dass bei den Ausführungsvorschlägen der Bewerber die Brandsicherheit gewährleistet ist.»

«Das heißt, Sie haben die Unterlagen der Bewerber nicht selbst geprüft?»

«Doch, doch. Aber natürlich nicht in allen Details. Was glauben Sie, was bei solchen Submissionen für eine Flut von Plänen über das Ingenieurwesen hereinbricht, wenn die Firmen ihre Angebote einreichen. Dann muss ich mich darauf verlassen können, dass meine Mitarbeiter in ihren Abteilungen sehr gewissenhaft vorgehen.»

«Hmm.» Sören rieb sich nachdenklich die Nasenspitze. «Würde es Ihnen sehr viele Umstände bereiten, wenn Sie sich kurz davon überzeugen könnten, ob dem Ingenieurwesen dieses Gutachten tatsächlich vorenthalten wurde?»

«Worauf willst du hinaus?», fragte Hendrik und blickte Sören prüfend an.

«Ich habe da so einen Verdacht», antwortete Sören und warf Meyer einen auffordernden Blick zu.

«Sie meinen die Submissionsunterlagen zu Block O?», fragte Oberingenieur Meyer. «Ja, die habe ich bis auf die Pläne noch hier, weil die ersten Entwürfe zu einer Zeit eingereicht wurden, als es die Freihafen-Lagerhaus-Gesellschaft noch nicht gab. Jetzt ist natürlich das dortige technische Büro für die Entwürfe zuständig, obwohl die Submissionen natürlich immer noch dem Ingenieurwesen unterstehen.» Meyer ging zu einem Regal und zog mehrere Ordner hervor. «Statik und Brandsicherheit», sagte er schließlich. «Unter diesem Deckel hätte es abgeheftet ...» – Er stockte mitten im Satz. «Jetzt verstehe ich gar nichts mehr», erklärte er überrascht und entnahm dem Ordner einige Seiten.

«Lassen Sie mich raten», meinte Sören. «Das Gutachten wurde von Ingenieur Franke gegengezeichnet?»

Meyer nickte. «Aber dann hätte er doch ...»

«... auf die möglichen Gefahren hinweisen müssen?» Sören warf seinem Vater einen langen Blick zu. «Hat er aber nicht – fragt sich also, warum?»

«Ein Fehler», erklärte Meyer entschuldigend. «Das kann jedem mal passieren. Wahrscheinlich hat Franke die angegebenen Werte falsch gedeutet. Die Empfehlungen und Normen des Vereins deutscher Eisenhüttenleute wurden erst in diesem Jahr herausgegeben ... Zugegeben, auch ohne die Normen hätte Franke die Gefahr erkennen müssen. Wahrscheinlich hat er sich – wie wir alle anfangs – vom grandiosen Vorschlag der Firma Holzmann blenden lassen.»

«Was war denn so grandios an dem Vorschlag?», fragte Sören.

«Na ja, die Firma Philipp Holzmann hat eben die Konstruktion mit innenliegendem Tragewerk vorgeschlagen. Die Fassadenmauern dienen dem Gebäude nur noch als

Mantel. Das war bei unserer Entscheidung letztendlich ausschlaggebend, da im Inneren der Speicher durch das filigrane Strebewerk wesentlich mehr Nutzraum zur Verfügung steht. Dazu kam dann natürlich der Kostenfaktor. Die vorliegende Konstruktion ist, verglichen mit der Massivbauweise, nicht nur stabiler und schneller zu errichten, sondern auch erheblich kostengünstiger.»

«Bis auf den kleinen Pferdefuß, die Feuersicherheit», erklärte Sören.

«Da würde ein kleines Entgegenkommen vonseiten der Baufirma sicher nicht so ins Gewicht fallen», sagte Hendrik. Er hatte natürlich begriffen, welchen Verdacht Sören hegte.

«Wollen Sie etwa behaupten, Franke ...? Das ist absurd!», erklärte Meyer. «Er mag ja in letzter Zeit etwas überarbeitet sein, aber ...»

«Wieso das?», unterbrach ihn Sören.

«Ach.» Meyer lächelte gequält. «Vor einiger Zeit hat er zwei Abnahmetermine auf der Baustelle durcheinander bekommen – das war schon ärgerlich. Vor allem, weil ich natürlich die Herren von der Feuerkasse hinzubestellt hatte. Tja, da standen wir dann etwas belämmert und konnten den Arbeitern beim Decken des Dachs zuschauen.»

«Das war nicht zufällig der Tag, an dem Sie ursprünglich an der Einweihung des Dovenhofs teilnehmen wollten?», fragte Sören interessiert.

Der Oberingenieur machte ein nachdenkliches Gesicht. «Also wenn Sie mich so fragen ... Doch. Das war der Tag.»

«Und Ingenieur Franke? War er auch anwesend?»

«Er kam später hinzu und hat sich für sein Versehen entschuldigt», erklärte Meyer.

Hendrik und Sören blickten sich an. «Dann müssten wir jetzt nur noch wissen, ob Franke darüber unterrichtet war, dass Tobias Schnauff am Tag des Mordes hier angerufen hat und Sie im Dovenhof treffen wollte?», sagte Hendrik.

«Herr Vermehren – quasi meine rechte Hand hier in der Deputation – hat damals das Telefonat entgegengenommen. Ich kann mir durchaus vorstellen, dass er auch Franke von dem Anruf erzählt hat, schließlich wusste Vermehren, dass Schnauff mit den feuertechnischen Untersuchungen vonseiten der Feuerkasse betraut war. Wir hatten ihn ja kurz zuvor mit dem Gutachten über die Eigenschaften neuester Flusseisen betraut. Und auch in dem Bereich ist Franke natürlich unser Fachmann ...»

&

«Und Sie meinen tatsächlich, Frankes Zerstreutheit könne in Wirklichkeit durch Entlohnung der Firma Holzmann zustande gekommen sein?», fragte Franz Andreas Meyer, nachdem Sören und Hendrik ihm ihren Verdacht dargelegt hatten.

«Nennen Sie das Kind ruhig beim Namen», sagte Sören grimmig. «Das Vergehen heißt Bestechung und setzt natürlich Bestechlichkeit voraus. Bei der Summe, welche die Firma Holzmann durch die Auftragsvergabe von der Stadt erhält, dürfte ein kleines Entgegenkommen an eine einzelne Person bei der Kalkulation nicht weiter ins Gewicht fallen. Natürlich hat man sich vonseiten der Baufirma abgesichert und kann sich bei eventuellen Streitereien dahinter verschanzen, dass ein entsprechendes Gutachten ja den Bewerbungsunterlagen beigefügt wurde. Das Risiko liegt ganz bei demjenigen, der sich bestechen ließ. Ein vorsätzliches Vergehen wird man der Firma also kaum nachweisen können. Die Verantwortung für die Einhaltung baulicher Vorschriften und für die entsprechenden Verträge mit den Versicherungs-Assekuranzen liegt ja bei Ihrer Deputation.» Sören blickte Meyer durchdringend an. «Aber wenn Sie entschuldigen – das alles interessiert mich im Moment nur marginal. Wir sind hier, um einen Mordfall

aufzuklären. Und es sieht ganz so aus, als könnte Ihr Mitarbeiter Franke unser Mann sein.»

«Sie wollen ihn verhören?»

«Nein. Wir werden die Angelegenheit abkürzen, und
dazu brauchen wir Ihre Hilfe.»

«Meine?», fragte Meyer überrascht. «Ich wüsste nicht,
wie ich Ihnen da helfen kann.»

«Da unser Verdacht gegen Franke nur auf Vermutungen
beruht, brauchen wir einen wirklichen Beweis. Und der
beste Beweis ist, wenn man jemanden auf frischer Tat ertappt.»

Meyer blickte Sören entsetzt an.

«Ich werde Ihnen genau erklären, was Sie zu tun haben.»

&

«Immer noch nichts», seufzte Constabler Weimann im
Flüsterton. Seit mehr als drei Stunden harrten sie bereits
in der Dunkelheit aus, und langsam schliefen ihm die
Füße ein. Obwohl draußen noch immer sommerliche Temperaturen herrschten, war es im Keller des zukünftigen
Postamtes auf dem Kehrwieder empfindlich kühl. Sie hatten in der hintersten Ecke des Gewölbes in einer Wandnische Stellung bezogen und ihr Versteck, das sie mit Blick
auf die Rohrpostanlage gewählt hatten, sorgsam mit Brettern getarnt. Obwohl jeder von ihnen eine Lampe mitge-
nommen hatte, wagten sie nicht, die Laternen zu entzün-
den. Sören wollte kein Risiko eingehen, schon der Geruch
des Petroleums hätte sie verraten können.

«Ich kann nur hoffen, dass er den Köder geschluckt
hat.» Sören rieb sich die Hände, die vor Anspannung und
Nervosität schweißnass waren. Hoffentlich war Oberingenieur Meyer kein Fehler unterlaufen.

«Und wenn er Verdacht geschöpft hat?»

«Wenn es wirklich so ist, wie wir vermuten, dann wird er sich auf dem schnellsten Wege hierher begeben. Vorausgesetzt, er ist unser Mann, dann steht für ihn zu viel auf dem Spiel, um untätig zu bleiben. Außerdem scheint er völlig skrupellos zu sein, schließlich hat der Mörder nach der Tat auch die Wohnung des Opfers durchsucht, obwohl durchaus die Gefahr bestand, dort der Polizei in die Arme zu laufen. Franke scheint, wenn er es denn war, nicht genau zu wissen, was das für Dokumente sind, die Schnauff Meyer überreichen wollte. Wahrscheinlich nimmt er aber an, dass sein Name darin auftaucht ...»

«Wie lange wollen wir hier warten?»

Mechanisch zog Sören seine Taschenuhr aus der Weste, ließ sie aber sofort zurückgleiten. Es war viel zu dunkel, als dass er das Zifferblatt hätte erkennen können. Wenn ihn sein Zeitgefühl nicht täuschte, dann war es etwa zehn Uhr. Die Regatta sollte mit Fall der Zeitballanlage auf dem Kaiserquaispeicher beginnen. Demnach blieben ihm noch zwei Stunden. Ein mulmiges Gefühl überkam ihn, langsam begann er daran zu zweifeln, dass sie auf dem richtigen Weg waren. Aber er konnte die Aktion jetzt nicht einfach abbrechen. Was war, wenn er Franke beim Hinausgehen über den Weg lief? Oberingenieur Meyer hatte alle verantwortlichen Ingenieure und Inspektoren der betreffenden Bauabteilung für sieben Uhr morgens zur Besprechung zusammengerufen, und Sören konnte nur hoffen, dass die Sitzung sich nicht endlos in die Länge gezogen hatte. Das Ganze sollte so unauffällig wie möglich ablaufen, daher hatte man sich an den üblichen Turnus der internen Sitzungen gehalten. Meyers Auftrag war dabei recht einfach. Er sollte im Beisein von Ingenieur Franke den möglichen Bau einer Rohrpostanlage zwischen den einzelnen Zollabfertigungen im Freihafen nach dem Vorbild der bereits bestehenden und funktionsfähigen Anlage zwischen Dovenhof und Poststelle im Freihafen zur Sprache bringen. Wenn es so war, wie Sören vermutete, dann musste Franke in diesem Moment ein Licht aufgehen, wo er nach dem belastenden Papier zu suchen hatte. Sören wusste zwar nicht, was sich wirklich im Keller des Dovenhofs abgespielt hatte, aber wenn Franke Schnauffs Mörder war, dann würde er sich die Gelegenheit nicht entgehen lassen, die Anlage zu überprüfen.

Aus der Ferne vernahm Sören das dumpfe Hämmern einer Dampframme. Der Boden übertrug die Erschütterung bis hierher. Doch da war noch etwas anderes zu hören.

Sören versetzte Constabler Weimann einen sanften Stoß. «Psst! Da kommt jemand!», flüsterte er. Sie hielten den Atem an. Das leise Klicken klang wie Donnern in ihren Ohren. Constabler Weimann hatte den Hahn seiner Pistole gespannt. Die Schritte kamen näher. Sören konnte inzwischen deutlich das Knirschen von kleinen Steinchen unter harten Ledersohlen heraushören. Kleine Schweißperlen liefen ihm über die Stirn und verfingen sich in seinen Augenbrauen. Der Widerhall der Schritte schien sich für einen Moment zu entfernen, dann war vom Gang her der schwache Lichtschein einer Laterne zu erkennen. Sören presste sich gegen die Wand. Durch einen Spalt zwischen den Brettern konnte er erkennen, wie sich der Raum langsam mit Licht füllte. Seine Augen hatten sich durch die stundenlange Dunkelheit an die Finsternis gewöhnt, und Sören fühlte sich in diesem Augenblick überlegen wie eine Katze, die in der Nacht ihrer Beute auflauert.

Die Gestalt ging zielstrebig auf den eisernen Kasten der Rohrpost zu, hielt einen kurzen Augenblick lang inne und schaute sich prüfend im Raum um, sodass Sören das Gesicht erkennen konnte. Kein Zweifel: Es war Ingenieur Franke. Sören schlug das Herz bis zum Hemdkragen. Franke kehrte ihnen den Rücken zu und inspizierte den Mechanismus der Anlage. Nachdem er die Klappe entriegelt hatte, öffnete er das Rohr und zog die eiserne Kartusche heraus, die Sören wieder an ihren ursprünglichen Platz zurückgelegt hatte. Franke stellte seine Laterne auf dem Boden ab und machte sich daran, die Kartusche aufzuschrauben.

Noch ein kurzer Augenblick, dann würde er der Wahrheit ins Gesicht blicken. Sören sah den Lauf von Weimanns Pistole neben sich aufblitzen. Mit einer Handbewegung gab er dem Constabler zu verstehen, sich noch einen Moment zu gedulden, dann durchschnitt ein verzweifelter Aufschrei die lastende Stille.

Sören und Weimann, die Pistole vor sich im Anschlag, stürmten aus ihrem Versteck. Franke machte keine Anstalten, die Flucht zu ergreifen. Regungslos stand er vor ihnen und blickte wie versteinert auf das, was er der Kartusche entnommen hatte. Es war die Fotografie des toten Tobias Schnauff, die er in seinen Händen hielt.

Sören holte tief Luft. Erst jetzt wurde ihm bewusst, wie angespannt er während der letzten Wochen gewesen war. «Heinrich Franke! Im Namen des Gesetzes und kraft meines Amtes als Staatsanwalt verhafte ich Sie hiermit wegen des Mordes an Tobias Schnauff!»

&

«Du brauchst dich gar nicht zu beeilen», rief Adolph Woermann ihm entgegen, als Sören kurz vor zwölf den Anleger an den Vorsetzen erreicht hatte. «Der Sultan sitzt mit O'Swald vor Finkenwerder auf einer Sandbank fest. Sie haben vor etwa einer halben Stunde einen Dampfschlepper losgeschickt, aber ich möchte bezweifeln, dass sie es noch bis zur verabredeten Startzeit schaffen werden, das Boot wieder freizubekommen und flottzukriegen ...» Adi Woermann runzelte die Stirn, während er auf seine Uhr blickte. «Nach meiner Uhr bleiben ihnen noch sieben Minuten.»

«Was soll das heißen?», meinte Sören außer Atem. «Unter diesen Umständen wirst du doch wohl nicht auf der Startzeit bestehen wollen?»

«Aber sicher doch. Wenn O'Swald nicht antritt, hat er die Regatta natürlich verloren.»

Sören zog verärgert die Augenbrauen zusammen. «Was heißt hier: nicht antritt? Er wird sich etwas verspäten. Was mir übrigens auch fast passiert wäre ...» Es ärgerte ihn, dass Adi nicht einmal nach dem Grund seines späten Erscheinens gefragt hatte. Nun, er würde es schon noch früh genug erfahren. Sören wandte sich dem Boot zu, das längsseits am Anleger lag und in den Wellen des Wassers vor sich hin dümpelte. «Du wolltest doch einen sportlichen Wettkampf», sagte er zu Adi und musterte seine Mannschaft, die sich in Reih und Glied vor dem Boot aufgestellt hatte. Wie verabredet trugen alle Mann helles Leinen. Sören zwinkerte Jonas zu, der ihn erwartungsvoll anblickte. «Soweit ich mich erinnere, besagt das verabredete Reglement doch, dass das Schiff, das nach Rundung der Tonne Lühesand zuerst wieder die Startlinie passiert, gewonnen hat?» Er vergewisserte sich mit einem Blick aufs Wasser, ob von O'Swalds Boot schon etwas zu sehen war, was nicht der Fall war.

«Den Vorsprung wird er aber nicht mehr einholen können. Wahrscheinlich bist du wieder im Ziel, wenn er gerade die Startlinie passiert hat.» Adi steckte die Hände in seine Westentaschen, reckte den Hals und wippte zufrieden auf den Hacken hin und her.

«Wenn du dir da mal nicht zu sicher bist», sagte Sören. «Ich habe den Sultan zwei Tage lang beobachten können. Sein Kutter ist durchaus konkurrenzfähig. – Allerdings bin ich der Meinung, dass wir besser sind!» Dann fiel sein Blick auf Martin, der bei Heinrich von Ohlendorff und dessen Tochter Frieda stand. «Du entschuldigst mich einen Augenblick?»

«Ich gebe dir genau zehn Minuten, um dich umzuziehen», sagte Sören zu Martin, nachdem er Ohlendorff und seine Tochter begrüßt hatte. «Du erinnerst dich, was du zu tun versprochen hast, wenn ich in puncto Schnauff Recht behalten sollte? – Schüssler hat mit dem Mord an Tobias Schnauff tatsächlich nichts zu tun gehabt. Es war ein Nachahmungstäter. Wir haben ihn vor zwei Stunden verhaftet!»

Sören konnte ein verschmitztes Grinsen nicht unterdrücken. Es würde das erste Mal sein, dass Freund Martin ein Segelboot betrat. «Lass dir von Jonas Dinklage passende Kleidung und entsprechendes Schuhwerk geben …»

«Wer war es denn?», fragte Martin neugierig.

«Das erzähle ich dir auf dem Wasser.»

«Ich bin jetzt schon seekrank», Martin schüttelte verdrießlich den Kopf. «Aber gut: Versprochen ist versprochen.»

«Meine Tochter lässt sich entschuldigen», sagte Heinrich von Ohlendorff, nachdem Martin sich entfernt hatte. «Ein kleines Missgeschick beim Ausreiten …»

«Ich hoffe doch sehr, es ist nichts Ernstes?», fragte Sören besorgt. «Natürlich hätte ich Ihnen davon erzählt», entschuldigte er sich sogleich. «Aber ich habe nicht angenommen, dass es Ihrer Tochter wirklich Ernst damit sein könnte, hier mitzusegeln …»

«Da kennen Sie aber meine Gertrud schlecht», erwiderte Ohlendorff aufgeräumt. «Nein, es ist nichts Ernstes.»

«Ich hab ihr bloß erklärt, was ein Smutje ist», mischte sich Frieda von Ohlendorff ein.

«Frieda! So ein vorlautes Geplapper ziemt sich nicht.» Ohlendorff warf Sören einen entschuldigenden Blick zu.

Sören lächelte verlegen, dann erblickte er inmitten der illustren Zuschauerschar, die sich inzwischen an den Vorsetzen eingefunden hatte, um dem Spektakel dieser Regatta beizuwohnen, Senator Versmann, der sich mit raschen Schritten auf sie zubewegte.

«Ich bin soeben von Senator Hachmann und Oberingenieur Meyer über die Geschehnisse informiert worden», flüsterte er Sören zu, nachdem er Ohlendorff und dessen Tochter flüchtig begrüßt hatte. «Das ist ja wirklich ein starkes Stück. Meyer teilte mir mit, er müsse den Bau weiterer Speicher nun einer gründlichen Revision unterziehen und wisse noch nicht, ob das Einfluss auf die termingerechte Fertigstellung haben könne. Außerdem stellt sich natürlich die Frage, ob die Versicherungs-Assekuranzen die bestehenden Verträge weiterhin akzeptieren werden oder ob man die Policen aufgrund der veränderten Sachlage vielleicht für nichtig erklären wird. Können Sie sich vorstellen, was da für Kosten auf die Stadt zukommen? Was werden die Aktionäre der Freihafen-Lagerhaus-Gesellschaft sagen? Und wenn ich an den Zollanschluss in zwei Jahren denke, dann … Sind Sie sich wirklich absolut sicher, was Franke betrifft?»

Sören nickte. Genau so etwas hatte er erwartet – wenn auch nicht von Versmann. Aber in dem Augenblick, wo finanzielle Einbußen zu erwarten waren, wo Regressansprüche gegenüber der Stadt oder stadtnahen Unternehmungen zu erwarten waren, bekam sein Fahndungserfolg aus dem Blickwinkel der Stadtoberen natürlich ein anderes Aussehen. «Ich bin mir absolut sicher», entgegnete er. «Franke hat das Gutachten zurückgehalten, die Unterlagen trotzdem abgezeichnet und das Projekt für brandtechnisch unbedenklich erklärt. Daraufhin ging der Auftrag an die Firma Holzmann. Als Tobias Schnauff das Gutachten über die Flusseisen erstellte, musste er das Material mit dem bislang verwendeten Schmiedeeisen vergleichen. Im Prüfungsamt in Berlin erfuhr er dann, dass ebendieses Material vor über einem Jahr dort bereits getestet worden, und wenn auch nicht als ungeeignet, so doch als bedenklich eingestuft worden war. Schnauff handelte zwar im Auftrag des Ingenieurwesens, aber er vertrat natürlich auch die Interessen der Feuerkasse, für die er arbeitete. Also betrieb er Nachforschungen, warum die Feuerkasse die Gebäude trotz des bedenklich eingestuften Materials versichert hat. Früher oder später musste er entdecken, dass gegenüber der Brandsicherheit nicht mit offenen Karten gespielt wurde. Also wollte er den seiner Meinung nach Verantwortlichen, Oberingenieur Meyer, daraufhin ansprechen. Fatalerweise hatte Ingenieur Franke inzwischen mitbekommen, dass Schnauff ihm auf die Schliche gekommen war. Durch Zufall erfuhr Franke davon, dass Schnauff Meyer bei der Einweihung des Dovenhofs treffen wollte, und arrangierte es, dass er selbst und nicht Meyer dort anwesend war. Was sich im Keller des Dovenhofs genau abgespielt hat, weiß ich noch nicht. Vielleicht hat Franke Schnauff bei der Veranstaltung angesprochen und sich als Vertreter von Meyer ausgegeben, woraufhin Schnauff Verdacht geschöpft hat. Denkbar wäre auch, dass er versucht hat, Schnauff zu überreden, die Angelegenheit unter den Tisch fallen zu lassen. Vielleicht hat er ihm auch Schweigegeld angeboten. Möglicherweise ahnte Schnauff aber auch bereits, wer hinter der ganzen Sache steckte. Er kannte Franke schließlich. Und als er ihn dann im Dovenhof sah, hat er es mit der Angst bekommen. Ich weiß es noch nicht. Jedenfalls hat Tobias Schnauff die Unterlagen, die er Meyer zuspielen wollte, noch rechtzeitig in Sicherheit bringen können – eben mit der schon betriebsbereiten Rohrpostanlage zum zukünftigen Postamt auf dem Kehrwieder. Danach wurde er von Franke, der ihm wahrscheinlich bis in den Keller gefolgt war, ermordet. Franke wird angenommen haben, er könne die Hintergründe des Verbrechens verschleiern, indem er Schnauff verunstaltete, wie es Schüssler bis dahin mit seinen Opfern getan hatte, und die Leiche in den Paternoster schleppte, um in der Aufregung ungesehen verschwinden zu können.»

«Werden Sie das alles beweisen können?», fragte Versmann.

«Das Einzige, was ich nicht werde beweisen können, ist, dass Franke von der bauausführenden Firma Bestechungsgelder erhalten hat. Aber warum sollte er das Gutachten sonst verschwiegen haben? Als Antwort darauf fiele mir nur ein, dass er anderenfalls im Auftrage des Ingenieurwesens, also der Stadt selbst gehandelt haben müsste. Und ich kann mir nicht vorstellen, wer daran interessiert sein sollte, dass ich meine Nachforschungen in diese Richtung ausweite …»

Versmann schürzte die Lippen.

«Außerdem bleibt erst einmal abzuwarten», setzte Sören fort, «was Ingenieur Franke selbst dazu sagen wird. Er wird sein Tun gewiss zu verteidigen versuchen. An der Mordanklage wird das jedoch nichts ändern!»

«Zu der es nicht kommen wird!», erklärte Senator Versmann.

«Wie bitte?», rief Sören erschrocken. «Warum das?»

«Ich dachte, Sie wüssten bereits davon», entgegnete der Senator. «Ingenieur Franke hat sich im Untersuchungsgefängnis selbst gerichtet und sich am Fensterkreuz seiner Zelle erhängt … Senator Hachmann hat mich vor wenigen Minuten von dem Vorfall in Kenntnis gesetzt.»

Sören blickte Senator Versmann entsetzt an. Dann biss er sich auf die Unterlippe und wandte sich ab.

«Bischop! Wohin gehen Sie?», rief ihm Senator Versmann hinterher.

«Ich?», murmelte Sören wie zu sich selbst, «ich habe meinen Teil getan. Ich gehe jetzt segeln.»

✑ *Epilog* ✑

*W*ie der Leser des «Toten im Fleet» und des «Eisernen Wals» bereits ahnt, ist die Handlung der «roten Stadt» alles andere als frei erfunden. Auch im vorliegenden Buch orientiert sich der Autor ausschließlich an wahren historischen Begebenheiten … Ausschließlich? Nein! Eine kleine Gruppe fiktiver Gestalten und ein paar erdachte Vorkommnisse haben sich auch im Jahre 1886 wieder in die Hamburger Stadtgeschichte eingeschlichen: Sören, Hendrik und Clara Bischop sind genauso wie Martin Hellwege und dessen Mitarbeiter, Miss Sutton, Jens Düsterhoff und Claas Oltrogge, erfunden. Einen Werftbesitzer Jonas Dinklage und eine Kanzlei Daniel & Johns hat es nach Wissen des Autors ebenso wenig gegeben wie die Polizisten Weimann und Prötz oder den Makler Nicolaus Dierksen. Auch Anna und Robert Max Schüssler, Ingenieur Franke, der Kaffeehändler Gottlieb Eggers sowie Gustav Dannemann, Otto Lüser alias Peer Rüsel und Tobias Schnauff sind Produkte der Phantasie. Alle anderen Ähnlichkeiten mit damals lebenden Personen sind vom Autor durchaus beabsichtigt. Und auch das gesellschaftliche Leben der Stadt hat sich in den beschriebenen Formen abgespielt. Die 1789 *zum Zwecke der geselligen Vereinigung und Unterhaltung* gegründete Gesellschaft «Harmonie» beispielsweise, deren Gebäude an den Großen Bleichen im Krieg zerstört wurde, besteht noch heute und ist damit eine der ältesten Hamburger Logen.

Bereits im Jahre 1880 stellten die Kaffeehändler Rudolf G. A. Crasemann (1841–1929) und Robert Eduard Julius Mestern (1843–1892) einen Forderungskatalog auf, in dem für den Zollanschluss Hamburgs eine angemessene Kostenbeteiligung durch das Reich gefordert wurde. Crasemann war von 1880 bis 1907 Mitglied der Bürgerschaft, bis 1918 Mitglied der Handelskammer und nach 1896 im Aufsichtsrat der HFLG *(Hamburger Freihafen-Lagerhaus-Gesellschaft)*. Mestern gehörte der Bürgerschaft von 1874 bis zu seinem Tode an. Außerdem war er Mitglied der Deputation für Handel und Schifffahrt, von 1885 bis 1888 Präses der Handelskammer und im Aufsichtsrat der HFLG, der Vereinsbank und der Hapag.

Im Oktober des gleichen Jahres wandten sich 32 Hamburger Kaufleute (genannt Anschlüssler) unter der Führung von John Berenberg-Gossler (1839–1913) schriftlich an Reichskanzler Bismarck und signalisierten ihr Interesse am Zollanschluss Hamburgs, *damit Hamburgs Lebensinteressen dauerhaft gewahrt bleiben und die Handelsstellung der Hansestadt gesichert werden sollte*. Zu den Unterzeichnern gehörte neben den Brüdern Ohlendorff auch Jaques Emile Louis Alexandre Nölting (1812–1899), Mitbegründer und stellvertretender Vorsitzender im Verwaltungsrat der *Commerz- und Disconto-Bank*, der sich bereits vorher für den Ausbau des Hamburger Hafens (Steinwerder Projekt) stark gemacht hatte.

Am 25. Mai 1881 unterzeichneten Johannes Versmann und William Henry O'Swald als Bevollmächtigte Hamburgs den Beschluss über die Bedingungen des Anschlusses Hamburgs an das Deutsche Zollgebiet in Berlin. Johannes Georg Andreas Versmann (1820–1899) war seit 1861 Senator. Er hatte sich bereits sehr früh mit Überlegungen bezüglich des Zollanschlusses beschäftigt, da er die Zollvereinsniederlage an der Sternschanze als Provisorium ansah. Auch die Anlage des Zollkanals bezog er schon ab 1866 in seine Überlegungen mit ein. Zu einer ersten Audienz beim Reichskanzler kam es im Sommer 1867, und bereits im darauf folgenden Jahr standen für Versmann alle späteren Verhandlungspunkte fest. Versmann war Mitglied der Senatskommission von 1881 sowie der 1883 eingesetzten Ausführungskommission und war zusammen mit Carl Friedrich Petersen (1809–1892) und Johannes Christian Eugen Lehmann (1826–1901) die treibende Kraft für die termingerechte Fertigstellung der Zollanschlussbauten im Jahre 1888.

Es bleibt Spekulation, inwieweit Versmann dafür gesorgt hat, dass die Senatoren, die sich öffentlich gegen den Bau der Speicherstadt auf der Kehrwieder-Wandrahm-Insel ausgesprochen hatten, in den dafür entscheidungsrelevanten Gremien keinen Platz mehr erhielten. An erster Stelle sei hier Senator Gustav Heinrich Kirchenpauer (1808–1887) genannt, der sich in der Folgezeit bis zu seinem Tod vor allem als Förderer des Volksschulwesens in Hamburg verdient machte. Auch der Finanzexperte Johann Georg Mönckeberg (1839–1908), der 1876 ins Senatsamt berufen und wenig später Präses der Finanzdeputation wurde, war ab 1883, nachdem er zwar für den Zollanschluss, aber gegen den Abriss des Kehrwieder votiert hatte, in keiner Kommission mehr vertreten. Als Rechtsbeistand und Aufsichtsratsmitglied der *Berlin-Hamburger Eisenbahn-Gesellschaft* hatte er sich kurze Zeit zuvor für die Verlegung des Hafens auf das südliche Elbufer nach Steinwerder ausgesprochen. Johann Friedrich Thomas Stahmer (1819–1896), Senator seit 1875, langjähriger Präses der Deputation für Handel, Schifffahrt und Gewerbe sowie Präses der 2. Sektion der Baudeputation und somit Vorgesetzter von Christian Johann Nehls (1841–1897), der 1876 zum Nachfolger von Wasserbaudirektor Dalmann ernannt worden war, hatte sich als Mitglied der Senatskommission von 1881 gegen das Wandrahmprojekt ausgesprochen und eine Verlagerung der Speicherstadt auf die Veddel vorgeschlagen – auch Stahmer war danach in keiner

Kommission mehr vertreten. Einzig Octavio Hermann Schroeder (1822–1903), Senator von 1869 bis 1884 und als Präses der Finanzdeputation Vorgänger von Mönckeberg, wurde für den Zollanschluss noch einmal nominiert: als Finanzdeputierter in der Kommission für freihändige Grundstücksankäufe der Abrissgebiete.

Unter den Gegnern des Wandrahm-Projektes, die kein Senatsamt innehatten, tat sich in erster Linie Robert Miles Sloman (1812–1900) hervor. Von 1863 bis 1878 war der Kaufmann und Reeder als Mitglied der Bürgerschaft in der Deputation für Handel und Schifffahrt und von 1871 bis 1885 in der Finanzdeputation vertreten. Sloman knüpfte 1882 an die Kritiken des Ingenieurs Franz August Fölsch (1824–1894?) an, der neben technischen Bedenken insbesondere Spekulation und Bauschwindel befürchtet hatte. Vor allem die ungeheuren Dimensionen und die sozialen Folgen der Niederlegung wurden von Sloman thematisiert. Als alternativen Bauplatz zum Wandrahm schlug er den Großen Grasbrook vor. Als Vorsitzender einer gemeinnützigen Baugesellschaft hatte Sloman 1878 mit dem Bau einer Arbeitersiedlung auf der Veddel begonnen. Außerdem war er zusammen mit dem Finanzdeputierten, Mitglied der Handelskammer und Direktor der *Darlehenskasse von 1866* Gustav Adolf Schön (1834–1889), seit 1872 im Vorstand der *Cuxhavener Eisenbahn-, Dampfschiff- und Hafen-Actien-Gesellschaft*, die bis 1882 bestand und den Bau eines Hafens in Cuxhaven finanzieren sollte. An letzter Stelle der prominenten Gegner sei hier noch auf Georg Rudolph Westendarp (1842–1902) verwiesen, der 1882 ein spektakuläres Tunnelprojekt ausarbeitete, um die linke Elbuferseite zu erschließen. 1872 hatte der Privatingenieur, der in erster Linie Brauereien entwarf (Holsten, Bavaria), im Auftrag von Mönckeberg und Nölting die Pläne für Hafenbassins, Kaianlagen und Speicher für deren Steinwerder-Projekt angefertigt, und 1883/84 war er Mitglied eines

Konsortiums, das eine Freihafen-Lagerhaus-Gesellschaft aus Privatgeldern errichten wollte.

Die sozialen Bedenken, die Sloman in den Mittelpunkt seiner Kritik gestellt hatte, beschäftigten auch Senator Versmann. Im Herbst 1882 versuchte er gegenüber dem damaligen Präses der Baudeputation, Werner von Melle (1853–1937), entsprechende Vorwürfe gegen das Speicherstadt-Projekt mit dem Hinweis darauf zu entkräften, dass nach Plan X ja zuerst die Kaufmannsviertel auf der Wandrahminsel von der Niederlegung betroffen seien und die Arbeiterquartiere auf dem Kehrwieder vorerst verschont bleiben würden. Kurze Zeit später stellte Arthur Lutteroth (1846–1912), seit 1880 Präses der Handelskammer und treibende Kraft für den Bau der Speicherstadt auf der Kehrwieder-Wandrahm-Insel (Projekt VI a), zusammen mit 51 Gesinnungsgenossen den Antrag zur Gesamtniederlegung des Viertels. Im Januar 1883 verunglückte Senator Versmann auf seiner Haustreppe und verletzte sich so schwer, dass er sich für fast ein Jahr aus der Öffentlichkeit zurückzog. In den zuständigen Kommissionen und Gremien wurde er während dieser Zeit von Senator William Henry O'Swald (1832–1923) vertreten.

Zusammen mit seinem Bruder Albrecht Percy (1831–1899) hielt O'Swald ein riesiges Firmen- und Handelsimperium in Ostafrika. Bereits 1849 hatten sie in Zanzibar die ersten Niederlassungen gegründet. Es folgten 1870 Nossibe und 1875 Tamatave auf Madagaskar. Der Reichtum der Familie gründete unter anderem auf dem so genannten Kauri-Handel. Die seltene Kaurischnecke (fälschlich auch Kaurimuschel genannt) galt bis Ende der siebziger Jahre des 19. Jahrhunderts als alleiniges Zahlungs- und Tauschmittel unter den afrikanischen Stämmen. Nachdem ein Frachtsegler der Hamburger Firma Adolph Jacob Hertz zufällig riesige Vorkommen der kostbaren Schnecke auf einem abgelegenen Riff entdeckt hatte, nutzten auch andere Hamburger Handelsfirmen das «geheime» Reservoir, um in Afrika *gute Geschäfte* zu machen. Die Firma O'Swald spezialisierte sich dabei unter anderem auf den Ankauf von Gewürznelken. Im Jahre 1886 unternahmen die O'Swalds auch Versuche mit dem Plantagenanbau von Kautschuk. Den Posten des Generalkonsuls von Zanzibar nahmen die Brüder O'Swald wechselweise ein. Albrecht Percy O'Swald bekleidete außerdem Aufsichtsratsposten bei der Seemannschule, der *Deutschen Bank*, der *Deutschen Dampfschiffreederei*, der *Hamburg-Amerika Linie* und der *Commerz- und Disconto-Bank*.

An der gegenüberliegenden afrikanischen Küste residierte Adolph (Adi) Woermann (1847–1911), einziger Sohn von Carl Woermann (1813–1880), mit einem entsprechenden Handelsimperium. Als Mitglied der Hamburger Bürgerschaft und Fürsprecher der Niederlegung des Kehrwieder-Wandrahm-Viertels (Projekt VI a) war der «King of Hamburg» auch Mitglied der Ausführungskommission von 1883. Seine Vorschläge zur Deutschen Kolonialpolitik machten Woermann zu einem engen Vertrauten des Reichskanzlers. Bereits 1884 bereitete er die Verwaltung der späteren deutschen Kolonien Kamerun und Togo vor. 1885 gründete Adolph Woermann die *Afrikanische Dampfschiffs-Actiengesellschaft, Woermann-Linie*. Nachdem im gleichen Jahr die HFLG zur Verwaltung des Speichergrundes der Zollanschlussbauten gegründet wurde, zog sich der althamburgisch geprägte Kaufmann aus der lokalen Hamburger Politik zurück.

Zum ersten kaufmännischen Direktor der HFLG wurde Adolf Friedrich Götting (1831–1911) ernannt. Götting, der seit 1877 Direktor der ein Jahr zuvor verstaatlichten *Berlin-Hamburger Eisenbahn-Gesellschaft* war, kam auf Empfehlung von Hugo Amandus Roeloff (1844–1928), der rechten Hand von Senator Versmann. Roeloff selbst erhielt einen Aufsichtsratsposten bei der HFLG. Direktor des technischen Büros der HFLG wurde der Architekt und Bürgerschaftsabgeordnete Hermann Wilhelm Schaefer (1835–1893). Die Kapitalgeschäfte der HFLG wurden über die *Norddeutsche Bank* abgewickelt. Dortiger Direktor war bis zur Jahrhundertwende Rudolph Petersen (1848–1915), der Sohn von Bürgermeister Carl Friedrich Petersen. Ähnliche Interessenkonflikte wird auch der Kaufmann Carl Georg Heinrich Franz Hermann Münchmeyer (1815–1909) gehabt haben, der von 1859–1901 im Aufsichtsrat der *Norddeutschen Bank* saß. Nebenbei war er Deputierter der Handelskammer und saß im Verwaltungsrat der Hapag. Zehn Jahre zuvor hatte Münchmeyer zusammen mit Sloman und dem Kaufmann Carl Johann Krogmann (1824–1889) noch versucht, den Kaiserquaispeicher als Privatinvestor zu finanzieren und eine Actiengesellschaft zum Bau und Betrieb zu gründen – nun übernahm er einen Aufsichtsratsposten bei der HFLG. Aber es ging auch anders. Als Beispiel dafür sei auf den Inhaber der Eisenhandelsfirma *Schulte & Schemmann*, Conrad Hermann Schemmann (1842–1910), verwiesen. Der «Anschlüssler» Schemmann war seit 1884 Mitglied der Finanzdeputation und zugleich Revisor der *Commerz- und Disconto-Bank*. Auch er übernahm 1885 ein Aufsichtsratsmandat bei der HFLG, legte es aber sofort nieder, als sich seine Firma an einer Submissionsausschreibung für einen der geplanten Speicherblöcke im Freihafen bewarb. Geschadet hat es ihm nicht: Im selben Jahr wurde er in den Senat berufen.

Ähnliche Interessenüberschneidungen wird es auch bei den am Bau der Speicher beteiligten Architekten gegeben haben. Bernhard Georg Hanssen (1844–1911) etwa, der Partner von Wilhelm Emil Meerwein (1844–1927), war der jüngere Bruder des Kaffeehändlers Adolph Friedrich Christian Hanssen (1841–1909), der bei den Verhandlungen um die neuen Speicherbauten als «Sprachrohr» der am Kaffeehandel beteiligten Firmen, zu denen unter anderem auch die Firma von Heinrich Alfred Michahelles (1853–1915) gehörte, auftrat. Es mag Zufall sein, dass fast alle Architekten und Architekturbüros, die am Bau der Speicherstadt beteiligt waren, so auch Gustav Zinnow (1846–1934), der 1863 als Juniorpartner und Teilhaber ins Büro von Hugo Stammann eingetreten war, gleichzeitig dem Hamburger Rathausbaumeisterbund angehörten, dessen Führungsposition unumstritten Martin Haller (1835–1925) innehatte.

Haller war nicht nur ein begnadeter Architekt, sondern verfügte als Spross einer Senatorenfamilie und Sohn des ehemaligen Hamburger Bürgermeisters zugleich über die nötigen gesellschaftlichen Kontakte, um innerhalb kürzester Zeit zum gefragtesten Privatarchitekten seiner Zeit in Hamburg zu werden. Für jeden Bürger, der etwas auf sich hielt, wurde es fast obligatorisch, sich sein Domizil von Martin Haller bauen oder zumindest umbauen zu lassen. Dabei war Martin Haller bei der Wahl seiner Auftraggeber keinesfalls wählerisch. Er baute für alteingesessene Hamburger Familienmitglieder und gesellschaftliche Emporkömmlinge gleichermaßen.

Zur zweiten Kategorie gehörte zweifelsohne auch Heinrich von Ohlendorff (1836–1928), der Haller zu seinem Hausarchitekten machte und sich damit gleichzeitig gesellschaftlichen Kontakt zu den höheren Hamburger Kreisen sicherte. Als Sohn eines Gärtnereibesitzers hatte Ohlendorff zusammen mit seinem älteren Bruder Albertus den riesigen Bedarf an Düngemitteln erkannt und war mit dem Import von Guano zu Reichtum gekommen. Innerhalb weniger Jahre häuften die Ohlendorffs mit ihrer Firma ein derartiges Vermögen an, dass sie mit Abstand als reichste Hamburger Familie galten. 1884 trat Heinrich von Ohlendorff aus der gemeinsamen Firma aus und ließ sich von seinem Bruder auszahlen. Der Dovenhof, mit dessen Bau er Martin Haller 1885 beauftragte, sollte für Ohlendorff eine Alterssicherheit darstellen – in seiner Konzeption war der Bau revolutionär, technisch auf dem allerneuesten Stand und griff einer Entwicklung vor, die in ihren ganzen Ausmaßen erst nach der Jahrhundertwende zum Tragen kam: Der Dovenhof war Hamburgs erstes Kontorhaus und könnte noch heute ein Kulturdenkmal ersten Ranges darstellen, wäre er nicht im Jahre 1967 für den Bau des «Spiegel-Hochhauses» abgerissen worden ...

Bereits 1871 hatte Heinrich von Ohlendorff Martin Haller als Architekten verpflichtet, nachdem er den ehemaligen Sommersitz der Familie Ruperti in Hamm – der sich zwischenzeitlich im Besitz der Familie von Johann Heinrich Burchardt (1852–1912) befand – erworben hatte, um sich auf dem dortigen Gelände eine repräsentative Villa bauen zu lassen. Dieses Ohlendorff'sche Palais an der Schwarzen Straße stellte mit seinen baulichen Dimensionen und der pompösen Ausstattung selbst die größten Landhäuser an der Elbchaussee weit in den Schatten. Als Vorsitzender des Hamburger Rennclubs richtete der passionierte Skatspieler und Präsident der Zoologischen Gesellschaft hier von 1875 bis 1914 auch seine so genannten Rennfrühstücks aus, bei denen sich Prominente und Politiker aus dem In- und Ausland ein Stelldichein lieferten. Auch Reichskanzler Bismarck war häufiger Gast im Hause Ohlendorff. Im Jahre 1872 hatten die Brüder die *Norddeutsche Allgemeine Zeitung* erworben, die Bismarck ab 1879 als Sprachrohr für seine Zollanschlusskampagne benutzen konnte. Albertus von Ohlendorff bekleidete unter anderem Aufsichtsratsmandate bei der HFLG und der *Norddeutschen Bank*.

Die Charaktere der Töchter Heinrich von Ohlendorffs hat der Autor frei erfunden, mehrere Töchter hatte er allerdings wirklich. Die im Roman von Sören aus der Ohnmacht Gerettete, Meta Elisabeth (Lill), heiratete 1887 Joseph Graf von Baudissin. Die freche Frieda ehelichte 1890 Andreas von Hoverbeck gen. von Schoenaich, und die hochmütige Reiterin, Gertrud von Ohlendorff, war in erster Ehe mit Magnus von Abercron, in zweiter mit Otto Rassler von Gamerschwang, in dritter mit Armin Freiherr von Gaisberg-Schöckingen und in vierter Ehe mit Alfred von Hülst verheiratet.

Auf die Standortentscheidung der Zollanschlussbauten hatte Franz Andreas Meyer (1837–1901) aufgrund seiner Position nur wenig Einfluss. Als Oberingenieur Plath 1872 in den Ruhestand entlassen und Meyer zu seinem Nachfolger ernannt wurde, oblagen ihm als Oberingenieur und Leiter des Ingenieurwesens der Baudeputation nicht nur alle Verkehrs- und öffentlichen Anlagen sowie die Bereiche Wasser- und Brückenbau, Be- und Entwässerung; auch das Vermessungswesen der Stadt und die Pläne der zukünftigen Stadterweiterung waren ihm unterstellt.

Als Bauingenieur der inneren Stadt hatte Meyer bereits das seit 1871 begonnene Geeststammsiel weitergebaut und nach 1883 neue zusätzliche Stammsiele und den Ausbau der Schwemmkanalisation weiter vorangetrieben. Weiterhin leitete er von 1879–1881 die Umgestaltung der Wallanlagen, wobei die Erdmassen vom Stammsielbau für die Anschüttung des Außenalsterufers und damit für den Bau einer Ringstraße um die Außenalster Verwendung fanden. Durch seine neue Position erhielt Meyer nun eine derart gestaltgebende Machtfülle, dass er alle baulichen Projekte nicht nur hinsichtlich der Lösung verkehrstechnischer, hygienischer und sozialer Probleme anging, sondern mit Blick auf das städtische Gesamtkunstwerk ebenso auf die stilistischen und dekorativen Elemente sowie ästhetische Zierformen Einfluss nahm. Dabei war seine Architekturauffassung geprägt durch die Ausbildung an der Polytechnischen Schule in Hannover bei Conrad Wilhelm Hase (1818–1902), wo Vorlesungen über mittelalterliche Formenlehre, Gotik und Geschichte der Baukunst im Mittelpunkt seines Studiums gestanden hatten. Es wundert also nicht, wenn Meyer, der 1880 von Versmann als Fachmann und gestaltgebender Architekt für die Entwürfe der Zollanschlussbauten hinzugezogen wurde, die äußere Erscheinung der Speicher im Sinne der Hannoverschen Schule gestalten ließ, wobei er die Behandlung des Ziegelmaterials zu einer so raffiniert technischen Oberflächenbehandlung steigerte, dass man sein Werk zu späterer Zeit als «gekünstelte Blüte des Backsteinrohbaus» bezeichnet hat.

Die Ausführung der Speicherbauten wurde über Submissionsausschreibungen an verschiedene Baufirmen vergeben. Ab 1885 baute die Firma *Philipp Holzmann & Cie.* aus Frankfurt acht Freihafenspeicher für eine Gesamtsumme von sieben Millionen Mark. Die strengen Auflagen der Feuersicherheit wurden unter anderem von den Deputationsmitgliedern der *Hamburger Feuercasse*, Wilhelm Carl Christian Rump (1844–1922) und Rudolph Gottlieb Conrad Lühmann (1845–1896), geprüft. Eventuelle Unstimmigkeiten bei der Auftragsvergabe entspringen der Phantasie des Autors.

Nachdem am 20. April 1891 ein Brand den Staatsspeicher mit Maschinenraum am Sandtorkai gänzlich hatte zerstören können, weil die schmiedeeisernen Stahlträger in der Hitze des Feuers geschmolzen waren, änderte man die statische Konstruktion, indem man beim zweiten Bauabschnitt der Speicherstadt wieder auf Eichenkernholz zurückgriff. Erst beim dritten Bauabschnitt fanden Träger und Stützen aus Stahlbeton Verwendung.

Beziehungsgeflecht der am Bau der Speicherstadt beteiligten Gremien

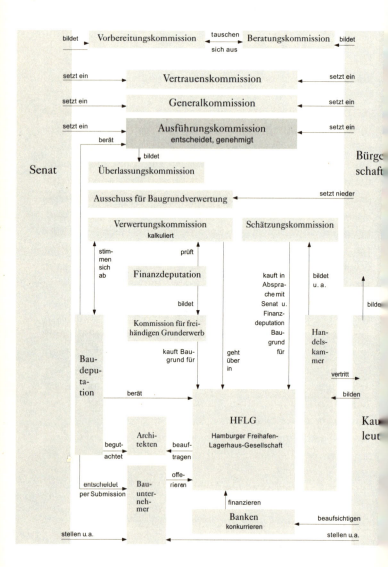

Die Besetzung der Gremien

Vorbereitungskommission (1881): Petersen, Versmann, v. Melle, Rapp, O'Swald, Schroeder, Stahmer, (beratend: Meyer, Zimmermann, Nehls) u. a.

Beratungskommission (1882): Fölsch, Woermann, Lutteroth, Rump u. a.

Vertrauenskommission der Bürgerschaft: Petersen, Versmann, Sloman, O'Swald, Schaefer, Lutteroth u. a.

Generalplankommission: Petersen, Versmann, Woermann, v. Melle, Lutteroth, O'Swald, Fölsch u. a.

Ausführungskommission (1883): Petersen, Versmann, O'Swald, Lehmann, Schroeder, Lühmann, Woermann u. a.

Baugrundverwertungsausschuss (1884): Mestern, O'Swald u. a.

Überlassungsausschuss: Versmann, Roeloff, Roscher u. a.

Zollanschlusssektion der Handelskammer: Woermann, Crasemann, Mestern u. a.

Zollanschlusssektion der Finanzdeputation: Versmann, O'Swald, Schemmann, Roosen, Sloman, Schroeder, Mönckeberg u. a.

Kommission für freihändigen Grunderwerb: Schroeder, Leo, Roscher u. a.

Schätzungskommission: Krogmann, Prahl u. a.

Aufsichtsrat der Norddeutschen Bank: Godeffroy, Gossler, Michahelles, Münchmeyer, Ohlendorff, Stammann, Rudolph Petersen u. a.

Aufsichtsrat der Commerz- und Disconto-Bank: Schemmann, Donner, O'Swald, Nölting u. a.

Aufsichtsrat der HFLG (Hamburger Freihafen-Lagerhaus-Gesellschaft): (wobei 6 Personen auch für die Norddeutsche Bank arbeiteten: u. a. Hudtwalcker, Münchmeyer und Ohlendorff) Schemmann, Hübener, Roeloff, Mestern, Götting, Schaefer u. a.

An Entscheidungsprozessen Beteiligte, die zugleich oder vormals als Bauunternehmer für Hafenprojekte und Zollanschlussbauten auftreten: Nölting, Westendarp, Hachmann, Stammann, Holzmann, Schemmann, Sloman, Mönckeberg, Münchmeyer, Klemmer, Krogmann, Schön u. a.

Glossar

achtern (seemännisch) für hinten.

Altan (architekt.) im Gegensatz zum frei hängenden Balkon vom Erdboden an unterbaute Loggia an einem Haus.

Amwind (seemännisch) Kurs annähernd in Richtung Wind, bei der der Vortrieb durch Windanströmung am Segel verursacht wird.

Baumnock (seemännisch) hinteres Ende des Großbaums.

Blöcke (seemännisch) früher meist hölzerner Kloben, in dem die eisernen Rollen zum Umlenken der Schoten laufen (Flaschenzugkloben).

Bugspriet (seemännisch) Bugverlängerung eines Schiffes durch einen Holzbalken, damit die Vorsegel weiter vorne angeschlagen werden können.

Gaffelsegel (seemännisch) Mit der Oberkante an einer Gaffel, d. h. an einer diagonalen und beweglichen Mastverlängerung befestigtes, viereckiges Segel. Das oberhalb zwischen Gaffel und Mast angeschlagene dreieckige Segel bezeichnet man als Gaffeltopsegel (Gaffeltop).

Gegenruder (seemännisch) stabilisierende Maßnahme (gegensteuern), während der Großbaum in der Halse / Schifte mit großer Wucht auf die andere Decksseite wechselt, damit der Bootskörper nicht zu sehr aufkrängt, also in die Schieflage gerät.

Gesims (architekt.) waagerecht aus der Mauer hervortretender Streifen, der die horizontalen Abschnitte des Hauses (Sockel, Geschosse, Dach) gliedert.

Großbaum (seemännisch) langes Holz als stabilisierende Unterkante des Großsegels, das mit einem beweglichen Gelenk (Lümmel) am Mast angeschlagen ist. Bei manchen Bootsformen ragt der Baum weit über das hintere Schiffsende hinaus.

Großschot (seemännisch) starkes Seil (Tau) zum Fieren oder Dichtholen des Großsegels.

Kaffeeklappe Hamburger Variante heutiger Fastfood-Restaurants im 19. Jahrhundert zur Versorgung vorrangig von Hafenarbeitern mit alkoholfreien Getränken und warmem Essen. Die erste «Volksspeisehalle» eröffnete 1885 an der Wexstraße.

Kapitell (architekt.) ornamentiertes Kopfstück einer Säule oder eines Pfeilers.

Klüver (seemännisch) am Klüverbaum befestigtes, zum Manövrieren des Schiffes wichtiges Vorsegel (Stagsegel).

krängen (seemännisch) unter Schräglage segeln.

Luv (seemännisch) die (Decks)seite, von der der Wind weht. Kommt der Wind in Fahrtrichtung gesehen von rechts (Steuerbord), ist dort Luv. Die windabgewandte Seite heißt *Lee.* Das Steuern zum Wind hin heißt dementsprechend *anluven,* das Gegenteil heißt *abfallen.* Am Ende der halbkreisförmigen Bewegung steht jeweils die Wende oder Halse (Schifte).

Pinne (seemännisch) langes Holz zum Bewegen des Ruders bei kleineren Booten, die kein Steuerrad haben.

Platt vor Laken (seemännisch) auch Vor(m)wind-Kurs. Segelkurs, bei dem der Wind genau von achtern (hinten) kommt und Vorsegel und Großsegel auf verschiedenen Schiffsseiten stehen können.

Raumschotkurs (seemännisch) Wind schräg von achtern (hinten).

Rigg (seemännisch) alle Aufbauten eines Segelschiffes (Masten etc.), die nicht zum Schiffsrumpf gehören.

Risalit (architekt.) Über die ganze Höhe der Wand aus der Flucht hervortretende, aber nicht freistehende Halbsäule / Pfeiler zur Gliederung der Fassade.

Schifte (norddt. seemännisch) auch Halse. Manöver, bei dem das Schiff mit dem Heck durch den Wind dreht und der Großbaum auf die andere Decksseite «geschiftet» wird.

Sloop (seemännisch) auch Slup. Rumpfform (Riss) von Hochseerennyachten mit weit überhängendem Bug und Heck, die zudem eine sehr hohe Takelage (Mast) aufweisen, um möglichst viel Segelfläche anschlagen zu können. Vor allem zwischen 1890 und 1910 verbreitete Bootsform bei Atlantik- und Hochseeregatten.

Smutje (seemännisch) auch abwertend. Koch an Bord eines Schiffes.

Wanten (seemännisch) Seile (Draht) zum Halten / Stabilisieren des Mastes.

**Ines Thorn
Die Pelzhändlerin**
Historischer Roman
Frankfurt, 1462: Als der Kürschner Wöhler erfährt, dass seine Tochter Sibylla fern der Heimat gestorben ist, erleidet er einen Herzinfarkt. Einzige Zeugin ist die Wäscherin Martha. Sie verheimlicht den Tod Sibyllas und gibt ihre Tochter Luisa für diese aus.
rororo 23762

Historische Romane bei rororo
Die Zeiten ändern sich,
und wir ändern uns in ihnen.

**Petra Schier
Tod im Beginenhaus**
Historischer Roman
Köln, 1394. In einem Spital der Beginen stirbt ein verwirrter alter Mann. Und das war nur der erste Tote. Eine Seuche? Adelina, die Tochter des Apothekers, glaubt nicht daran ...
rororo 23947

**Edith Beleites
Das verschwundene Kind**
Die Hebamme von Glückstadt
Historischer Roman
1636: Hebamme Clara entbindet bei einer dramatischen Geburt im Glückstädter Schloss eine junge Adelige von einem gesunden Jungen. Am nächsten Tag ist die Frau samt Säugling verschwunden ...
rororo 23859

Weitere Informationen in der Rowohlt Revue *oder unter* www.rororo.de